Irina Korschunow

Fallschirmseide

Roman

Hoffmann und Campe

Irina Korschunow

Fallschirmseide

Roman

Hoffmann und Campe

CIP-Titelaufnahme der Deutschen Bibliothek

Korschunow, Irina:
Fallschirmseide : Roman / Irina Korschunow.
–2. Aufl., 25–30. Tsd.–Hamburg: Hoffmann u. Campe, 1990
ISBN 3-455-04004-7

Copyright © 1990 by Hoffmann und Campe Verlag,
Hamburg
Lektorat: Jutta Siegmund-Schultze
Satz: Utesch Satztechnik GmbH, Hamburg
Druck und Bindung: Mohndruck, Gütersloh
Printed in Germany

Desertieren ist nicht das richtige Wort. Martin Crammes Entfernung von der Truppe geschah eher beiläufig. Genauer gesagt war es die Truppe, die sich von ihm entfernte, in jener Märznacht 1945, als sich der Rest der Kompanie unter Führung des Feldwebels Hans Peter Rosener nach kurzer Ruhe oberhalb von Hannoversch Münden wieder in Bewegung setzen mußte, den amerikanischen Panzern entgegen, die auf den Raum westlich der Weser zurollten.

Eine kalte Nacht, kein Frost mehr, das nicht, aber in dem verklebten Laub noch der Winter, und dann dieser Nieselregen, der sich durch den harten, kratzigen Uniformstoff fraß bis auf die Haut. Martin Cramme hatte sich in seinem Erdloch zusammengerollt, die Zeltplane über dem Kopf, und war, während die Geräusche des Aufbruchs anschwollen und verebbten, einfach liegengeblieben, nicht aus einem Entschluß heraus, sondern weil er zu müde war, um Signale an Nerven und Muskeln weiterzugeben. Er lag da wie für die Ewigkeit, spürte weder Nässe noch Kälte, nicht die vollgesogenen Stiefel, nicht die Frostbeulen und schmerzenden Gelenke, Erinnerungen an den Winter im Osten. Auch die anderen litten unter Frostbeulen und Erschöpfung. Vielleicht nahm deswegen niemand wahr, daß einer fehlte, selbst Rosener nicht, der als einziger der Gruppe davonkommen sollte, aber beim Wiedersehen mit Martin Cramme viele Jahre danach längst aufgehört hatte, von Desertion zu reden. »Wären wir nur alle liegengeblieben«, sagte er, und sie stießen auf ihr Überleben an.

Liegengeblieben, das war das Wort. Martin wird es fortan gebrauchen, wenn er von seinem ganz privaten Kriegsende erzählt, von Mal zu Mal skurriler, die Geschichte, ein Schwank fast, immer mehr abgelöst von der schrecklichen Wirklichkeit und übrigens auch Anlaß zum Bruch mit seinem Sohn Julian in jener fernen Zukunft, die hier ihre Prägung erhält, jetzt, zu dieser Stunde im Wald, da er nicht aufsteht, sondern liegenbleibt.

Es dauerte eine Weile, bis er zu begreifen begann, was geschehen war. Beim Vormarsch hatte er sie hängen sehen, Soldaten mit abgeknickten Hälsen, Schilder vor der Brust, ich bin ein Deserteur. Er war noch keine neunzehn. Seine Mutter hatte ihm heißen Holunderbeersaft hingestellt, wenn er hustete, daran mußte er denken, bloß keine nassen Füße, Junge, und nun würde man ihn aufhängen, und sie lag unter den Trümmern von Magdeburg. Er wimmerte in die Zeltplane hinein, anstatt sich ruhig zu halten. Doch glücklicherweise war es nur Hertha Oelschläger, die ihn hörte.

Hertha Oelschläger aus Hannoversch Münden im Wesertal, dort, wo Werra sich und Fulda küssen und ihren Namen lassen müssen. Eine Fachwerkidylle, ganz besonders lieblich zwischen die Hügel geschmiegt, was im Dreißigjährigen Krieg die Landsknechte des General Tilly allerdings nicht hatte daran hindern können, sie zu plündern und von den damals zweitausendachthundert Bewohnern nur fünfzig am Leben zu lassen. Traumatische Erinnerungen über die Jahrhunderte hinweg und vielleicht, wer weiß das schon, einer der Gründe für Hertha Oelschlägers nächtlichen Ausflug in den Stadtwald am Blümer Berg.

Mein Schutzengel, wird Martin sie einmal nennen ironischerweise, mein härener Schutzengel, wobei hären ihr Äußeres und auch ihr Wesen durchaus traf, oberflächlich gesehen jedenfalls, und worum sonst war es ihm später zu tun, dem wohlhabenden Besitzer von Haus, Hof, Knecht und noch mehr und weit entfernt von dem Jungen im Wald, der sich fürchtete und auf Erbarmen hoffte, ganz ohne Ironie.

Hertha Oelschläger, überflüssigen Redensarten ohnehin abgeneigt, hätte das Wort Schutzengel, wäre es ihr zu Ohren gekommen, weit von sich gewiesen, etwas von Zufall gemurmelt oder »da bin ich bloß so vorbeigegangen«, zumal dieses Vorbeigehen neben guten Gründen auch solche hatte, derer sie sich schämte. Vor Martin Cramme rechtfertigte sie es damit, daß sie Holz sammeln wolle, nachts bei Regen sieht dich keiner, ist doch verboten, Holzsammeln – plausible Erklärungen, vieles, was den Kriegsalltag erleichtern konnte, war verboten. In Wirklichkeit jedoch wollte sie, so absonderlich das klingt, einen Schatz vergraben: sechsundneunzig Goldstücke aus dem Besitz des Jakob Loew, ehemals Viehhändler in Münden.

Jakob Loew, ein geachteter Mann im Umkreis bis zu dem Tag, an dem Juden neben allen anderen Rechten auch das auf Achtbarkeit verloren, war während des Laubhüttenfestes zur Welt gekommen, Zeichen für ein langes und glückliches Leben, was seinen Vater Aaron bewog, jeweils zum Geburtstag dieses begünstigten Sohnes zwei Goldstücke zu erwerben, so daß er ihm 1925, am vierzigsten, gleichzeitig mit dem Geschäft einen fast achthundert Gramm schweren Lederbeutel übergeben konnte. Vierundsiebzig Goldstücke verschiedenster Provenienz, deutsche, russische, holländische, amerikanische Münzen. Sechs fehlten an der runden Zahl, in den letzten drei Kriegsjahren war es nicht einmal dem findigen Aaron gelungen, Gold aufzutreiben.

Jakob, inzwischen selbst Vater von Söhnen, hatte beschlossen, die Tradition fortzuführen, mit dem Wissen, das ihm im Blut lag: Auf der Flucht wiegt ein Beutel Gold leichter als ein Mietshaus. Vielleicht hätte dieser Satz sich auch für ihn bewahrheitet, doch die Flucht wurde verpaßt. 1936 erwarb er die letzten Münzen, gegen das Gesetz schon, zu Wucherpreisen, und 1941, als er begriff, daß Gold nutzlos sein würde auf der Reise, die ihm und den Seinen bevorstand, bat er den Gastwirt Karl Funke, Herthas Vater, den Beutel in Verwahrung zu nehmen. Bis wir wieder da sind, sagte er und glaubte an die Rückkehr in sein Haus an der Lohstraße. Karl Funke glaubte ebenfalls daran, warum nicht, alles andere überstieg zu dieser Zeit noch die Vorstellungskraft, obwohl die Tatsache, daß man Bürgern ihr Recht absprach und sie verschleppte ins Unbekannte, auch dieses andere hätte denkbar machen sollen.

Karl Funke versteckte den Beutel im Keller. Eine Frau hatte er nicht mehr, und nur seine Tochter, der er vertraute, wußte, was hinter dem Regal mit den Weinflaschen lag. Für den Fall seines Ablebens trug er ihr auf, Jakob Loews Gold zu hüten, eine vorsorgliche Maßnahme, im Grunde überflüssig, wie er meinte, doch fand man Karl Funke bald darauf tot im Bett.

Hertha Oelschläger, achtunddreißig damals, gestattete sich keinen Mitwisser. Sie traute niemandem, schon gar nicht ihrem Nichtsnutz von Mann, der, bevor er in den Krieg mußte, mit SA-Leuten Karten gespielt hatte und Geld ausgab, das sie und ihr Vater verdienten. In der Stadt sagte man, er habe nicht Funkes Bohnenstange geheiratet, sondern den Bierhahn im Lokal. Das war auch ihre Meinung. Als er 1943 im besetzten Polen von Partisanen erschossen wurde, betrauerte sie ihn mit schwarzen Kleidern, sonst nicht, hatte im übrigen die Wirtschaft gleich nach seiner Einberufung geschlossen und lebte fortan von ihm, Soldatenfrau, Soldaten-witwe, ein später Triumph. Noch nie, fand sie, war es ihr so gut gegangen, äußerlich zumindest und nicht gerechnet die Angst Tag und Nacht um ihren Sohn, der vermißt war in Rußland, was immer das hieß.

Hertha Oelschlägers Hintergrund. Man sollte ihn ken-nen, und sei es nur, um nicht zu vergessen, daß Martin Cramme von ihr gerettet werden konnte, weil Jakob Loew auf seine Reise gehen mußte. Wohin allerdings und was mit ihm geschah, davon ahnte sie noch nichts in der fraglichen Nacht, nichts von Auschwitz, nichts vom Gas, eine einfache Person, die das Tägliche tat, ein Leben lang das Tägliche, woher sollte ausgerechnet sie Bescheid wissen. Hitler ist ein Schwein, hatte ihr Vater, der Sozi und Soziwirt, gesagt, bevor er von den Nazis zur Räson gebracht wurde. Möglich, daß er trotzdem herausgefunden hätte, was hinter dem Verschwinden der Mündener Juden steckte. Aber dazu blieb ihm keine Zeit, und so nahm seine Tochter wohl wahr, wie die Häuser und Geschäfte der Rosenbergs, Meyers, Cohns in andere Hände fielen und die Namen gelöscht wurden aus dem öffentlichen Gedächtnis, hörte auch vage Gerüchte von Arbeitslagern, das Wort KZ, sogar die Vermutung, dieser oder jener könne darin zu Tode kommen, jedoch nichts, was auf die Ausrottung der gesamten Familie Loew schließen ließ. Irgendwann, kein Zweifel, würde Jakob oder einer der Söhne das Gold holen, deshalb wollte sie es in Sicherheit bringen. Der Krieg näherte sich seinem Ende, Plünderung und Brandschatzung standen womöglich ins Haus. Niemand sollte sagen, sie sei leichtfertig umgegangen mit anvertrautem Gut.

Dies ihre Gedanken beim Weg über die alte Werrabrücke, den Schedener Weg entlang und bergauf in den Stadtwald, ein Teil ihrer Gedanken, es gab auch andere. Kurz nach Mitternacht hatte sie das Haus verlassen, von einem alten Mantel ihres Vaters gegen den Regen geschützt und auf dem Rücken die Kiepe als Alibi. Unter einem Sack lag die stählerne Kassette, zu Zeiten der Gastwirtschaft Behältnis für die Tageseinnahmen und nun für das Gold, neunhundertsechzig Gramm Gold, fast ein Kilo. Reicht sicher für ein Doktorstudium, hatte Hertha Oelschläger schon manchmal gedacht, nicht nur vor dem Einschlafen, wenn Wirklichkeit und Traum ineinanderflossen und kein Loew mehr da war, der den Beutel zurückfordern konnte, ein sündhafter Traum, unrecht und strafwürdig, sie wußte es. Wenn nun wirklich niemand kommt? dachte sie trotzdem auch jetzt wieder und sah sich auf dem Boden knien nach Kriegsende und die Kassette ausgraben, sie ganz allein, für ihren Sohn, der zur Schule gegangen war mit den Söhnen von Arzt und Apotheker und etwas werden sollte, und sie ließ Jakob Loew und seine Söhne sterben in Gedanken und wollte es nicht und konnte es doch nicht lassen. Ich will es nicht, Gott, betete sie voller Scham und Schrecken, ich will bloß, daß mein Sohn noch lebt, mach, daß er lebt, sonst will ich nichts, und vor ihren Augen gaukelte dennoch das verbotene Bild.

Da, kurz vor ihrem Ziel, der Franzosenschanze, hörte sie Martin Crammes Wimmern. Ein Tier, wie es schien, doch die Laute formten sich zu Silben, zwei Silben, und für ein paar wirre Augenblicke der Hoffnung hörte sie ihren Sohn rufen, sah ihn liegen und erkannte im Licht der Taschenlampe den Irrtum.

Verwunderlich, werden die Leute in der Stadt reden, wenn alles vorbei ist, verwunderlich, daß sie den Jungen mitnahm. Es paßte nicht zu ihr. Sie war rechtschaffen und genau, forderte nie einen Pfennig zuviel, verschenkte aber auch keinen, und auf ihre Milde hatten weder Bettler noch Schuldner jemals bauen können. Einen Deserteur zu verstecken, das Leben riskieren für einen Fremden, wer hätte eine solche Tat von ihr erwartet. Und um es gleich zu sagen: Es war nicht Barmherzigkeit, die sie dazu trieb. Es war ein Handel mit Gott, ich rette diesen Sohn, du rettest meinen, so etwa. Verwegen, das Geschäft, mit einem Partner zumal, auf den sie sich bis dahin nie bindend eingelassen hatte. Aber willens, das Ihre zu tun, zählte sie auf das Seine, nicht umsonst, wie sich zeigen wird, er hielt sich an die Abmachung, und sie lobte ihn dafür mit lauter Stimme bei den sonntäglichen Gottesdiensten in der Blasiuskirche, auch dies zur Verwunderung ihrer Mitbürger. Für das Gold allerdings, das ihr ebenfalls zufiel, brachte sie es nicht fertig, den Herrn zu loben. Zwei Jahre nach Kriegsende, noch immer hatte niemand den Beutel zurückverlangt, nahm sie ihn in Besitz, wer sonst, sagte sie sich zur Beruhigung und sprach von Karl Funkes Hinterlassenschaft. Herbert, ihr Sohn, erfuhr nie, daß er mit Jakob Loews Geburtstagsgold Arzt geworden war, sowenig wie Martin Cramme wußte, welche Geschichte hinter seiner Rettung stand. Aber wer kennt schon die vielen fremden Geschichten, aus denen die eine, die eigene, wird.

»Komm mit«, sagte Hertha Oelschläger, nachdem sie die Furcht im Gesicht des Jungen gesehen und ihren Entschluß gefaßt hatte.

Martin hob den Kopf, komm mit, was hieß das. Er zog sich noch mehr zusammen, griff aber nicht zur Pistole, das nicht, trotz seines Lehrjahrs in schnellem Töten.

»Brauchst keine Angst zu haben«, sagte Hertha Oelschläger und half ihm aus dem Erdloch heraus. Sie gab ihm den Mantel und ihre Kiepe, dazu noch das Kopftuch, so gingen sie zur Stadt zurück, eine Maskerade, die wachsame Augen kaum hätte täuschen können. Doch die Nacht war dunkel, auch kein Fliegeralarm, alles ruhig in den Straßen. Unbehelligt gelangten sie zu dem altersschiefen Haus nahe beim Markt.

FUNKES GASTHOF UND AUSSPANN stand noch über dem Tor zum Hof, wo früher die Bauern und Fuhrleute ihre Pferde gefüttert und getränkt hatten. Jetzt gab es keine Markttage mehr in Münden, auch die Bauern und Pferde hatte der Krieg geholt, und der ehemalige

Festsaal, die Gaststube, die Küche standen zur Aufnahme von Flüchtlingen bereit. Um ins Haus zu kommen, mußte man den Hof überqueren, was Hertha Oelschläger an sich hätte fürchten müssen, der alten Krähe wegen, wie sie die Mitbewohnerin des oberen Stockwerks nicht nur im Geist zu nennen pflegte, eine ausgebombte Frau Schmundt aus Kassel, die auf jedes Geräusch lauerte, selbst im Schlaf. Aber die Schmundt befand sich seit einer Woche im Krankenhaus, Blinddarm. Zwar wurde sie am nächsten Tag zurückerwartet, doch noch war man sicher vor ihrem Späherblick, und die Fenster der dritten Partei, ein altes, gutartiges und zudem schwerhöriges Ehepaar, das auch heulende Alarmsirenen nicht zu wecken vermochten, lagen an der Straßenseite. Ungefährlich also, die Haustür zu öffnen und die Treppen hinunterzusteigen, in Martin Crammes künftiges Versteck.

Gang, Waschküche, vier Kellerabteile. Zwei davon benutzte Hertha Oelschläger, das eine zur Lagerung von Holz und Kohlen, das andere für die restlichen Vorräte der Gastwirtschaft. Nicht mehr viel an Eßbarem, aber immer noch einige Kartons voller Schnapsflaschen, gegen die sich bei Bauern und Geschäftsleuten das Notwendige eintauschen ließ, und auch das gutgefüllte Weinregal gab nach wie vor allerlei her. Kartoffeln fingen hier unten leicht an zu schimmeln, des Schwamms wegen, der die Wände zerfraß, und für Luftschutzzwecke hatte die Prüfungskommission das alte Gemäuer so ungeeignet gefunden, daß die Bewohner bei Fliegeralarm in die nahe Schule Am Plan laufen mußten, nur Schikane, behauptete Hertha Oelschläger, denn bisher war noch keine Bombe auf Münden

gefallen. Von nun an freilich sollte sich die Baufällig-
keit als Segen erweisen, genau wie die Türen vor den
Kellerabteilen, feste Türen, nicht nur Lattenroste, offen für jedermanns Neugier.

»Mußt dich ruhig verhalten, dann passiert nichts, und
ist ja sowieso bald vorbei«, sagte sie und brachte Matratzen in den Kohlenkeller, Schmalzbrote, heißen Tee,
sogar zwei Wärmflaschen. Obwohl die Fensterluke mit
einem Sack verhängt war, wagte sie nicht, das elektrische Licht einzuschalten und richtete statt dessen wieder die Taschenlampe auf den ihr so unvermutet zuge-
fallenen Gast. Er war mittelgroß, blond und dünn wie
der eigene Sohn, das gab ihr erneut Gewißheit.

»Wie heißt du?« fragte sie.

Er nannte seinen Namen. Sie sah, wie er fror in Karl
Funkes langem Mantel, viel zu lang, viel zu weit, und
sagte, daß der Vorratskeller besser wäre, nicht so stin-
kig und etwas weniger feucht, aber dafür auch gefährlicher, denn in den Kohlenkeller könne man Eimer
mitnehmen, aber in den Vorratskeller mit Eimern, da
würde die Schmundt sich wundern, und wenn die
Schmundt sich erst mal zu wundern anfinge, sei es
schon zu spät.

Es waren fast die letzten Worte, die sie miteinander
sprachen. Bei ihrem nächsten Besuch legte sie den
Finger auf den Mund und schwieg. Fortan Stille, zwei
Wochen lang, Jona im Bauch des Fisches.

Wenn Martin später davon erzählte, vergaß er nie einen Marmeladeneimer mit Deckel zu erwähnen, den
Hertha Oelschläger, die Lippen, wie er behauptete,
noch verkniffener als gewöhnlich, morgens in die Ecke
stellte und am nächsten Tag gegen einen anderen aus-

wechselte, um ihn sodann, unter Holz verborgen und fest verschlossen, an der offenbar allgegenwärtigen Schmundt vorbeizuschleusen. »Und ihr beleidigtes Gesicht dabei«, sagte er und lachte. Dabei hatte sie den Eimer so selbstverständlich hingenommen wie jedwede andere Äußerung des Lebens, nichts Besonderes. Und in Martins späteren Träumen wird die Szene ebenfalls nicht vorkommen. Da hängt er in einem schwarzen Loch, Wiederholung der lautlosen Kellerwirklichkeit, in der er aus Angst vor den eigenen Schnarchgeräuschen nicht einzuschlafen wagte und, ein Handtuch vor das Gesicht gepreßt, seinen Husten zu unterdrükken suchte, dem weder mit widerlich gezuckertem Zwiebelsaft beizukommen war noch mit den Kräuterbonbons, die Hertha Oelschläger aus speziell dafür eingetauschtem Honig und getrockneten Salbeiblättern zusammenrührte. Nichts nützte, aber er durfte nicht husten.

Während der ersten Tage glaubte er, ihn nicht ertragen zu können, diesen Zwang zur Stille. Er lag auf der Matratze, in klamme Decken gewickelt, an den Füßen Karl Funkes schwarzbraun-karierte Filzpantoffeln, und wartete, daß die Zeit verging, doch sie verging nicht, sie tropfte dahin in unendlicher Trägheit. Er hatte nicht gewußt, wie lange es dauern kann, bis eine Sekunde heruntertropft, das Maß sich füllt mit Minuten, Stunden, Tag und Nacht. Wenn es hell wurde draußen, nahm er den Sack von der Luke, trübes Licht kroch herein und verfloß mit den grauen Wänden, dem Schatten des Briketthaufens, den gestapelten Holzscheiten, reichlich Holz im übrigen, zu reichlich angesichts der Ausrede in der Regennacht, doch was

gingen ihn Hertha Oelschlägers Ausreden an. Er saß
da und horchte auf Schritte vor der Tür, die Schmundt
vielleicht oder wer immer, horchte, wartete, bis der
Schlüssel knirschte und seine stumme Wächterin erschien mit der täglichen Ration, und wenn sie ging, war
er wieder allein, sah den Abend herankriechen, hängte
den Sack vor die Luke, eine neue Nacht begann.
Das Essen, das Hertha Oelschläger brachte, war gut:
heißer, süßer Tee in Thermosflaschen, dicke, nahrhafte Suppen. Sie kochte Haferflocken und Grieß in
Milch für ihn, Erbsen, Weißkohl auf Fleischknochen
oder Schweinepfoten, was immer der Vorrat an
Schnaps hergab, und konnte, nachdem sie endlich den
Gegenwert für dies alles erhalten hatte, nicht umhin, es
Gott ein wenig zu verübeln, daß er ihr den eigenen
Sohn mit Hungerödemen und krankem Gedärm aus
der Gefangenschaft nach Hause schickte, während der
fremde Junge zwar verdreckt und hustend, doch verhältnismäßig wohlgenährt dem Keller entstiegen war.
Noch aber ist es nicht soweit. Noch sitzt er in seinem
Verlies, drei leere Tage. Dann kehren die Gedanken
zurück, beginnen zu kreisen, rufen nach Ordnung,
und mit den Gedanken ordnet sich ihm das Kommen
und Gehen der Stunden.
Er hatte schon früh Sinn für Ordnung erkennen lassen, Martin, so ein ordentliches Kind, ging die Fami-
lienrede. Ein intelligenter und systematischer Schüler,
hatten auch die Lehrer am Magdeburger Domgymnasium befunden, in jedem Zeugnis bis zum Notabitur in
der Unterprima. Und danach die Schlachtfelder der
Ukraine, wo Intelligenz und Systematik sich als so wert-
los erwiesen wie die damit erworbenen Kenntnisse.

Nun, da dies alles hinter ihm lag, versuchte er sich an seine frühere Existenz zu erinnern, mathematische Formeln aus dem Gedächtnis zu holen, lateinische Konstruktionen, die Namen der Staufer, Titel von Büchern, Gedichte. *Ich sehe den Bäumen die Stürme an,* sagte er lautlos vor sich hin, suchte weiter, fand die nächsten Strophen, den Schluß: *Die Siege laden ihn nicht ein / Sein Wachstum ist, der Tiefbesiegte / Von immer Größerem zu sein.* So oft gelesen damals, so oft hineingeflüchtet in den betörenden Klang und nie den Sinn erfaßt. Er tastete die Zeilen ab, Wort für Wort, als habe Rilke jedes ihm zugedacht, Martin Cramme, der sich schon als Kind davongestohlen hatte beim Kräftemessen, nicht raufen wollte und nicht vom Dreimeterbrett springen, Martin Memme, jetzt Deserteur. In der Hitlerjugend war er mitgetrottet ohne Lust an den Ritualen der Märsche, Zeltlager, Wettkämpfe, bist du überhaupt ein Mann, hatte sein Vater gefragt, wie willst du jemals dein Leben in die Hand nehmen, und sich vergeblich eine Führerschnur auf dem braunen Hemd des Sohnes gewünscht. Nein, kein Sieger, und endlich keine Scham mehr deswegen, er wollte nicht zu ihnen gehören, den Unglücksbringern und Zerstörern, auch das begriff er beim Ordnen der Gedanken. Ein Deserteur muß nicht mehr töten, und vielleicht atmete der Mensch nun noch, der sein Opfer hätte sein können. *Der Tiefbesiegte von immer Größerem.* Ich muß es finden, das Größere, dachte er, das Richtige, nicht wieder das Falsche.

Am nächsten Morgen fragte er Hertha Oelschläger, was sie von Hitler halte. Er fragte ohne besondere Hoffnung auf eine Antwort, aber wen sonst sollte er fragen.

Vor Erstaunen vergaß sie die Schmundt und das Schweigegebot. Sie richtete sich auf zu ihrer ganzen hageren Länge und erklärte, Hitler sei ein Schwein, das wisse sie von ihrem Vater, den hätten die Nazis halbtot geschlagen, und die Juden, was sei denn mit den Juden passiert, und dann dieser Krieg, der verdammte, von wegen Rußland erobern, idiotisch so was, ein Schwein und ein Idiot.

Heiser flüsternd stand sie da in ihrer verwaschenen Strickjacke, das Haar zum Dutt gesteckt, eine graue Prophetin des nahen Endes. »Und jetzt wird er krepieren«, verkündete sie noch, verbarg den leeren Kochtopf unter Holzscheiten, holte den Marmeladeneimer aus der Ecke und ließ Martin allein mit ihrer Botschaft. Nie zuvor hatte er dergleichen gehört, weder in der Schule noch danach zwischen Dreck und Blut, schon gar nicht aus dem Mund seines Vaters, der Landgerichtsrat gewesen war und Kritik an Hitler nicht einmal in den eigenen vier Wänden zuließ, allenfalls von »höheren Einsichten« sprach, »denen wir, die Unwissenden, nicht zu folgen vermögen«. Und was seine Mutter betraf, so hatte sie zwar, als der Einberufungsbefehl für ihren Sohn auf dem Tisch lag, laut weinend Gott angeklagt, warum diese Prüfung, Gott, nicht aber den Führer. Nun waren beide Eltern umgekommen im Bombardement von Magdeburg. Sie lagen unter den Trümmern des Hauses am Breiten Weg, und Martin dachte darüber nach, was sie sagen würden, wenn sie noch etwas sagen könnten, formulierte es an ihrer Stelle, fügte Hertha Oelschlägers Äußerungen hinzu und begann, während er fiebernd und von unterdrücktem Husten geschüttelt, auf den Einmarsch der

18

Feinde, seine Erlöser, wartete, auch dies zu ordnen. Er hatte viel Zeit im Bauch des Fisches.

Ende März, niemand hatte mehr mit dergleichen gerechnet, fielen auch einige Bomben auf Hannoversch Münden, in der Böttcherstraße und Am Plan, richteten jedoch kaum Schaden an. Eine Woche später rollten amerikanische Truppen auf die Stadt zu, wo nun selbst bei den größten Nazis, wie Hertha Oelschläger Martin wissen ließ, anstelle von Hakenkreuzfahnen weiße Laken aus den Fenstern hingen. Im Kaufunger Wald jenseits der Fulda kam es zu Gefechten. Die Bonzen, sagte sie, brauchten wohl noch Zeit zum Packen, und gegen Abend endlich, während Panzerketten über das Straßenpflaster rasselten, öffnete sie mit dem Ruf: »Komm raus, die Amerikaner sind da!« zum letzten Mal die Kellertür. Hustend schlurfte er die Treppe hinauf, vorbei an der Schmundt, die bei seinem Anblick zusammenschrak.

Oben in der Küche schlugen sich Dampfschwaden an den Fensterscheiben nieder. Der Tisch war beiseitegerückt, ein Stück Linoleum auf die Dielenbretter gelegt, die Zinkwanne bereitgestellt.

»Zieh dich aus.«

Martin zögerte. Sie wandte sich ab, »man los, bist auch nicht anders als mein Sohn«, und ein Stich fuhr durch ihren Körper. Warum, dachte sie, steht der da in meiner Küche.

Er hatte fast vergessen, wie heißes Wasser auf der Haut brennt. Sie goß es ihm über Haare und Schultern, griff dann nach dem Waschlappen. Eigentlich müsse eine Wurzelbürste her, murrte sie und schrubbte immer verzweifelter den so vertraut mageren, fremden Rükken, und Martin, während seine Muskeln sich spannten unter ihrer Hand, wechselte für die Dauer eines Augenblicks Raum und Zeit. Samstagabend am Breiten Weg, draußen die Domglocken, im Badeofen knackt das Holz, es riecht nach Seifenwasser und Bratkartoffeln, der Atem seiner Mutter streift den Nacken, schon vorbei. Unerträglich, die Erinnerung. Er konnte ihr nicht standhalten ohne zu weinen, laut und klagend, ein Kind, das weint, und sie ließ den Lappen fallen und zog seinen Kopf an ihre feuchte Schürze, alles gut, Junge, alles gut, und vielleicht hätte er länger dauern sollen, dieser Moment der Wärme, des Bergens und der Geborgenheit, in dem jeder einen anderen meinte und dennoch Trost fand. Aber Hertha Oelschläger erschrak vor dem Wunsch, den fremden Kopf noch fester zu halten, zog die Hände weg und sagte, auf die Brühe in der Wanne weisend, daß man nochmals frisches Wasser brauche. Sie vermied es, ihn dabei anzusehen, sah ihm überhaupt nicht mehr ins Gesicht von nun an. Sie hatte einen Vertrag gemacht, der sollte gelten.

Martin hörte auf zu weinen. Auch in den folgenden Tagen, die er im Bett verbrachte, um mit Hilfe von Lindenblütentee, feuchten Wickeln und dreifach getürmten Federbetten die Bronchitis auszuschwitzen, weinte er nicht mehr. Doch sein Trostbedürfnis war noch schmerzhafter geworden, und als er Münden nach fünf Wochen verließ, suchte er wie so viele, die durch das Land trieben, nicht nur nach einer neuen Heimat, sondern vor allem nach Trost.

Welchen Trost? Findet sich hier vielleicht der Schlüssel zu Martin Crammes Geschichte, die sich mit der von

Dora verknüpfen wird, mit Doras, Julians, Verenas Geschichte? »Erst laßt ihr euch in den Dreck schubsen, und dann verlangt ihr das Paradies als Trost«, wird Julian die Sache einmal auf den Punkt bringen, erbarmungslos wie Söhne sind, wenn sie mit der Generation der Väter abrechnen.

Noch aber ist nicht Julians Zeit, längst noch nicht. Noch wartet Martin im Funkeschen Haus auf den Frieden, eingesperrt weiterhin, warm jedoch jetzt und sicher oben in der Wohnung und nicht preisgegeben wie die Flüchtlinge aus dem Osten, die auf Strohschütten im ehemaligen Festsaal nächtigten. Wenn er mit den vergilbten Jahrgängen der Berliner Illustrirten oder Herbert Oelschlägers englischer Grammatik am Küchenfenster saß, konnte er sehen, wie sie durchs Hoftor kamen und morgens wieder davonzogen unter der Last ihrer Bündel, Säcke, schreienden Kinder, und man vermochte sich schon nicht mehr vorzustellen, daß sie jemals warme Zimmer besessen hatten, Polsterstühle, geblümtes Kaffeegeschirr. Hertha Oelschläger kochte als eine Art Herbergsmutter auf dem Gasthofherd karge Suppen aus Rüben und schwärzlichen Kartoffelstücken, verteilte Schlafplätze und Tee und stemmte sich vergeblich gegen das, was sie Sodom und Gomorrha nannte, nämlich Verzweiflung, Dreck, Diebstahl, Krawall, aber auch die mehr oder minder erfolgreichen Versuche von Selbstmördern, sich dem Elend ein für allemal zu entziehen.

Gelegentlich, wenn sie abends heraufkam, ließ sie ein paar Sätze darüber fallen, gräßliche Details, die Martin Angst machten, ein Teil von diesem Chaos zu werden, obwohl es auch Momente gab, in denen er glaubte, draußen besser atmen zu können als hier oben zwischen den grüngestrichenen Küchenmöbeln, und keine andere Gesellschaft als diese schweigsame Frau. Denn meistens schwieg sie beim Abendbrot, schwieg, aß, sah an ihm vorbei, und nur das Radio brach die Stille, Nachrichten vom Deutschlandsender, wo man die letzten Zuckungen des Krieges weiterhin in Erfolge umzulügen suchte, und dann die Amerikaner und Engländer mit immer neuen Schreckensmeldungen aus den befreiten Konzentrationslagern. Leichenberge, sagte der Sprecher unbewegt, Menschenhaut, Gaskammern, lauter Wortfetzen, die sich nur schwer zusammenfügen ließen. Martin hörte sie, sprach sie nach, doch wie sollte er Unbegreifliches begreifen am Küchentisch, und nur eine Stimme aus dem Radio, und von Hertha Oelschläger nichts als Nicken, so sind sie, die Schweine, wen wundert das noch, und nun würden hoffentlich auch die Obernazis hier in der Stadt ihre Quittung bekommen, Schilling und Jeschke und die ganzen Verbrecher, die ihren Vater halbtot geprügelt hatten, oder Klempner Warnke, der Gestapospitzel. Namen, mehr nicht, und dann wieder Schweigen, und nachts in seiner Kammer fragte er sich, warum überhaupt sie ihn noch durchfütterte, ja sogar die Wohnungstür hinter sich verschloß, aus Sorge offensichtlich, daß er während ihrer Abwesenheit davonlaufen könne, an die Fulda oder in den Wald. Auf frische Luft müsse er noch verzichten, hatte sie ihm erklärt, der Krieg ginge weiter, und womöglich gerate er draußen irgendwelchen versprengten SS-Leuten in die Hände, oder die Amis, die auch nicht viel besser seien, steckten ihn in eins ihrer Gefangenenlager, Erdlöcher unter

22

freiem Himmel, Hunger, Durchfall, reihenweise Tote, und dafür habe sie ihn nicht durchgebracht. Das sah er ein. Nur weshalb sie ihn unbedingt durchbringen wollte, verstand er nicht.

»Warte, bis wir kapituliert haben, dann kannst du weg«, sagte sie abschließend, ein Lichtblick einerseits, dieser Tag X, aber auch eine Drohung, allein und ohne Bleibe wie er war in der Welt. Und vielleicht sollte man jetzt, da die Wege noch offen sind, darüber nachdenken, was aus ihm geworden wäre, wenn sie seinen Kopf nicht so schnell losgelassen hätte an jenem ersten Abend, »bleib hier« gesagt hätte statt »geh«. Martin Cramme, Lehrer oder Journalist möglicherweise, ein Mann im Rundfunk, im Verlag, so etwa hatte er sich die Zukunft vorgestellt, unten im Keller beim Abwägen von dem, was geschehen war und was zu tun sei, um es besser zu machen. Ein anderes Wort, ein anderes Leben? Spekuliererei, Gedanken ins Blaue hinein, obwohl auch er mit ihnen spielen wird hin und wieder, anfangs jedenfalls, wenn die Realität seine Illusionen in die Luft zu blasen beginnt und er schon sieht, daß sie sich nicht festhalten lassen. Aber wer weiß, ob er tatsächlich geblieben wäre, und ohnehin, sie fragte ihn nicht.

Am 10. Mai dieses Jahres 1945, zwei Tage nach der bedingungslosen Kapitulation, brach er auf. Um ein übriges zu tun, hatte sie Brot für ihn in einen Mehlbeutel gepackt, Schmalz, Wurst, auch ein paar Geldscheine in seine Tasche gesteckt und mit Befriedigung festgestellt, daß er ihr Haus sauber und anständig verließ, die Uniform gewaschen, ausgebessert und von militärischen Emblemen befreit, das Haar geschnitten und an den Füßen statt der aufgeplatzten Knobelbecher ein Paar Stiefel ihres Sohnes, was ihm alles in allem etwas nahezu Ziviles gab. Von den Stiefeln hatte sie sich allerdings nur zögernd getrennt und zwei Hemden, die sie schon in der Hand hielt, schnell wieder in den Schrank gelegt, genug, fand sie, genug, und das stimmte ja auch. Sie hatte ihn versteckt, ernährt, gesäubert, gesund gepflegt, die Schmundt, die um die Amerikaner herumstrich, mittels einer Flasche Schnaps zum Schweigen verpflichtet, dank der Beziehungen zu Karl Funkes alten Genossen auch noch für ordentliche Papiere sorgen können, doch, es reichte. Sie stand am Fenster und sah hinter ihm her, »jetzt bist du dran«, sagte sie zu Gott und verschwindet damit aus Martins Leben, leibhaftig zumindest, denn wer kann sagen, welche Spuren sie zurückließ. Es wird sich weisen, er ist auf dem Weg, geht die Straße entlang, nach so langer Zeit eine Straße und der Himmel darüber, geht durch die heile, vom Krieg kaum getroffene Stadt, an den Fachwerkhäusern vorbei, die vor sich hinblicken, als sei nichts geschehen, und während er das Flußtal hinter sich läßt und hineingeht in die Wellenmuster der Äcker und Wiesen, werden seine Schritte schneller, dabei wußte er immer noch nicht genau, wohin.

Nach Magdeburg, hatte er Hertha Oelschläger erklärt, aber nur um irgendeiner Antwort willen. Magdeburg, verlorenes Paradies. Er dachte an den Blick über die Elbe zum Dom, an den Alten Markt mit dem Reiter und dem Glanz der Buden um Weihnachten herum, es riecht nach Rostbratwurst und gebrannten Mandeln, der billige Jakob wirft ein Stück Stoff zwischen die Leute, und vor der großen bunten Orgel flöten, trommeln, jubilieren die Engel. Doch das alles gab es nicht mehr. Nichts gab es mehr, auf den Trümmern gingen die Russen spazieren, und eigentlich war es auch kein Paradies gewesen, nein, nicht wieder Magdeburg. Er strich es endgültig aus den Möglichkeiten, ebenso wie Berlin, die Verwandtschaft in der Heimat seines Vaters. Wenn sie noch leben, dachte er, haben sie keinen Platz für mich und erschrak über die Sachlichkeit, mit der er den Tod in seine Erwägungen einbezog.

Blieb Hildesheim, die Stadt, aus der seine Mutter stammte. Als kleiner Junge war er manchmal mit zur Großmutter gefahren, ein paar Bilder noch in der Erinnerung, das große Fenster, vor dem sie saß und stickte, ihr rosa Scheitel zwischen den weißen Haaren, eine mechanische Ente mit echten Federn, die über den Tisch lief, und dann die vielen schwarzen Gestalten am Grab. »Kommt Großmama zum Abendbrot da wieder raus?« hatte er in die Stille hineingerufen. Aber das wußte er nur von seiner Mutter.

Ihr einziger Bruder war 1933 aus Gründen, über die zu Hause nicht gesprochen wurde, nach Amerika verschwunden. Also auch in Hildesheim keine Zuflucht, es sei denn bei der Patentante Lieschen Stengel, Überbleibsel aus der Mädchenzeit seiner Mutter, die sich vor dem ersten großen Ball mit ihren fünf Freundinnen zum »Rosenbund« vereinigt hatte, so genannt, weil die jungen Damen schworen, fortan jedes Fest gemeinsam zu besuchen, Rosen im Haar als Zeichen der Verbundenheit für immer und ewig.

Eine gelbliche Fotografie erzählte von ihnen, Lieschen, Käthchen, Marthchen, Evchen, Tildchen, Hannchen, und weil jede darauf bestanden hatte, das erste Kind der anderen über die Taufe zu halten, besaß Martin fünf Patentaten, von denen drei allerdings bald abhanden gekommen waren. Auch die Beziehungen zu den letzten beiden verflüchtigten sich mehr und mehr, jedoch wurden weiterhin Grüße ausgetauscht, und alle Jahre wieder mußte er Weihnachtsbriefe an sie schreiben, Frau Elisa Stengel, Hildesheim, Kalenberger Graben, Frau Martha Beyfuhr, Wolfenbüttel, Lessingstraße. Kein Zweifel an den Adressen, nur daran, ob es sie noch gab, die Häuser und die Tanten.

Von Lieschen Stengel war zur Konfirmation eine Schreibmappe aus dickem Leder eingetroffen, Götterbote Hermes auf dem Deckel, der einen Brief mit Martins Initialen schwenkte. Naheliegend, diese Gabe, Herr Stengel produzierte dergleichen. Jedoch war Leder im Krieg Mangelware, und Martins Mutter sagte, man dürfe nicht lachen über den Hermes, Tante Lieschen sei eine echte Freundin. Vielleicht blieb er deshalb bei dem Entschluß, sie als erste aufzusuchen.

Er ging querfeldein, abseits der von Flüchtlingen überfüllten Straßen, kam zügig vorwärts, fand auch Schlafplätze im Heu und hätte, obwohl er zwischendurch auf verschiedenen Höfen arbeitete, denn der Proviant in Hertha Oelschlägers Mehlbeutel schmolz schnell zusammen, nicht länger als zwei Wochen für den Weg benötigen müssen. Es wurden jedoch sieben daraus, denn kurz vor dem Ziel, im Ambergau, nur noch zwanzig Kilometer bis Hildesheim, blieb er vollends hängen, auf dem Hof von Marie Heise, den er besser hätte links liegen lassen sollen, nicht wegen des langen Aufenthalts, sondern wegen des Endes, das er rückblickend allerdings für eine wertvolle Erfahrung hielt.

Dabei war er drauf und dran gewesen, vor der Tür wieder kehrtzumachen. Das Anwesen mit dem eingeschossigen Backsteinhaus, den blinden Stallfenstern, dem schief in den Angeln hängenden Scheunentor sah verwahrlost aus, und ein Hund stürzte heulend um die Ecke, besann sich jedoch kurz vor dem Sprung und fing an, freudig mit dem Schwanz zu wedeln. Bleib hier, schien er sagen zu wollen, und Martin, dem nach dreißig Kilometern die Füße in Herbert Oelschlägers Stiefeln brannten, ging über den Flur in die Küche, wo Frau Heise zwischen Herd und Kinderwagen saß und weinte.

»Wie in dem Kökschenlied«, wird er bei passenden Gelegenheiten den Anfang dieser Geschichte schildern, lachend, was sonst, »sie weinte und wiegte ihr Kind und hieß auch noch Marie.«

Im übrigen hatte die Frau bei Martins Anblick genau wie der Hund unverzüglich die Stimmung gewechselt, weil ihr nämlich, wie er später erfuhr, mitten in aller Verzweiflung der Gedanke durch den Kopf geschossen war, daß die Tür aufgehen und Hilfe kommen müsse. Und just in diesem Moment stand er da.

»Hätte natürlich auch ein Räuber sein können«, sagte sie, als die Not leidlich behoben war, denn normalerweise fand sie Mystisches eher verdächtig. An dem fraglichen Abend aber ließ sie keine Zweifel an sich heran. »Ach Gott!« rief sie nur und griff nach dem Tuch an der Herdstange, um das Gesicht zu trocknen, worauf sie sogleich das Woher und Wohin des Fremden zu erkunden begann, hartnäckig und ausdauernd, bis sie Bescheid wußte. Erst dann schnitt sie Speck und Zwiebeln in die Pfanne für Bratkartoffeln. »Hildesheim?« sagte sie dabei, »was willst du in Hildesheim? Ist doch auch alles kaputt.«

Am nächsten Morgen nahm sie ihn mit aufs Feld zum Rübenverziehen. Ihre beiden französischen Kriegsgefangenen, erzählte sie unterwegs, seien gerade noch mit der Frühjahrsbestellung fertiggeworden, Marcel und Maurice, zwei Studierte, aber tüchtig, doch jetzt seien sie weg, und das Zeug schieße ins Kraut wie verrückt, und keine Leute zu kriegen, ein schöner Frieden, und hoffentlich würde Martin sie nicht gleich wieder sitzenlassen.

Es war ein heißer Tag, kaum Wind in der Luft. Sie hatte ihm eine Hose gegeben, ein Hemd und Holzpantinen, und er kroch über den Acker von morgens bis abends mit wunden Knien und schmerzendem Rücken. Früher in den Ferien hatte er auch eine Zeitlang Spargel gestochen, alles ein Kinderspiel, so kam es ihm vor, verglichen mit dieser Kriecherei in der Hitze.

»Geht wohl nicht, was?« fragte Frau Heise mehrmals, Besorgnis in den Augen, da machte er weiter, weitermachen, das hatten sie ihm beigebracht im Krieg. Langsam begriff er auch, worauf es ankam, wie viele Pflanzen man ausreißen, wie viele stehenlassen mußte, damit, wie sie ihm erklärte, Zuckerrüben wachsen würden und keine mickrigen Mäuseschwänze, und nur mit dem Tempo haperte es. So sehr er sich anstrengte, ihre dunkelblaue Trainingshose bewegte sich immer ein paar Meter vor ihm.

»Bauernarbeit ist kein Bücherlesen«, sagte sie beim Vesper, nachdem das Kind, mit dem sie eine Weile verschwunden war, wieder im Wagen lag und sie die Wurstbrote aus dem kühlenden Erdloch geholt hatte.

Ein alter Mann kam vom Nachbarfeld herüber, ob das der neue Knecht sei, wollte er wissen. Sie zuckte mit den Schultern, »ein Stadtmensch«. Der Alte lachte meckernd, »dann laß dir man ordentlich Muskeln ranfüttern von Marie«, und als er krumm und steifbeinig davonstakste, warf sie einen Stein hinter ihm her. »Jetzt zerreißen die sich die Mäuler. Aber meine Arbeit macht mir keiner.«

Bei Sonnenuntergang kehrten sie zum Hof zurück, wo die Kühe schon rumorten vor Ungeduld. Melken, füttern, ausmisten, erst dann setzten sie sich an den großen Tisch, der den Raum neben der Küche fast füllte. Frau Heise kam mit Topf und Tellern und teilte das Essen aus. Statt der Trainingshose trug sie jetzt ein buntes Kleid, reichlich eng über der Brust. Wegen dem Kind, dachte Martin und bemühte sich, an der sperrenden Knopfleiste vorbeizublicken. Schweigend löffelten sie die Klütersuppe aus Milch und Mehl, er so manierlich, wie er es gewohnt war von zu Hause, die Frau mit beiden Ellbogen auf dem Tisch, bis sie sich nach einem Seitenblick gerade hinsetzte und die linke Hand neben den Teller legte.

»Feiner Maxe, was?« Sie lachte. »Willst du hierbleiben?«

Er hatte die Frage erwartet, sich aber noch nicht entschieden, ob er ihr neuer Knecht werden wollte, ein »Du« für jedermann im Dorf.

Sie gab ihm zum zweiten Mal Suppe. »Gutes Essen, gutes Bett, guter Lohn, wär' doch was!«

Das Kind fing an zu schreien, sie brachte es nach oben, stellte dann Brot auf den Tisch, Pflaumenmus, Malzkaffee.

»Ein paar Wochen mehr oder weniger, kommt doch nicht drauf an bei dir«, sagte sie, und was er denn in Hildesheim wolle, kein Stein auf dem anderen nach den Bomben im März, und wie solle sie allein denn fertigwerden, kaum noch Männer im Dorf, der Bauer sonstwo, tot, vermißt, gefangen, die beiden Franzosen auf und davon, dann noch die Kleine, und wenn er wenigstens bis nach der Ernte bliebe oder bis der Mann wieder da sei, falls er überhaupt zurückkäme.

»Ich brauche einen, der mir hilft«, sagte sie, holte auch noch eine Büchse Sülze aus dem Keller und goß Schnaps ein, selbstgebranntes Zeug. Doch das war schon nicht mehr nötig. Sie hatte recht, es kam nicht drauf an bei ihm.

Marie Heises Großknecht, sagte man im Dorf. Er bekam eine Kammer und ein Bett, dazu das Arbeitszeug des Bauern, blauer Drillich, zu weit und zu lang, lachend krempelte sie ihm die Hosenbeine hoch. Ob ihr Mann dick sei, fragte Martin. Sie hörte auf zu lachen. »Nicht so spillerig wie du. Der ist stark, der kriegt jeden wilden Stier runter.« Und dann kroch er wieder hinter ihr her über die Rübenfelder, Tag für Tag von morgens bis abends, immer die Rundung der Trainingshose vor Augen, und im Halbschlaf liefen die Bilder weiter wie damals beim Spargelstechen, als der helle Sand, die Messerklinge, die weißen Stangen hinter seinen geschlossenen Lidern getanzt hatten, nur daß er jetzt statt dessen das grüne Rübenkraut sah, und dazwischen Frau Heises gewölbtes Hinterteil. Sie war eine pralle Person, rotblond, Arme und Gesicht von der Arbeit im Freien ebenfalls rötlich und voller Sommersprossen, und obwohl ihm nichts an ihr sonderlich gefiel, außer den grünlichen Augen, die Sorge spiegeln konnten, Erleichterung, Zuversicht, auch Spott, wurde er die Vorstellung nicht los, daß sie überall so aussähe, rötlich mit braunen Punkten, von oben bis unten. Ein Irrtum, wie sich zeigen sollte, als sie zwei Wochen später draußen bei den Rüben, nicht mehr Zucker-, sondern Runkelrüben jetzt, die gehackt werden mußten, ihr Kind zu stillen begann.

Es geschah zum ersten Mal in seiner Gegenwart, vielleicht, weil sie ihn schlafend glaubte, und dann noch die Hitze. Mittagspause, sie saßen unter einer mächtigen Buche, dem einzigen Schattenplatz beim Feld. Gewitterbuche hieß sie in der Gegend, weil ihr Blitz den Stamm gespalten hatte, vor fünfhundert Jahren, behauptete Frau Heise und ließ sich nicht davon abbringen. Martin hatte seinen Tee getrunken, nun lag er dösend im Gras, horchte auf den Wind, das Rascheln der Blätter, die hohen Frequenzen der Insekten, und als er die Augen öffnete, legte sie gerade das Kind an die Brust. Eine pralle Brust, schneeweiß, von zarten bläulichen Adern durchzogen. Noch nie hatte er eine Frau so gesehen, auf Bildern nur, Schattenrisse der verborgenen, verbotenen Wirklichkeit. Seine Mutter war ihm stets bekleidet vor Augen getreten, vollständig, nicht einmal im Unterrock, und was die Lyzeumsmädchen betraf, mit denen er herumgetändelt hatte in der kurzen Spanne zwischen Kindheit und Krieg, so durfte man sie zwar küssen auf dem Heimweg, keinesfalls aber ausziehen allgemeiner Übereinkunft nach, ganz abgesehen davon, daß die Zeit zu knapp gewesen war, es wenigstens zu versuchen. Jetzt verschlug der Anblick ihm den Atem. Er vergaß Erziehung und Anstand und starrte auf die offene Bluse, bis er wieder das Kind wahrnahm, das leise Schmatzen, und beschämt den Kopf abwandte.

»Wohl was Neues für dich, wie?« fragte sie, ohne Verlegenheit, wie es schien, vermied aber fortan, das Kind zu stillen, wenn er sich in der Nähe befand, zu seiner Erleichterung in gewisser Weise, obwohl er die Brust gern wiedergesehen hätte, und nicht nur die eine. Ob die Frau es wußte? Manchmal glaubte er, ihren Blick zu spüren, anders als vorher, ein Glitzern darin, und neu auch der spielerische Ton, den sie immer häufiger anschlug, »mal nicht so langsam, Stadtjunge, bei den Mädchen muß es auch fixer gehen«, in der Art etwa. Er wurde rot bei solchen Reden, während sie wiederum sich nicht halten konnte vor Lachen. Mit der Forke, der Hacke, der Heugabel in der Hand stand sie da und gab ihm lachend den Rat, Pfingsten mal spazieren zu gehen und sich eine zu suchen, die ihn trocken wische hinter den Ohren, trug indessen mit Hilfe von Kuchen und Schlagsahne Sorge, daß er auch an den Feiertagen den Hof nicht verließ, sondern neben ihr auf der Gartenbank saß, wo sie über die Arbeit der vergangenen und der kommenden Woche redeten, einträchtig, als sei es seit eh und je so gewesen.

»Du bist schon wie ein richtiger Bauer«, sagte sie anerkennend, ein Lob, über das er hätte jubeln können, sich selbst zum Ärger, denn sie gefiel ihm doch nicht, zu dick, zu alt sowieso, und alles, was aus ihrem ans Platt gewöhnten Mund kam, handelte von Kühen, Schweinen, Rüben. Das heißt, nicht nur.

An einem dieser Sonntage hatte irgend etwas sie auf ihre Kindheit gebracht, auf die Großmutter am Spinnrad, die Geschichten kannte, schöne Geschichten, und auf den Tod des Zwillingsbruders, und wie sie an seinem Grab gesessen hatte, um ihm noch einmal die Großmuttergeschichten zu erzählen. Martin wollte mehr hören, doch es war schon wieder Zeit für den Stall, und später wehrte sie ab, Kinderkram. Er schüttelte den Kopf, wieso Kinderkram, und sie sagte: »Das denkst du, weil du ein Stadtmensch bist, Stadtmenschen haben ihr Leben lang Zeit für Kinderkram.« Nichts mehr also in dieser Art, vielleicht nur, weil sie abends kaum noch reden konnte vor Müdigkeit und oft schon beim Essen einschlief. Ihr Kopf fiel dann nach hinten, der Mund öffnete sich, und er dachte an das Mädchen, mit dem er getanzt hatte beim Abschiedsfest am Breiten Weg, damals, als das Haus noch stand und alle noch lebten, an die dunklen Haare, die zarten Schultern, an ihre Briefe, jede Woche ein Brief, und immer ein Gedicht darin, sie hatte Gedichte genauso geliebt wie er. Und trotzdem war es Frau Heise, die ihm in die Träume geriet, immer öfter bei Nacht, aber auch am Tag, wenn seine Phantasie in die Zukunft lief und den Hof auf Glanz zu bringen begann, neue Ställe, neues Vieh, ein Anbau am Haus, und sie immer neben ihm. Zwischen Schrecken und Hoffnung fragte er sich, wohin dies führen sollte. Doch es führte zu nichts.

Das Ende kam unerwartet, während der Heuernte, Martins sechste Woche auf dem Hof. Er hatte melken gelernt inzwischen, anspannen, ausmisten, alles, was anfiel, sogar die Sense schwingen recht und schlecht, und die Jacke des Bauern schlotterte längst nicht mehr so lose um ihn herum wie anfangs beim Rübenverziehen. Wenn er auf dem Bock des Kastenwagens saß, braungebrannt, das Haar noch heller von der Sonne, riefen ihm die Frauen anerkennende Worte zu, seine Muskeln betreffend, über die man sich offenbar Gedanken gemacht hatte im Dorf. Er verstand nur die Hälfte von dem Ambergauer Platt, doch Frau Heise geriet jedesmal in Rage, »Schandmäuler, wollen einem was anhängen«, und amüsierte sich ausnahmsweise nicht, wenn Martin rot wurde vor Verlegenheit.

An dem fraglichen Tag, seinem letzten auf dem Hof, hatten sie, weil Gewitter in der Luft lag, schon in aller Frühe das Heu gewendet, im Laufschritt beinahe. Die Sonne brannte, am Nachmittag konnten sie mit dem Aufladen beginnen. Sie arbeiteten, bis die Dunkelheit kam, und trotzdem war nicht alles in der Scheune. Den Rest würde vermutlich der Regen verderben, und wie bloß solle sie dann die Kühe durch den Winter bringen, jammerte Frau Heise beim Abendessen, die Augen hilfesuchend auf Martin gerichtet, als sei es an ihm, Rat zu schaffen.

Erschöpft saßen sie an dem großen Tisch, der eigentlich für zwölf Leute gemacht war und Martin immer wieder das Gefühl gab, man müsse auf die anderen warten. Zwischen Suppentopf und Tellern verwelkte der Sonntagsstrauß, rotweiße Pfingstrosen, und am Fliegenfänger darüber klebten die Opfer doppelt und dreifach, ein Fliegenjahr, schwarze Punkte, wohin man sah, und die Gazefenster rissig, keine neuen aufzutreiben, auch keine Zeit, gegen den Dreck anzugehen, nicht vor dem Herbst. Dann endlich sollten die Wände getüncht werden und auch das helle Rechteck verschwinden, von dem bis vor kurzem noch »unser Adolf in die Schüsseln spucken konnte«, wie Frau Heise es ausdrückte. Das Pferdebild, das ihn ersetzen sollte, füllte den Platz nur teilweise aus, und wahrscheinlich, hatte sie mit besorgter Stimme gesagt, werde ihr Mann nicht damit einverstanden sein, daß der Führer jetzt oben auf dem Boden liege, aber wohin denn sonst mit ihm. Sie klang immer besorgt, wenn die Rede auf den Mann kam, was nicht häufig geschah, so selten etwa, wie sie das goldgerahmte Foto betrachtete, das unter dem Pferdebild hing und ihn als Gefreiten mit dem Eisernen Kreuz zweiter Klasse zeigte, wovon man jedoch unter der Schicht von Fliegendreck nur wenig erkennen konnte.

Es war ein Milchsuppenabend. Milchsuppe und Bratkartoffeln wechselten einander ab hierzulande, und hinterher gab es Musbrot mit Malzkaffee.

Martin hatte gerade den Teller geleert, als er Schritte hörte. Die Tür öffnete sich, ein Mann in abgerissener Uniform kam herein, groß, ausgemergelt, das Gesicht von Ekzemen und Stoppeln bedeckt. Er stand da, rührte sich nicht, starrte in die Stube.

Frau Heise blieb wie er ohne Bewegung für einen Moment. Dann sprang sie auf, schrie »Heinrich« und schien ihm um den Hals fallen zu wollen, laut weinend, warum auch immer. Er stieß sie beiseite, seine Stimme klang drohend. »Was will der hier?«

»Die Arbeit«, schluchzte Frau Heise, »die Rüben, weißt du doch, und stimmt doch gar nicht, das Gerede, ist doch Lügerei.«

Martin war jetzt ebenfalls aufgestanden. »Guten Abend«, murmelte er hilflos, da sah er die Faust vor seinem Gesicht. Er wich aus, wie er immer ausgewichen war, doch dann, ohne zu merken, was er tat, ergriff er

35

den Arm, der wieder in die Höhe zuckte, griff nach dem anderen und zwang den Mann zu Boden. Nicht schwierig, eine Bagatelle angesichts dieses kraftlosen Menschen. Aber er war der erste, gegen den Martin die Hände erhoben hatte, nur darauf kam es an.

»Laß ihn los«, sagte die Frau, und er wartete darauf, daß sie mehr sagen würde, das, was nötig gewesen wäre nach diesen sechs Wochen. Aber sie sagte nur, er solle gehen, »geh, ist besser«, und so ging er in seine Kammer, dann aus dem Haus, verstaubt noch vom Heu, ohne Proviant in dem Mehlbeutel, nicht einmal den restlichen Lohn zu fordern hatte er gewagt. Martin Memme, Verlierer und Sieger zugleich. Etwas wie Triumph mischte sich in die wütende Enttäuschung, mit der er das Dorf verließ, Richtung Westen, wo die ersten Blitze durch die Wolken fuhren. Es begann zu regnen, und er hoffte, das Heu würde verderben.

Im Nachbarort arbeitete er zwei Tage für Brot und Speck, dann machte er sich endgültig auf den Weg nach Hildesheim. Nicht mehr Marie Heises Großknecht. Eigentlich war er erleichtert. Er wollte kein Knecht mehr sein.

»Irgendwann«, sagte er zu Dora, die als einzige dies alles ohne Schnörkel, Schönung, leere Stellen zu hören bekam, am Anfang der gemeinsamen Zeit, bevor die Blenden aus Erfolg und wachsendem Wohlstand ihm die Sicht verstellten, »irgendwann muß man wohl lernen, sich durchzusetzen.«

Doch, das war es, darauf kommt es an im weiteren Verlauf von Martin Crammes Geschichte. »Eure verdammte Härte«, wird Julians Urteil lauten. Aber Julian hat gut reden, für ihn stand immer ein Bett bereit.

Zwanzig Kilometer bis Hildesheim. Es regnete ununterbrochen, selbst das Brot in Hertha Oelschlägers Mehlbeutel triefte schon vor Nässe. Aus südöstlicher Richtung kommend, bog er in die Goslarsche Straße ein und geriet unvermittelt zwischen die Trümmer dessen, womit seine Mutter ihm die Kindheit gefüllt hatte, *unser Alter Markt*, bunte Kulisse ihres Es-war-einmal aus Fachwerk, gotischen Giebeln, Erkern, Türmen, kunstvoll geschmückten Fassaden. Kein Stein auf dem anderen, hatte Marie Heise ihn gewarnt, vergeblich, erst jetzt zerbrachen die Bilder in seinem Kopf, fielen Knochenhaueramtshaus, Bäckeramtshaus und Tempelhaus zusammen. Er lief weiter durch den Regen, planlos, wo waren die Menschen, die hier gewohnt hatten, las »Hoher Weg« auf einem verbogenen Schild, aber den Hohen Weg gab es nicht mehr. Nichts gab es mehr, in Hildesheim nicht, in Magdeburg nicht, Trümmer waren Trümmer, am Hohen wie am Breiten Weg, am Alten Markt hier, am Alten Markt dort oder in den namenlosen Straßen von Witebsk, Smolensk, Bialystok, und es kam ihm fast schamlos vor, daß am Kahlenberger Graben die Villen noch so unversehrt dastanden, so selbstverständlich im Schmuck der Sommerblumen, als gehöre die Ruine oben auf dem Domhügel zu einer anderen Welt.

Auch das Stengelsche Haus prunkte unbekümmert mit blauen und rosa Hortensien im Vorgarten. Säulen zu Seiten des Portals, Stacheldraht am Staketenzaun, Martin wunderte sich nicht darüber, daß man ihn zum Verschwinden aufforderte. »Gehen Sie weiter, hier haben Sie nichts verloren«, rief die Frau.

An seinem zehnten Geburtstag hatte er sie zum letzten

Mal gesehen, Tante Lieschen, dunkelhaarig damals, hochgewachsen, und er erinnerte sich plötzlich an sein Mißbehagen, wenn sie ihn tätscheln wollte und »Söhnchen« nannte. Inzwischen war sie ergraut, und, so schien es ihm, etwas zusammengeschrumpft, eine Folge wohl nur der veränderten Perspektive. Auf der Straße hätte er sie nicht wiedererkannt, und auch jetzt wäre er lieber weitergegangen. Doch da er naß war bis auf die Haut, blieb ihm keine Wahl.

»Du liebe Zeit, der kleine Martin!« rief sie und ließ ihn herein, bis zur Diele vorerst und dann, nachdem er trockenes Zeug bekommen hatte, Manchesterhose, Hemd, Jacke, Hausschuhe, auch ins Wohnzimmer, wo sie sogleich den Teetisch zu decken begann. »Wie reizend, dich wiederzusehen«, sagte sie, die gestickte Decke glattstreichend, und wie gut ihm Onkel Alberts Sachen paßten, und der werde staunen, so ein überraschender Besuch, und ob Martin tatsächlich aus Hannoversch Münden käme, das sei doch ein Umweg, und wie schade, daß er ihr Röschen, die aus Berlin habe flüchten müssen und nun mit Mann und Kindchen oben im ersten Stock wohne, heute nicht anträfe, ein reizender Schwiegersohn übrigens und erst kürzlich aus englischer Gefangenschaft entlassen, wunderbar, wie der liebe Gott ihn geleitet habe, und die Schwiegermutter werde auch noch erwartet, und oben in den Mansarden wohne eine ausgebombte Familie, übervoll das Haus, und Onkel Albert so nervös, kein Wunder bei den Brandschäden in der Fabrik, und wie solle das bloß weitergehen, dieses Elend in Hildesheim, ob Martin jemals etwas so Schreckliches gesehen habe.

»Vorher nur in Rußland«, sagte er, was sie nicht gelten

lassen wollte, Kriegsgebiet, und Hildesheim eine fried-
liche Stadt. »Aber die Unmenschen sind natürlich wir«,
sagte sie und schaffte Silberlöffelchen herbei, Geschirr
und Marmeladenbrote und auch noch einen Rosen-
strauß, und keine Pause in dem Redeschwall. Erst als
der Tee bereitstand, legte sich Stille über den Tisch,
über die Vitrine mit dem blaugoldenen Mokkaservice,
über die Biedermeierkommode, den Nähtisch im Erker, das Klavier aus Nußbaumholz, eine Stille, die Martin noch mehr irritierte als das Geschwätz. Zurecht,
denn nach der zweiten Tasse Tee sagte sie mit ent-
schlossener Munterkeit in der Stimme: »Wie glücklich
wird deine liebe Mutter sein, wenn sie ihren Jungen
wieder bei sich hat.«
Er konnte es nicht länger ertragen. Frau Stengel, hatte
er gedacht, dieses sogenannte Tante Lieschen, sei im
Bilde. Ganz gewiß hatte sie auch die richtigen Schlüsse
gezogen, von Anfang an, und ihr Getue brachte ihn
dazu, das bisher Unsagbare auszusprechen, zum ersten Mal, in aller Endgültigkeit: »Meine Eltern sind
tot.«
»Um Gottes willen, Hannchen!« rief sie und verlangte
unter Tränen Einzelheiten, wann denn und wo, und
konntest du sie wenigstens zur letzten Ruhe betten,
und als Martin erklärte, daß die Nachricht ihn wegen
der Kämpfe bei Witebsk viel zu spät erreicht habe, im
übrigen wohl auch nichts greifbar gewesen sei für eine
Beerdigung, murmelte sie: »Wie kalt du über diese
Dinge sprichst.« Danach jedoch faßte sie sich, denn
nun mußte der Satz kommen, um den sie herumgere-
det hatte die ganze Zeit: »Wo willst du hin?«
Er gab nicht die Antwort, die sie erwartete, zuckte nur

mit den Schultern und blickte dabei auf die Täßchen in der Vitrine, die Porzellanfiguren, den versilberten Kinderschuh. Am liebsten hätte er alles kaputtgeschlagen, Trümmer zu Trümmern.

Frau Stengel begann, das Teegeschirr in die Küche zu tragen, stückweise wieder, nur daß es jetzt schweigend geschah. Sie nahm die gestickte Decke ab und breitete statt dessen weinroten Samt über den Tisch, zupfte an der Brokatborte, strich die Fältchen glatt, eine sorgfältige Prozedur, noch verlängert durch die Plazierung des Rosenstraußes. Dann nahm sie Martins Hand und gab mit einem Lächeln aus Trauer und Zuversicht jene Worte von sich, die unvergessen bleiben sollten. »Gott will mit solchen Prüfungen unsere Herzen stärken«, sagte sie. »Du bist jung und kräftig, deine liebe Mutter wacht über dich, also sei getrost.« Heute natürlich, fügte sie hinzu, würde sie ihn nicht mehr fortlassen, da könne er im Herrenzimmer schlafen. Und morgen, wenn seine Sachen trocken seien, sehe die Welt schon anders aus.

Als Martin am nächsten Tag das Vorgartentor hinter sich schloß, stand sie neben den Hortensien und winkte. Sie hatte ihm ein Stück Brot eingepackt und die Manchesterhose, »damit du etwas zum Wechseln hast, mein Junge«. Er nahm sich vor, ihr alles zurückzugeben, irgendwann, mit Zinsen.

Wolfenbüttel schließlich war der Ort, an dem er bleiben konnte.

Ein Vorspiel bis jetzt, kein Heute eigentlich, die Gegenwart verbarg sich noch im Morgen, oder eher: im Irgendwann der Zukunft. Irgendwann, Martins neues

Wort. Damals fing er an, mit ihm zu jonglieren und behielt es bei, nicht nur das Wort. Irgendwann-Mann nannte Dora ihn, einen, der trotz Spatz und Taube in der Hand immer der nächsten Beute hinterherjagte, den Blick schon auf der übernächsten. »Gegenwart ist immer gleich vorbei«, pflegte er zu sagen, »was zählt, ist die Zukunft«, ein Streitpunkt wieder zwischen ihm und Julian, der behauptete, sein Vater mache vor lauter Morgen das Heute kaputt. Zu einfach, dies alles, auch Martins Vorwurf, Julian begebe sich auf den Marsch nach Vorgestern. Aber nur so konnten sie sich zurechtfinden im Gestrüpp ihrer Komplikationen.

Die Gegenwart also, Martins Gegenwart. Kein Regen mehr, fünf Stunden Fußmarsch in der Julihitze. Wolfenbüttel tauchte auf, die alte Stadt, einst Residenz der Herzöge von Braunschweig, mit Schloß, Zeughaus und der weitgerühmten Bibliothek, mit Kirchen, Wällen, Brücken, Winkeln und einer Guillotine im Gefängnis am Ziegenmarkt, die während der jüngst vergangenen Ära zweitausend Köpfe abgeschlagen hatte. Ob ihm angesichts der Silhouette aus Türmen und Dächern der Gedanke kam, seine Geschichte könnte hier ihre Konturen finden? Kaum anzunehmen. Die Stadt, nur eine Adresse bisher, auf Weihnachtsbriefe geschrieben. Er wußte nichts von ihr, nicht einmal, daß sie heilgeblieben war im Krieg und schon gar nicht, ob man ihn dort haben wollte. Er ließ die schattenlose Feldmark hinter sich, Getreide, Klatschmohn und Kornblumen, gelb-rot-blau, damals die Farben des Sommers, ging an den ersten Häusern der Adersheimerstraße vorbei, über die Hohe Brücke zur Auguststraße und vom Schloßplatz in die Lessingstraße, und falls er auf diesem letzten Teil des langen Weges überhaupt etwas bedachte, dann höchstens, was zu tun sei, wenn Martha Beyfuhr, von deren einzigem Besuch am Breiten Weg nur ein hölzernes Pferdchen in seiner Erinnerung geblieben war, ihn ebenfalls abwies. Auf dem Rosenbundfoto hatte ihr ausgelassenes Lachen sie von den anderen unterschieden. »Tante Marthchen konnte so schön lachen. Und diese blitzenden Augen!« Doch auch das bot keine Gewähr.

Das Haus aus gelben Ziegeln mit grauen Simsen und Ornamenten lag in einem Garten gegenüber dem Bibliotheksgebäude. Dr. Paul Beyfuhr, zweiter Stock, zweimal klingeln. Die Frau an der Wohnungstür erkannte ihn sofort, Hannas Sohn. Sie wußte, was in Magdeburg geschehen war, stellte Waschwasser bereit und ein kaltes Getränk, fragte das Notwendige und forderte ihn nach kurzem Blickwechsel mit dem erschreckend dürren Dr. Beyfuhr zum Bleiben auf. »Die Stadt«, sagte sie, »quillt von Flüchtlingen über. Wohnzimmer und Eßzimmer haben wir schon abgeben müssen, und bevor sie das nächste beschlagnahmen, kannst ebensogut du darin wohnen. Wenn du willst, zeige ich es dir.«

Es klang wenig einladend, und Martin, der den Grund noch nicht kannte, brachte nur einen mühsamen Dank heraus, auch deshalb, weil er zwischen »Tante« und »Frau Beyfuhr« ins Stocken geriet. »Du wärst uns ein lieber Hausgenosse.« Dr. Beyfuhr nickte ihm ermutigend zu, was ihre Schroffheit ein wenig milderte, überhaupt ging Freundlichkeit von ihm aus.

Sie hatten in Dr. Beyfuhrs Arbeitszimmer gesessen, das, nach Osten gelegen und mit Möbeln aus dem

42

beschlagnahmten Wohnzimmer vollgestellt, düster und kühl wirkte, trotz der Hitze draußen. Der Korridor, durch den sie jetzt tappten, lag völlig im Dunkeln, elektrischen Strom, erklärte Frau Beyfuhr, gäbe es nur stundenweise, und Martin schloß geblendet die Augen, als sie die Tür am unteren Ende aufstieß.

»Komm rein.« Es hörte sich an, als wolle sie »verschwinde« sagen.

Ein Zimmer mit heller Tapete, Sonne über den weißbezogenen Betten, zwei Schränke an der Wand, zwei Schreibtische mit Büchern, Heften, Aktentaschen, alles so, als sei es gerade verlassen worden. Das Zimmer ihrer Söhne, sagte Frau Beyfuhr, Zwillinge, so alt wie er.

Ob es denn nicht gebraucht würde, fragte Martin beklommen, von Anfang an hatte er sich beklommen gefühlt in ihrer Gegenwart. Frau Beyfuhr öffnete die Fenster, dann die Schränke und begann, Hosen, Jakken und Wäsche auf den Boden zu werfen. »Die haben ein anderes Quartier gekriegt, zweimal zwei Meter, bei den Würmern.«

Sie war eine zierliche Frau mit raschen, runden Bewegungen, jünger als seine Mutter, kam es ihm vor, vielleicht, weil sie gern gelacht hatte früher und ihre Augen immer noch blitzten, wenn auch im Zorn. »So haben meine Söhne geredet«, sagte sie, »und nun rede ich so, und mir soll keiner mehr von Heldentod faseln.«

Sie riß das Plumeau von einem der Betten, warf das Kopfkissen hinterher. »Nimm das Bett auseinander und bring den einen Schreibtisch raus, warum soll man so tun, als ob sie noch da sind«.

Noch an diesem Nachmittag mußte Martin die Sachen

in die Turnhalle gegenüber vom Zeughaus bringen, wo man eine Sammelstelle für die Flüchtlingshilfe eingerichtet hatte. Möbel, Kleidung, drei Fuhren mit dem Handwagen, das war es. Die Anzüge und Hemden hätten ihm gepaßt. Aber nicht einmal ein Paar Schuhe wagte er zu behalten.

»Ich traure traurig, und sie trauert zornig, suum cuique«, sagte ihr Mann, nachdem Martin seine Zuneigung gewonnen hatte, schon bald, schneller vielleicht als ein anderer. Aber persönliche Sympathie oder nicht, Dr. Beyfuhr, Paulus, wie die Schüler ihn nannten, trat jungen Menschen prinzipiell mit offenen Armen entgegen, einmal, um seinem Lehrerethos genüge zu tun und zum anderen aus schierer Freundlichkeit des Herzens. Er unterrichtete seit 25 Jahren an der Großen Schule, dem Gymnasium am Rosenwall, Latein und Griechisch, so daß nahezu jeder humanistisch gebildete Wolfenbütteler unter vierzig durch seine Hände gelaufen war, so gut und so schlecht wie anderswo auch, obwohl er als reichlich milder Verfechter des non scolae sed vitae galt, zudem als ein wenig vertrottelt. Er ließ dauernd etwas liegen, brachte Namen durcheinander, manchmal sogar Latein- und Griechischstunden, und es konnte geschehen, daß er beim Betreten eines Klassenraums zwar nach Vorschrift den Arm hob, statt »Heil Hitler« jedoch »schönes Wetter heute« sagte. Besonders seine Gewohnheit, die Tafelkreide nach Gebrauch einzustecken, war Quelle nicht endender Pennälerfreuden, und kein Treffen von Ehemaligen ohne die Erinnerung wie der alte Paulus, von den Schülern zur Ordnung gerufen – »die Kreide, Herr Studienrat!« – gedankenverloren das Taschentuch zurückgelegt hatte. Seiner Beliebtheit quer durch die Generationen schadete dies alles freilich nicht, nur seiner Karriere, und einmal hätte seine sogenannte Trotteligkeit oder besser Abwesenheit vom Alltäglichen, weil seine Seele mehr im alten Rom weilte als in Wolfenbüttel, beinahe zur Katastrophe geführt.

Das geschah im letzten Kriegswinter, als man den Hilfslehrer Dr. Denke, ein jüngerer, wegen eines Leberleidens vom Kriegsdienst freigestellter Privatdozent für Sinologie aus Göttingen, der nun das Wahlfach Englisch unterrichten mußte, doch noch zu den Waffen holte, und Dr. Beyfuhr für ihn einsprang. Da er als einziger in dem zusammengeschrumpften Kollegium wenigstens eine Ahnung von dieser Sprache hatte, schien die Lösung akzeptabel, zumal an der ehrwürdigen Großen Schule Englisch nicht für voll genommen wurde, das Idiom von Kellnern und Handlungsreisenden sozusagen.

Zu Beginn schien alles gut zu gehen. Seiner mageren Kenntnisse eingedenk, hielt er sich streng an die Lehrbücher, zu streng, wie sich zeigte, denn sie stammten noch aus Friedenszeiten, und der Umgang mit ihnen hätte eine gewisse Souveränität, zumindest Vorsicht erfordert, immerhin handelte es sich jetzt um die Sprache der Feinde. Braunschweig und Hannover waren von ihnen zerbombt worden, sogar auf deutschem Boden standen sie inzwischen, und manche Eltern, die sich für das Verbot des Faches stark machten, konnte selbst der Hinweis, daß man nach dem Endsieg Sprachkundige brauche, um das störrische Britannien unter Kontrolle zu halten, kaum besänftigen. Eine heftige Diskussion, die an Dr. Beyfuhr möglicherweise vorübergelaufen war, weil er nach dem Tod seiner beiden Söhne das Geschwätz rundum noch weniger als sonst beachtete. Vermuten läßt sich aber auch, daß die Annahme, der Beschäftigung mit einigen im Lehrbuch abgedruckten Versen könnte Staatsfeindlichkeit unterstellt werden, ihm ebensowenig in den Sinn kam, wie er an den Inhalt dieser Verse irgendwelche Gedanken verschwendete, zumindest nicht an ihren Bezug zur Realität. Genaues wußte niemand, nicht einmal er selbst offenbar. Jedenfalls ließ sich ihm keine Auskunft darüber entlocken, weshalb in aller Welt er bei der einschlägigen Lektion seinen Schülern auftrug, »Britannia rule the waves« auswendig zu lernen, sämtliche Strophen, wodurch ein Sturm entfacht wurde.

Es war die Zeit der schnellen Bluturteile. Sogar Mütter, die in der Öffentlichkeit den Tod ihrer Söhne sinnlos nannten, schleppte man zur Hinrichtung, und Frau Beyfuhr sah ihren Mann schon hinter den Gefängnismauern am Ziegenmarkt, von wo man immer häufiger die Totenglocke bimmeln hörte. Zum Glück jedoch konnte ein ehemaliger Schüler dafür sorgen, daß er vorerst unter Hausarrest blieb, bei Aberkennung von Amt und Gehalt. Außerdem wurde ein Verfahren zwecks Feststellung seiner Zurechnungsfähigkeit eingeleitet, ohne Ergebnis, die Kapitulation kam schneller, so daß größeres Unheil nicht entstand. Im Gegenteil, jetzt hätte er sich zu den Opfern des Faschismus rechnen können, was ihm freilich so fern lag wie vorher das Mißtrauen gegen einen Lehrbuchtext. Erst Martin sollte ihn dazu bringen, den Vorteil wahrzunehmen, in einer Zeit, die sich nur durch Wahrnehmung von Vorteilen überstehen ließ. Gut also, daß er blieb.

46

Doch an diesem ersten Abend glaubte Martin schon nicht mehr an eine Zukunft in Wolfenbüttel und bereute seine Voreiligkeit, mit der er seinen letzten Speck neben die Kartoffelschüssel gelegt hatte. Die steinerne Frau Beyfuhr, die nichts aß und nichts sprach und ihn ansah, als ob er Kain hieße, dazu das verstörte Lächeln ihres Mannes. »Trotzdem willkommen«, schien es zu sagen, »willkommen im Bett des Sohnes«, nein, Martin glaubte nicht, daß er dieses Bett haben wollte.

»Speck«, Dr. Beyfuhr schnitt sich eine dünne Scheibe ab, »könnten wir öfter brauchen. Ich bin immer ein schlechter Futterverwerter gewesen, und jetzt gibt es ja kaum noch etwas zu verwerten, nicht wahr, Martha?«

Sie antwortete nicht, und mit einer Flut hilfloser Fragen versuchte er, sich gegen das Schweigen zu werfen: Ob Martin auf einem humanistischen Gymnasium gewesen sei, ob er Latein oder Griechisch bevorzugt habe, Französisch oder Englisch als Wahlfach gehabt, Sport getrieben, ein Instrument gespielt, die Berge gesehen, das Meer, Balzac gelesen, Dostojewski, Hermann Hesse.

»Da stehen sie alle«, sagte er, auf die Regale an den Wänden weisend. »Nimm dir, was du willst. Du liest doch gern?«

Martin nickte.

»Von unseren Söhnen war nur Justus ein Bücherwurm. Gregor dagegen...«

»Sei doch still«, unterbrach ihn seine Frau. »Hör endlich auf.«

Er hielt ihr den Speck hin. »Iß etwas.« Sie schüttelte den Kopf und verließ das Zimmer.

Martin blickte aus dem Fenster. Die Gärten der Leibnizstraße lagen in der Abendsonne. Zwischen dem Blattgrün funkelten Johannisbeeren.

»Sie kann noch nicht verwinden, daß andere überlebt haben«, sagte Dr. Beyfuhr.

Die Sperrstunde begann erst um zehn, ein Platz im Heu fand sich immer. Martin wollte aufstehen und gehen, da kam die nächste Frage.

»Spielst du Schach?«

Sie spielten bis in die Dunkelheit hinein. Der Strom war abgeschaltet, eine Kerze brannte, »du spielst gut«, sagte Dr. Beyfuhr, »ich hoffe, du bleibst bei uns«.

Doch, er blieb. Er blieb, traf Dora, fand die Fallschirmseide, und alles nahm seinen Lauf.

Dora also, die im August dieses Sommers auf Martin trifft mit ihrer Geschichte, Dora Dankwart, zwei Pfeifer im dunklen Wald. Sie jedenfalls nannte sich so, wenn Martin von ihrem Mut redete, die furchtlose D. D.

»Hör auf, ich bin nur ein Pfeifer im Wald, genau wie du.«

Den Namen Dora mochte sie nicht. Dorothee wäre ihr lieber gewesen, auch ihrer Mutter, was Martin nicht verstand. Ihm gefielen die beiden Vokale und das R dazwischen, er ließ es rollen in zärtlichen Momenten, Dorrra, nicht vorstellbar, daß sich mit irgendwelchen anderen Lauten so vieles sagen ließ. Illusion des ersten Males. Die Erfahrung, daß jede Liebe ihre eigenen Signale hat, stand noch aus.

Dora, der Name ihrer Großmutter. Beschlossene Sache längst vor der Geburt, daß die erste Enkelin ihn übernehmen sollte, und kein hysterischer Anfall der Schwiegertochter konnte das verhindern. Köchinnen

und Kühe hießen so, hatte sie geschluchzt, allerdings
nur in Gegenwart ihres Mannes, des hilf- und machtlo-
sen jungen Herrn Dankwart, schlicht Dankwart ohne
von, worunter sie ebenfalls litt.

»Sie war schon immer zickig«, sagte Dora. »Meine
Großmutter auch, alle. Hoffentlich werde ich nicht
ebenso.«

Doras Großmutter besaß hundert Abendkleider, exakt
hundert, und wurde etwas davon ausrangiert, orderte
sie Ersatz in dem Berliner Salon, wo eine Schneider-
puppe mit ihren Maßen bereitstand. Sie war eine geborene Gräfin Suyme, und nichts konnte die Gutsleute
davon abbringen, sie auch dann noch Komteß zu nennen, als ihr kurz vor der Pleite stehender Vater sie 1892
mit dem immens reichen und jähzornigen Alfons
Dankwart verheiratet hatte, Erbe eines Hamburger
Kaffeeimporteurs. Acht Jahre lang ließ die Ignorie-
rung seiner Person durch das adelsstolze Lausitzer Ge-
sinde den neuen Gutsherrn in Raserei verfallen, dann
starb er auf schnelle und heftige Weise, ausgerechnet
in der Silvesternacht des neuen Jahrhunderts. Schlag-
anfall, vermerkte der Totenschein. Doch da der Teufel, wie er allgemein hieß, noch nicht einmal vierzig
war, entstand mancherlei Gemunkel, das schließlich,
durch die Zeitläufte wabernd, dreißig Jahre später die
junge Frau Dankwart erreichte. Sie jedenfalls hegte
keinerlei Zweifel an dem Gerücht, die Komteß, auf die
er angeblich sogar in Gegenwart von Diener, Jungfer,
Kutscher, Köchin mit der Peitsche losgegangen war,
habe ihm Gift gegeben, und auch Dora vermochte sich
angesichts des Naturells ihrer Großmutter eine solche
Tat zumindest vorzustellen. Vor der Ehe, ja selbst noch

unter der Fuchtel ihres furchtbaren Ehemanns sei sie sanft und freundlich gewesen, erzählte die Dorflegende. Doch mußte er diese Person mit ins Grab genommen haben, denn nach der Beerdigung kam eine ganz andere unter dem Witwenschleier hervor.

Es fing damit an, daß sie ihren Vater, Urheber des Fiaskos, aus dem Haus wies, ein unglaublicher Vorgang, die Erbverträge indessen schienen es zu gestatten. Sodann nahm sie die Bewirtschaftung des Gutes in eigene Hände und machte es wieder rentabel, mit Arbeitswut und kaufmännischem Geschick, aber auch unter Verschleiß zahlloser Inspektoren, verfolgt von den Flüchen der Leute. Frau Gräfin nannte man sie jetzt, dabei blieb es, keine neue Heirat, aber alle Welt wußte von ihrem Verhältnis mit dem Kunstmaler Rademann aus Dresden, der zeitweilig sogar im Schloß wohnen durfte, was sie nicht daran hinderte, jeden Monat nach Berlin zu fahren, mit großen Koffern, die vermutlich einen Teil der Abendkleider enthielten.

1926, bei Doras Geburt, war sie fünfzig, ihr Sohn, der junge Herr Dankwart, zweiunddreißig, und keine Rede davon, ihm das Gut zu übergeben. Er sah seinem Vater ähnlich, vielleicht mußte sie deshalb sein Leben zerstören. In Schweizer Internaten aufgewachsen, verstand er wenig von der Landwirtschaft, und als er 1918 aus dem Krieg kam, sorgte sie dafür, daß es so blieb. Ein reicher, junger Mann, der reiste, mit Autos und Motorrädern herumspielte, Hunde züchtete, im Keller chemische Experimente machte, so etwas durfte er, auch das schöne Fräulein von Velber heiraten, eine preußische Offizierstochter spanischen Typs und ohne Vermögen, die glaubte, in den Goldtopf zu greifen, aber war man bloß ein Pißpott, brachte das Dorf es auf den Punkt. Sein Pflichtanteil aus dem Dankwartvermögen wurde von der Inflation gefressen, Abhängigkeit bis zur letzten Mark, »und wenn meine Großmutter«, sagte Dora, »tatsächlich ihren Mann umgebracht hat, dann waren wir ihre nächsten Opfer, uns hat sie auch vergiftet«.

Ein langsamer Prozeß, von Jahr zu Jahr. Weimar, Hitlerzeit, die Tagelöhner zogen in den neuen Krieg, polnische Zwangsarbeiter traten an ihre Stelle, der Sohn wurde fünfzig, die Gräfin siebzig, und immer noch wohnte sie im Schloß, vierzig Zimmer oder mehr, und er draußen auf dem Vorwerk. Ein ansehnliches Haus ebenfalls, mit Türmchen und Zinnen sogar, Fräulein von Velber indessen war durch das Schloß geführt worden, als er um sie warb, und nun dies. »Nach meinem Tod«, fertigte die Gräfin ihn ab, wenn er alle Jahre wieder an seinem Geburtstag um die Übergabe flehte, »aber sie stirbt nicht«, schrie seine Frau, die immer noch aussah wie bei der Hochzeit, keine Falte in dem bräunlichen Gesicht, nur die Nerven ruiniert, »sie stirbt niemals«. Und er, der ewige junge Herr Dankwart, zu alt inzwischen für den Krieg, nur die Motorräder hatten sie geholt, ihr machtloser Mann also sagte: »Bring sie doch um«. Und wenn sie schluchzend darauf hinwies, daß die Velbers keine Mörder seien wie die Suymes, dann kroch die kleine Dora unter den Tisch und wartete, bis der Vater verschwand und die Mutter sie auf ihren Schoß zog, »komm, mein einziger Schatz, tröste deine arme Mama«.

»Ich habe immer Angst gehabt«, sagte Dora zu Martin. »Solange ich denken kann.«

»Trotzdem bist du so mutig«, sagte er, und sie schüttelte den Kopf, das sei nur ein Pfeifen im Wald.

Bei Kriegsende bekamen das Gut die Polen. Die Gräfin wurde von den Zwangsarbeitern umgebracht. Es nützte nur niemandem mehr, denn den Sohn erschlugen sie ebenfalls.

Unten im Kellerversteck hörte Dora die Schreie und konnte bei Nacht aus dem Haus schleichen, nur mit einem kleinen Schmuckbeutel aus grauem Samt unter dem Kleid, im Schlepptau ihre Mutter, die auch jetzt nichts anderes tat, als vergeblich gegen Wände zu rennen. Dora war erst achtzehn, doch an ihr lag es, daß sie durchkamen, was Mut erforderte und Stärke, eine Haut, die sie später abzustreifen suchte wie ein ausgedientes Kleidungsstück, weg damit, ich bin nicht so, ich renne nicht mit dem Kopf gegen Wände, ich bin anders. Die fügsame Dora. Beinahe glaubte sie daran, nicht zu reden von Martin, der sich nach und nach angewöhnte, eine Art Duplikat seiner Person in ihr zu sehen, seltsam eigentlich, schon seit der ersten Begegnung wußte er doch, wer vor ihm stand.

Dora war schon länger als er in der Stadt, aber sie trafen sich erst spät im August, und nicht etwa auf der Straße oder beim Schlangestehen. Dabei wohnte sie ganz in seiner Nähe, im alten Zeughaus gegenüber dem Schloß, wo man die große Halle in Flüchtlingsquartiere aufgeteilt hatte. Kleine Verschläge, die Bretterwände nicht einmal bis zur Decke, und dennoch ein Glücksfall, hier unterzukommen nach den schrecklichen Wochen in einem der Sammellager. Obwohl Dora die acht Quadratmeter für sich und ihre Mutter weniger dem Glück verdankte als einer goldenen Gemmenbrosche, so wie auch die anderen lebensnotwendigen Dinge, Bettzeug, Töpfe, Kocher und Schuhe für Schmuckstücke aus dem grauen Samtbeutel erstanden hatte, ebenso das Fahrrad, das schließlich die Begegnung mit Martin herbeiführen sollte. Es war gegen das Konfirmationsgeschenk ihrer Großmutter eingetauscht worden, Ohrringe aus Perlen und Brillanten, viel zu wertvoll im Grunde. Doch andererseits machten die Ohrringe nicht satt, während man mit dem Fahrrad durch die Feldmark streifen und unterwegs Äpfel mitnehmen konnte, Kirschen, Bohnen, Kohlköpfe, vielleicht sogar eine Bäuerin fand, die Milch verkaufte. Ein Vermögen, das Rad, Dora warf ihr Leben dafür in die Bresche, unsinnigerweise, doch so war sie, und so lernte Martin sie kennen.

Monat August, die Getreidefelder leer, ein paar Hundstage noch bis zum Herbst. Der Winter drohte schlimm zu werden im Hause Beyfuhr, wo es schon jetzt kümmerlich zuging, keine Verwandtschaft auf dem Lande, keine guten Beziehungen nach da und dorthin und erst recht kein Talent, Vorräte zu schaffen wie jene fixen Leute, die es geradezu rochen, wenn sich irgendwo etwas ergattern ließ und kurz vor Ankunft der feindlichen Panzer noch das Wehrmachtsdepot Hoher Weg leergeräumt hatten, Büchsenfleisch, Fett, Zucker, Schnaps. Frau Beyfuhr war nicht zu Hause gewesen an jenem Vormittag, und als ihr Mann mit seinem Handwagen eintraf, waren längst die Amerikaner da, und nur noch Kartons mit Ersatzkaffee und getrocknetem Suppengrün in Kantinengröße lagen am Straßenrand, nichts Nahrhaftes, schon gar nicht für einen schlechten Futterverwerter. Besorgniserregend,

53

wie Dr. Beyfuhr immer mehr zusammenschrumpfte, selbst beim Schachspiel schlief er ein, und auch die Vesperbrote aus Adersheim änderten nichts daran.

Schon seit Wochen fuhr Martin jeden Morgen mit Frau Beyfuhrs altem Rad in das Dorf, um beim Einbringen des Getreides zu helfen, eine vielbegehrte Arbeit, aber seine in Marie Heises Dienst erworbenen Muskeln hatten sich als Vorteil gegenüber der Konkurrenz erwiesen. Das Essen war gut, nur schade, daß er nicht auch von der Mittagssuppe einen Teil mitnehmen konnte, nach Hause, wie er die Lessingstraße in Gedanken nannte, seit Frau Beyfuhrs Augen ihm nicht mehr sein Überleben vorwarfen, manchmal sogar lächelten, wenn auch noch mühsam. Dr. Beyfuhr dagegen zeigte mit jedem Blick seine Zuneigung, und Martin, ob nun Ersatz oder nicht, antwortete darauf mit soviel Wärme, wie er für seinen Vater nie empfunden, vielleicht auch nur nicht hatte zeigen dürfen, er wußte es nicht genau. Und als Frau Beyfuhr einmal seufzte, nun wiege ihr Mann bald nur noch ein halbes Lot, fiel ihm der Suppen-Kaspar ein, er wog nur noch ein halbes Lot und war am nächsten Tag tot.

Es war wie ein Alarmzeichen. Er begann von nun an, nach der Arbeit auf dem schwarzen Markt herumzustreichen, hinter der Trinitatiskirche, wo die von Amerika wohlversorgten Polen ihre Überschüsse an Kaffee, Zigaretten, Schnaps, Fett, Zucker losschlugen, alles, was man brauchte zum Leben, nur unerschwinglich für einen, der sein Geld beim Bauern verdiente. Auch Beyfuhrs Finanzen waren dem schwarzen Markt nicht gewachsen. Seit Januar kein Gehalt mehr auf dem Konto, das Sparbuch fast leer und statt Barvermögen ein wertloses Aktienpaket, woher sollten sie dreihundert Mark für ein Pfund Butter nehmen. Handeln müßte man, dachte Martin beim Anblick der tuschelnden Gestalten, handeln, wie machte man das. Rilke gab keine Auskunft.

In der zweiten Augusthälfte wurde das letzte Korn eingefahren. Die Bäuerin hatte Martin beim Austeilen der Suppe immer wohlwollender angesehen, ihn auch wissen lassen, daß er bei der Kartoffelernte wieder willkommen sei, und so fragte er nach der Lohnauszahlung, ob sie einen silbernen Leuchter gebrauchen könne. »Morgen nach Feierabend«, sagte sie.

Der Leuchter stand im Wohnzimmer auf der Anrichte, dreiarmig, ein Andenken aus Frau Beyfuhrs Elternhaus. Sie trennte sich ohne viele Worte davon, und die Bäuerin, der Martin am nächsten Abend dieses einmalige Stück, ein herzogliches Geschenk, wie er sagte, für seinen Urgroßonkel, einst Kammerherr im Schloß, präsentierte, holte zunächst einen ordentlichen Klumpen Schmalz aus dem Keller und ein Brot, hausgebakken, mit brauner, duftender Kruste. Das sei nicht genug, sagte er bedauernd, auch nicht, wenn sie fünf Pfund Mehl dazulege, zehn allenfalls, aber selbst dann müsse er es woanders versuchen, leider, der Leuchter sei zu wertvoll, lächelte ihr dabei in die Augen und bekam noch zwanzig Eier nebst der Zusicherung von zwei Zentnern Kartoffeln für den Herbst. Unglaublich, der Handel, überwältigend geradezu. Ich kann es, dachte er und schwelgte in Zukunftsplänen, als er nach Wolfenbüttel zurückfuhr.

Im Westen färbte sich der Himmel rot, über die abgeernteten Felder liefen letzte Ährensammler. Er nahm sich vor, am nächsten Morgen ebenfalls hierherzukommen, da hörte er Doras Geschrei und sah gleich darauf, wie sie halb über ihrem Fahrrad lag und, an die Lenkstange geklammert, mit zwei Männern kämpfte. Sie trugen bräunliche Uniformen, Polen, ein Impuls riet ihm, schnell abzudrehen. Gesindel und Verbrecher, hieß es, wenn ehemalige Zwangsarbeiter aus dem Lager in Drütte das Vieh draußen auf den Weiden abschlachteten, sich überhaupt nahmen, was sie haben wollten, alles so, wie es ihnen früher widerfahren war, Auge um Auge, obwohl diese Erkenntnis nur wenigen Leuten in den Kopf wollte. Dr. Beyfuhrs Bemerkung jedenfalls, daß die Polen, hätte man sie daheim bei ihren eigenen Kühen gelassen, jetzt keine hiesigen stehlen könnten, und ob denn alle deutschen Soldaten, die sich in Rußland ein Schwein gegriffen hätten, nun Verbrecher seien, bewog eine Reihe Wolfenbütteler, darunter ehemalige Schüler, zeitweise ohne Gruß an ihm vorbeizugehen, und sogar die Verdächtigung, er habe eventuell, siehe Britannia rule the waves, den Feinden in die Hände gearbeitet, flackerte nochmals auf.

Warum Martin sich an jenem Abend aller Vorsicht entgegen der Gruppe genähert hatte, noch dazu mit gefülltem Rucksack, konnte er nicht sagen. Ob es an Doras Haaren lag, lange, rotblonde Haare, Marie Heises Farbe, ein Signal? Statt umzukehren, trat er heftiger in die Pedale, »nein«, schrie sie, »das Rad nicht, Schluß, genug, schlagt mich tot, aber das Rad kriegt ihr nicht«, und unsicher noch, ob er ihr beispringen sollte oder doch lieber verschwinden, sah er, wie die Polen das Rad losließen. Schon begann er, um seins zu fürchten, doch nichts geschah, sie schienen aus dem Konzept gebracht.

»Du wie Löwenfrau«, sagte der eine, halb ratlos, halb belustigt. Dann fing er an zu lachen, lachend schüttelten die Männer Doras Hand, bevor sie weitergingen.

Dora lehnte ihr Rad an einen Apfelbaum und ließ sich ins Gras fallen.

»Sie waren mutig«, sagte Martin. »Die hätten Sie totschlagen können.«

»Die doch nicht.« Sie schüttelte sich wie ein Tier mit nassem Fell. »Trotzdem, wenn Sie nicht gekommen wären!«

»Ich?« fragte er.

»Aber ja, Sie haben sie verjagt«, und dabei blieb es. Martin der Retter. Nutzlos, dagegen anzustreiten, und warum eigentlich, er war nicht weggelaufen.

Sie saßen in der sinkenden Dämmerung, zwei Fremde, nur von einem Moment der Gefahr zusammengeführt, ihre einzige Gemeinsamkeit.

»Stammen Sie aus Wolfenbüttel?« fragte er.

»Nein, aus der Lausitz. Und Sie?«

Fragen und Antworten, vorsichtig noch, sei wachsam, nicht zuviel preisgeben. »Ähren gesammelt«, sagte Dora, »ausgerechnet ich«, aber nichts vom Gut mit den dreitausend Morgen. »Soldat bis zum Schluß«, sagte Martin und verschwieg die Nacht im Wald bei Hannoversch Münden. Und während sie ihre Mauern einrissen und sicherten zugleich, suchten sie im Gesicht des anderen nach mehr, als die Worte verrieten. Diese beginnende Nähe, noch wußten sie nicht, wie kurz oder lang es diesmal dauern sollte.

»Ich muß nach Hause«, sagte Dora und hustete. Dauernd hatte sie schon gehustet, jetzt aber schüttelte es sie geradezu.

»Sind Sie krank?« fragte Martin.

»Bloß erkältet. Seit der Flucht.« Sie holte ihre Uhr aus der Rocktasche, ein kleines goldenes Oval. »Halb neun ist Sperrstunde. Meine Mutter wartet.«

»Hübsch, was Sie da haben«.

»Meine Konfirmationsuhr. Ich muß sie verkaufen, wir brauchen Geld. Jeden Tag gehe ich zur Konservenfabrik, aber da warten so viele. Wissen Sie nicht eine Arbeit?«

Er schüttelte den Kopf. »Vielleicht im Oktober bei den Kartoffeln.«

»Diese lächerliche Wohlfahrt«, sagte sie. »Davon kann man kaum das Zeug auf Marken bezahlen. Die Leute hier sitzen dick und fett auf ihren Sachen, und was sie uns geben« – sie griff in den Bund ihres geblümten Sommerrocks – »entweder zu eng oder zu weit, und nicht mal Nadel und Faden. Ich träume von einer Nähmaschine.«

»Sonst nichts?«

»Und von einer richtigen Wohnung. Vom Paradies. Und Sie?«

»Auch vom Paradies«, sagte er. »Nicht mehr zum Bauern fahren, studieren, Literatur vielleicht.

»Und ich Chemie«, sagte Dora. »Mein Vater hatte ein Labor im Keller. Aber ohne Geld? Es wird wohl nichts daraus.«

»Doch!« Schon wieder hatte er das Gefühl, ihr beispringen zu müssen. »Irgendwann kriegen wir es.« Er lachte. »Das Paradies.«

»Irgendwann.« Sie fuhr mit den Fingern durch das

58

Haar, rotblonde Wellen fast bis zur Schulter, bräunliche Haut dazu, ein seltsamer Kontrast.

»Dorrra.« Er ließ den Konsonanten rollen. »Die erste Dora meines Lebens. Gefällt mir. Martin Cramme Ihnen hoffentlich auch. Cramme mit C.«

Doch, es gefiel ihr, wie er hieß, auch wie er aussah und lachte und neben ihr herfuhr in dem verwaschenen blauen Hemd, die Arme auf der Lenkstange sehnig und braungebrannt. Ein Anfang, sie hoffte es so sehr, und dennoch, daß der Abschied am Zeughaus nach Ende aussah, war nicht seine, sondern ihre Schuld, und wieder einmal, so hielt sie sich höhnisch vor, aus mangelnder Demut.

»Dir fehlt Demut, Dora Dankwart«, hatte schon die Pröbstin des Altenburger Stifts geklagt, wo seit den Tagen der Königin Luise Mädchen ihres Standes auf die Konfirmation vorbereitet wurden, zwei Schuljahre Abgeschiedenheit in protestantisch-preußischer Strenge, und Hitler ein ferner Spuk. Sie hatte Kleider getragen wie einst ihre Großmutter, schwarz mit weißem Kragen, nur am Saum etwas kürzer, und den Hofknicks üben müssen. Das Zeughaus war in der Erziehung nicht vorgekommen – Demut, Dankwart.

Martin hatte sie bis zum Portal begleitet, über dem das herzogliche Wappen von Zeiten sprach, in denen der mächtige rote Bau zur Lagerung von Kriegsgerät diente, und der Streit, falls man von Streit reden kann, wenn Konsens noch nicht entstanden ist, war ein Mißverständnis. »Auf Wiedersehen, morgen vielleicht«, wollte er sagen, da ging die Tür auf. Er sah die Halle mit dem splitternden Holz der Verschläge, die armselige Wäsche kreuz und quer, und erzählte, Dr. Beyfuhr habe es einmal logisch genannt, daß den Waffen im Zeughaus nun Flüchtlinge gefolgt seien, Ende einer Kette gewissermaßen.

»Ende einer Kette.« Er meinte sich selbst damit, den Habenichts mit seiner alten Uniform und der Manchesterhose aus Hildesheim. Doch Dora hörte nur, was er sagte, nicht, was er meinte.

»Sehr logisch.« Der Husten trieb ihr Tränen in die Augen. »Vor allem, wenn man nicht selbst am Ende der Kette hängt.«

»Ich bin auch Flüchtling«, sagte er erschrocken.

»Aber nicht hier im Zeughaus.« Sie spürte die gleiche Wut wie manchmal beim Anblick der Leute vor ihren heilen Häusern mit den weißen, bauschigen Gardinen. Dort war sein Platz, für ihn die Ordnung der Lessingstraße, für ihresgleichen Gestank und Geschrei, nur vier Bretterwände gegen das Chaos, und vielleicht, dachte sie, stinke ich auch.

Die Tür schlug zu, er verstand nicht, warum, wollte hinter ihr herlaufen und wagte es nicht. Auf dem Schloßplatz streifte er beinahe einen englischen Offizier, der das Rad zu konfiszieren drohte. Die Engländer, noch nicht lange in der Stadt, gaben sich mißtrauischer als die Amerikaner, herrisch und steif. Sie spielen Indien, nannte es Martin. In seinem besten Domschulenenglisch versuchte er, sich für das Mißgeschick zu entschuldigen, »I have been in the land of dreams«, worauf der Offizier ein dünnes Lächeln zeigte und ihn gehen ließ. Ein paar Tage noch hielt er Ausschau nach den roten Haaren, dann wurde anderes wichtiger. Aber es machte nichts, sie hatten Zeit.

An diesem Abend stellte Frau Beyfuhr fettglänzende

Bratkartoffeln mit Rührei auf den Tisch, ihr Mann eine Flasche Bordeaux. Leuchterschmalz und Leuchtereier, wenn das kein Anlaß sei. Er füllte die Kristallgläser mit Wein, und ein neu erwachter Instinkt ließ Martin fragen, ob weitere Flaschen im Keller lägen.

»Elf noch«, sagte Dr. Beyfuhr. »Es waren zwanzig. Ein ehemaliger Schüler hat sie mir vor vier Jahren aus Frankreich mitgebracht.«

»Zu seinem fünfzigsten Geburtstag.« Frau Beyfuhr hob das Glas. »Auf Martin, den Ernährer. Warum nennst du mich eigentlich nicht so wie in den Weihnachtsbriefen? Oder sollen wir demnächst Herr Cramme zu dir sagen?« Sie lachte wie das Mädchen auf dem Rosenbundfoto.

Martin strich mit dem Finger über das Etikett, Chateau Neuf du Pape. »Mit den elf Flaschen im Keller«, sagte er, »damit läßt sich einiges machen.«

Dr. Beyfuhrs Geburtstagswein, die zweite Gelegenheit nach dem Leuchter, Gelegenheit folgt auf Gelegenheit, sie huschen heran aus Kellern und Winkeln, die eine geht, die nächste ist schon da, »eigentlich«, wird Martin einmal sagen, »habe ich etwas ganz anderes gewollt«.

Die Geschäfte hinter der Trinitatiskirche wurden zwischen Spätnachmittag und Sperrstunde abgewickelt. Für den Fall einer Razzia hatte Martin die beiden Weinflaschen unter Büchern verborgen, fünf Bände Eichendorff aus Dr. Beyfuhrs Lyrikabteilung, und zögernd zunächst, dann jedoch mit wachsender Unbekümmertheit begann er das zu tun, was alle hier taten, gemessenen Schrittes nämlich zwischen den Kastanien herumzuwandern und dabei flüsternd seine Ware anzupreisen, »Wein, bester alter Wein«. Ein ungewöhnlicher Artikel offenbar für diesen sich erst langsam entwickelnden Markt, wo Hunger und Sucht bedient wurden und nicht Bedürfnisse der feineren Lebensart. Weder die meist polnischen Händler noch ihre Wolfenbütteler Kunden nahmen davon Notiz, bis auf eine Frau mit weißblonder Hochfrisur, die ihm riet, seine Zeit nicht länger zu vertrödeln, für Wein gäbe hier keiner einen Sechser, die Leute kauften Schnaps, wenn sie sich besaufen wollten. »Waan«, sagte sie in breitem Braunschweigerisch, »geh nach Hause mit daanem Waan.« Sie trug ein enges, rosa Kleid, rosa auch die nackten Arme und der Hals. Martin spürte ihre Blicke. Als endlich jemand bei ihm stehenblieb, ein grauhaariger Mann, Pole dem Akzent nach, drehte er sich um, und sie spreizte zwei Finger zum V-Zeichen.

Um was für einen Wein es sich handele, fragte der Kunde in fast fehlerfreiem Deutsch. Weiß oder rot und welche Lage.

»Burgunder«, sagte Martin. »Châteauneuf-du-Pape.«

»In Frankreich gestohlen, nicht wahr?« Es sollte aggressiv klingen, aber die schrägen, melancholischen Augen sprachen dagegen.

»Jahrgang 1936«, sagte Martin.

»Olympiawein. Da habt ihr ja auch gesiegt.«

»Ich nicht. Ich war noch zu klein.« Er tat, als ob er aufgeben wolle, ein riskanter Zug wie manchmal beim Schachspiel.

»Warte.« Der Mann stand jetzt dicht vor ihm, das Gesicht jünger, als die grauen Haare vermuten ließen. »Du bist eine Mirose, nicht wahr?«

»Mimose«, verbesserte Martin mechanisch. »Ich habe

zwei Flaschen, jede dreihundert Mark oder ein halbes Pfund Kaffee«, was Gelächter hervorrief, das sei der Preis für Schnaps.

»Gewöhnlicher Fusel«, sagte Martin. »Der Wein hier müßte das Doppelte kosten. Aber ich finde schon noch einen, der etwas davon versteht.«

War es die richtige Strategie? Der Mann sah intelligent aus, kein Schnapssäufer. »Kaufen Sie sich Schnaps, wenn Ihnen mein Wein zu teuer ist.« Er errötete, merkte aber im nächsten Moment, daß er richtig kalkuliert hatte, denn nun wollte der Kunde die Ware sehen, und im Schutz von zwei Kastanien öffnete Martin die Aktentasche.

»Kann man die auch kaufen?« Der Mann griff sich einen der Eichendorffbände, blätterte, begann zu lesen, klappte das Buch wieder zu. »Es war, als hätt' der Himmel...!« Er lachte höhnisch. »Scheiße.«

Vom Turm der Trinitatiskirche schlug es sieben, die Glocke am Kornmarkt stimmte ein. Der Platz war leerer geworden, lange Schatten unter dem Kastaniengrün. »Gib mir die Flaschen«, sagte er, warf zwei Halbpfundpakete Kaffee in die Tasche und ging.

Am übernächsten Tag traf Martin ihn noch einmal hinter der Kirche. Er kam, als habe er gewartet, sofort auf ihn zu, wie viele Flaschen er noch haben könne.

Martin hatte vier eingepackt. Er verlangte dreiviertel Pfund Kaffee pro Stück.

»Trink ihn selber«, sagte der Mann, aber wie beim vorigen Mal zahlte er den geforderten Preis.

Martin verstaute die sechs Päckchen unter den Büchern. »Ist er wirklich so gut?« fragte er.

»Damit du noch teurer wirst?« Der Pole, oder was immer er war, sah ihn an, die Augen rot umrändert wie nach einer Nacht ohne Schlaf. »Ich verrate es dir. So gut, daß du die Nachtigallen singen hörst.«

»Ich habe noch fünf Flaschen«, sagte Martin, erhielt aber keine Antwort.

»Zuviel Unglück heutzutage.« Dr. Beyfuhrs Mitleid war fast größer als die Freude über den Kaffee. »Weshalb hast du den Mann nicht hergebracht?«

Sie standen allein in der Küche, ohne Frau Beyfuhr, die an einem politischen Gespräch teilnahm in privatem Kreis, wo man die Gründung der Wolfenbütteler CDU vorbereitete. Auch bei der SPD war sie schon gewesen, unentschlossen noch, in welcher Partei sie für ein neues, friedfertiges Deutschland kämpfen sollte. Man dürfe, sagte sie, die Zukunft nicht wieder über sich hinwegrollen lassen, das sei man den Söhnen schuldig. Dr. Beyfuhr jedoch sperrte sich dagegen. Er wollte nur noch seine eigene Partei sein, ein anständiger Mensch, sonst nichts, und Martin stimmte ihm zu, nie wieder einer Fahne hinterherlaufen. Statt sich in die Zukunft einzumischen, verpackte er Kaffee am Küchentisch, je fünfzig Gramm in Tütchen aus braunem Einwickelpapier, und vielleicht sollte man von dem Polen demnächst noch mehr fordern, überlegte er dabei, unnötigerweise, denn der seltsame Kunde ließ sich nicht mehr blicken, nur sein Gesicht kam zurück in manchen Momenten, und immer ein Rest Schamgefühl dabei, warum eigentlich. Ein ganzes Pfund für eine Flasche, dachte Martin, ich könnte es versuchen. Er füllte die fünfte Tüte, man mußte sehen, was sich morgen damit machen ließ in der Stadt.

»Sei vorsichtig«, sagte Dr. Beyfuhr. »Lauter verbotene

Dinge. Ich weiß nicht, ob es richtig ist, dich auf solche Wege zu schicken.«

»Sie schicken mich nicht.« Martin ging zum Ausguß, um sich den Kaffeegeruch von den Händen zu waschen. »Und reden Sie nicht wie mein Vater. Wechsler und Händler, ich höre noch seine Stimme. Dabei hat er unschuldige Leute zum Tode verurteilt.«

»Und bei mir«, sagte Dr. Beyfuhr, »haben sie Sprüche gelernt, dulce et decorum. Kein Anlaß zum Hochmut für uns Alte. Mach es besser, ganz gleich, ob Lehrer oder Kaffeehändler«, wobei er natürlich Lehrer meinte, denn für ihn stand Martins Zukunft fest. Aber noch hatten die Universitäten nicht geöffnet, und da niemand wußte, ob der Reifevermerk vom Domgymnasium für eine Zulassung genügen würde, drängte er Martin, wie immer bei diesem Stichwort, seine Kenntnisse aufzufrischen. »Lobenswert, daß du uns nicht verhungern läßt«, sagte er, »nur denke an das Abitur, du brauchst es.« Abitur in der Großen Schule am Rosenwall, kein halbes Jahr mehr, und er wird das Papier in der Hand halten. Doch dann liegt etwas anderes am Weg, die Fallschirmseide, und in künftigen Jahren, wann immer er das vollführte, was Dora seine cleveren Coups nannte, tauchte das Gesicht mit den melancholischen Augen auf, sein erster Kunde, der Schattenpartner.

Das Kaffeegeschäft im übrigen lief blendend. Es verhinderte Dr. Beyfuhrs weiteres Dahinschwinden und brachte sogar ein paar zusätzliche Pfunde auf den dürren Körper, obwohl Zigaretten sich möglicherweise als noch besseres Zahlungsmittel erwiesen hätten, eine feste Währung, sechs Mark die Ami. Martins Theorie jedoch, daß bei Kungeleien mit weniger versierten Partnern fünfzig Gramm Kaffee mehr Spielraum ließen, bewährte sich schon bei der ersten Abnehmerin, einer Fleischersfrau in der Langen Herzogstraße, die außer einem Stück Speck noch etwas Fleisch sowie ein Paket Suppenknochen, Schwarten und Schweineohren dafür herausrückte.

An Milch, Brot, Öl kam er ebenso günstig auf diese Weise, wenngleich gesagt werden muß, daß auch seine Art, mit Frauen umzugehen, ein wenig schäkernd und trotzdem entschlossen, zu Erfolgen führte. Und das Lächeln natürlich, genau in ihre Augen hinein, wobei die Zungenspitze zwischen den Lippen spielte. Eine neue Nuance, in Magdeburg war dergleichen niemandem aufgefallen, selbst Marie Heise noch nicht, und daß es unbewußt geschah, erhöhte die Wirkung. Erst Dora sollte dem Lächeln die Unschuld nehmen. Bis dahin jedoch hielt er die Profite allein seinem geschäftlichen Talent zugute, und auch Wally Kußmund gelang es nicht, ihn von der Kaffeewährung abzubringen, jene weißblonde Person, die sich schon bei dem Weinhandel eingemischt hatte und im übrigen den Grund dafür lieferte, daß er Dora so lange links liegen ließ.

Liefern, das richtige Wort, eine geschäftsmäßige Beziehung trotz aller Hitzigkeit. Morgen abend um sechs, befahl sie, und um sechs stand er da und tat, was ihr großer rosafarbener Leib und ihr ebenfalls großes Herz verlangten, aus Spaß an der Lust, soweit es sie betraf. In seine dagegen mischte sich Widerwillen, und da die immateriellen Gewinne auf ihrer Seite schwerer wogen, hatte er keine Skrupel, zum Ausgleich ein paar materielle bei Wally Kußmund zu suchen.

Sie trug diesen Namen gänzlich unbekümmert, wohl auch deshalb, weil sie die Kindheit als Wally Krause verbracht hatte und erst dank ihrer Ehe mit Herrn Kußmund so hieß, ein kurzes Glück nur, zwei Wochen nach der Hochzeit war er schon an der Ostfront vermißt. In Schwarzmarktkreisen nannte man sie Bouillonwally. Ihr Mann nämlich, langjähriger Bezirksvertreter der Firma Maggi, hatte rechtzeitig vor seiner Einberufung ein kleines Depot an Bouillonwürfeln, Erbswurst und dergleichen angelegt, das, durch Betreuungspäckchen seiner Firma an die Beinahewitwe laufend ergänzt, die Grundlage ihrer Geschäfte bildete.

Die Ware schlug sie, von kleineren Kungeleien abgesehen, nur gegen amerikanische Zigaretten los, Pall Mall, Lucky Strike, Camel, mit deren Weiterverkauf man im zerbombten Hannover, wo Not und Chaos die Schwarzmarktpreise nach oben trieben, zusätzliche Profite machen konnte. Geld, immer mehr Geld. Wally Kußmund hortete es aus Liebe zu einem holländischen Kollaborateur namens Joop, im Krieg Techniker bei den Hermann-Göring-Werken in Salzgitter und jetzt irgendwo in Süddeutschland untergetaucht. Mit ihm gedachte sie, ganz gleich, ob Herr Kußmund lebte oder nicht, in besseren Tagen einen Laden zu eröffnen. Geld war haltbar. Es verlor nicht wie eine Zigarette an Aroma und ließ sich zu gegebener Zeit wieder zurückverwandeln. So jedenfalls ihr Kalkül.

Joops Foto stand überall, auf der versenkbaren Nähmaschine, dem Nachttisch, dem Küchenschrank, was Wally Kußmund nicht daran hinderte, Martin gleich bei seinem ersten Besuch das Hemd aufzuknöpfen. Er reagierte verschreckt, doch nur anfangs, so selbstverständlich, wie sie die Dinge handhabte. Eben noch hatte sie ihm das Foto gezeigt, die große Liebe, dann passierte es schon, und das, sagte sie, habe nichts mit Joop zu tun, Joop sei für die Dauer und dies hier für den Spaß.

Wiederbegegnet waren sie sich, wo sonst, hinter der Trinitatiskirche. Der weißblonde Haarturm leuchtete schon von weitem, und kaum hatte Martin seine Flüstertour begonnen, da stand sie neben ihm, in Blau diesmal, mit einem engen Gürtel, der sie in zwei Hälften teilte, oben der große, spitze Busen, unten die Wölbungen von Bauch und Hüften. »Ist dein Wein immer noch nicht alle?«

Er hatte es satt, dieses Du. »Was geht Sie das an, Gnädigste«, sagte er. Sie lachte, Wally sei ihr Name, und was Stanek ihm gegeben habe.

»Der den Wein gekauft hat? Wo ist er?«

Sie zuckte mit den Schultern, und ob er Bouillonwürfel gebrauchen könne.

Unter dem dünnen Kunstseidenkleid zeichneten sich die Brustwarzen ab. Sie mußte das Angebot wiederholen, hundert Bouillonwürfel für eine Flasche, ihr äußerster Preis. »Fünfzig Liter prima Bouillon, garantiert Maggi.«

»Hundertfünfzig«, sagte er etwas atemlos. Man traf sich bei hundertzwanzig, »komm mit«, sagte sie.

Er ging neben ihr her, über Holzmarkt und die Große Kirchstraße zu dem schmalen Fachwerkhaus am Ende der Krummen Straße. Ein heißer Tag wieder, der Wind trug ihm kleine Schwaden ihres Geruchs zu, Schweiß und etwas anderes, unbestimmbar, es kam und verflog. Sie war von fast gleicher Größe wie er, grobknochig, mit trägen, schleppenden Bewegungen, so stieg sie vor ihm die Treppe hinauf. Ihre Wohnung lag im zweiten Stock, Stube, Kammer, Küche, eingetauscht, sagte sie, gegen ihre frühere, viel größere in der Bahnhofstraße, lieber klein und allein, als neidische Flüchtlinge vor dem Schlüsselloch. Noch während sie sprach, leichthin im Plauderton, machten sich ihre Hände an seinen Knöpfen zu schaffen, komm, dummer Junge, und zeigten ihm den Weg. Ob es schön sei, wollte sie wissen, als er in dem Ehebett aus Eiche natur wieder zu sich fand.

Schön, gewiß. Seit den Nächten mit Marie Heises Traumbildern war er wie auf einer großen, gierigen Welle dem Moment entgegengeschaukelt. Schön in vielerlei Hinsicht, nur war alles so rosa an ihr, weich und rosa wie ein saugender Brei. Er schloß die Augen und verlangte trotzdem nach mehr.

Sie dagegen jubilierte, ja, schön und noch viel schöner demnächst, er könne es lernen, das hätte sie gesehen auf den ersten Blick, paß auf, was für Seiltricks ich dir noch beibringe. Als er ging, gab sie ihm zwanzig Würfel zusätzlich mit auf den Weg und eine Erbswurst extra. Morgen abend um sechs. Du kommst doch?

Er kam. Vier Wochen lang kam er freiwillig auf Befehl, kaum lohnend, noch länger davon zu reden, hätte die Schlußszene nicht ausgesehen wie ein Anlaß für die ganze Inszenierung. »Vielleicht hat mich mein siebter Sinn hinter den verdammten Bouillonwürfeln herlaufen lassen«, sagte Martin zu Dora, ausgerechnet Dora, die er vergessen hatte über der Affäre, und nun sollte eine Benefizveranstaltung zu ihrem Wohl daraus werden.

Das Stichwort fiel im September, als Wally Kußmund so unvermittelt, wie sie Martin in ihr Bett geholt hatte, die Beziehung aufs Platonische zu reduzieren wünschte, mit einem solchen Glanz in den Augen, daß er Lust verspürte, wenigstens den Abschied noch in angemessener Weise zu feiern. Doch nicht einmal das erlaubte sie, um Joops willen, Joop, hochgetaucht aus dem Untergrund, der nun ihre Vereinigung betrieb. Eine Wohnung in der Nähe von Stuttgart, dort wartete er, und sie wollte unbefleckt zu ihm kommen.

»Unbefleckt?« Martin fing an zu lachen, worauf sie ihre Theorie der Zwischenzeit erläuterte, die Zwischenzeit, darauf käme es an, um die körperliche Reinheit wieder herzustellen. Zwei Wochen blieben noch, jeder Tag galt.

»Geh nicht gleich weg«, sagte sie und sah plötzlich traurig aus. Er nahm ihre Hand, das durfte er noch, und gemeinsam berieten sie die Übersiedlung. Abenteuerlich, so eine Reise in die amerikanische Zone, verboten außerdem, Bescheinigungen der englischen Militärregierung mußten beschafft werden, vom schwarzen Markt notfalls, und die Möbel, wo sollten die Möbel bleiben. Wally Kußmund blickte auf ihr Büfett, die Spiegelkonsole, die Chaiselongue, die beiden Plüschsessel. »Die vom Rathaus setzen irgendwen in die Wohnung rein, und ich sehe kein Stück wieder. So gute Sachen. Allein die Nähmaschine!«

Es war wie ein Ton, der von einem Glas zum anderen springt. Doras Stimme unter dem Apfelbaum, ich träume von einer Nähmaschine, ich träume vom Paradies. Er sah sie vor dem Portal stehen mit Tränen in den Augen, nicht allein vom Husten, jetzt verstand er

es, verstand auch, warum sie weggelaufen war, nur,
daß er sie solange vergessen hatte, konnte er nicht
begreifen.

»Ich kenne jemanden«, sagte er zu Wally Kußmund,
»Mutter und Tochter. Bei denen sind deine Sachen in
guten Händen. Ob sich nicht etwas drehen läßt?«

Man konnte etwas drehen. Dora wurde die Wohnung
zugesprochen, ganz legal mit Stempel und Unterschrift, wenngleich dank der Hilfe eines ehemaligen
Schülers von Dr. Beyfuhr im Rathaus und gegen vielfache einheimische Konkurrenten, was böses Blut
machte. Aber noch ist es nicht soweit. Noch hat Martin
gerade beschlossen, Dora zu retten aus den Verschlä-
gen des Zeughauses.

Fast wäre er zu spät gekommen, endgültig zu spät, des
Hustens wegen, von einem Medizinalrat im Gesund-
heitsamt als Bagatelle bezeichnet, ein tödlicher Irrtum
beinahe. Schon zwei Tage nach der Begegnung mit
Martin hatten sich Fieberphantasien eingestellt, so daß
die Nachbarin, eine Frau Updieke aus Pommern mit
großer Sympathie für Dora, trotz der Sperrstunde ihren Stettiner Landsmann Dr. Rüdiger Hasse herholte,
Sohn eines Konteradmirals, den sie aus besseren Zeiten
kannte. Dr. Hasse war fünfundzwanzig, Marine-Assi-
stenzarzt und erst vor kurzem aus englischer Gefangenschaft entlassen worden. Er besaß keine Praxis,
auch nicht die Mittel oder die Genehmigung dafür,
brauchte jedoch nur sein Stethoskop, um eine Lungenentzündung festzustellen, doppelseitig.

»Soll ich versuchen, sie im Krankenhaus unterzubringen?« fragte er die vor sich hinklagende Frau Dankwart, fügte aber hinzu, daß man die Patienten dort

bereits übereinander stapele, ihre Tochter also zu Hause besser aufgehoben sei. Sorgsame Pflege, darauf komme es an, nicht jammern, sondern Ärmel hochkrempeln und zufassen.

Der Hausarzt in der Lausitz war ein liebenswürdiger Herr gewesen, weißhaarig und galant. »Was erlauben Sie sich, junger Mann?« sagte sie. »Was muß man hier eigentlich noch alles hinnehmen?«

Dr. Hasse feuchtete ein Handtuch an und wischte Dora den Schweiß von Gesicht und Nacken. Dann bat er Frau Updieke, die Kochfrau in Stettin gewesen war und auch zu seiner Konfirmation eines ihrer allseits gepriesenen Festmenüs zubereitet hatte, der Mutter bei der Pflege ein wenig zu helfen. »Eine schöne Mutter, die Gnädige«, sagte sie und begann sogleich mit Brustwickeln, Schwitzpackungen, Dämpfen. Er hatte ein paar Medikamente mitgebracht, ahnte aber, daß sie nicht viel vermochten in diesem Fall.

Das Fieber stieg, rasselnd bahnte der Atem sich den Weg. Nach zwei Tagen nahm Dr. Hasse Frau Dankwart beiseite und erkundigte sich, ob sie Wertsachen besäße.

»Warum?« fragte sie. »Meine Tochter hat schon alles verkauft. Wir konnten nicht viel mitnehmen.«

Er blickte auf ihren Hals. Sie bemerkte es und legte die Hand vor den Ausschnitt. »Meine Hochzeitsperlen«.

»Wir brauchen Penicillin«, sagte er. »Das gibt es nur auf dem schwarzen Markt. Ein Medikament, das die Bakterien tötet. Ihrer Tochter geht es miserabel.«

»Die Perlen sind das einzige, was ich noch habe«, rief sie mit schrillem Unterton, Vorbote ihrer Hysterien. »Wollen Sie mir das auch noch wegnehmen? Sind Sie denn überhaupt ein richtiger Arzt?«

»So was hat die Welt noch nicht gesehen!« Frau Updieke, einen feuchten Wickel in der Hand, sah aus, als würde sie ihr den Lappen gleich um die Ohren schlagen. »Soll das arme Fräulein über die Schippe springen?«

»Kochen Sie Ihre Perlen in sauer«, sagte Dr. Hasse, und laut weinend nahm Doras Mutter die Kette vom Hals.

Ein Wettlauf mit dem Tod. Dr. Hasses Bruder Gernot, U-Bootfahrer und ausgefuchster Schwarzmarktspezialist, verkaufte die Perlen in Hannover zu einem reellen Preis und bezahlte auch das Penicillin nicht zu teuer. Es blieb noch Geld übrig für Ziegenbutter, morgens und abends einen Eßlöffel voll in heißer Flüssigkeit, Frau Updiekes Rezeptur.

Die Krankheit war fast abgeklungen, als Martin mit seiner Botschaft vor Dora stand, gegen Frau Dankwarts Willen, die nie aufgehört hatte, sich der Behausung zu schämen. »Wir können hier keinen Besuch empfangen«, protestierte sie, ohne Resonanz wie meistens in ihrem Leben. »Kommen Sie man rein«, sagte Frau Updieke, »das Fräulein freut sich über die Abwechslung.«

Martin blieb an der Tür stehen, nicht sicher, wem er gehorchen sollte auf diesem engen Raum, der kleinen, ein wenig verhutzelten Frau an der Tür oder der anderen, die in ihrer fast zigeunerhaften, alterslosen Schönheit kaum Ähnlichkeit mit Dora zeigte. Entschuldigen Sie bitte, ich möchte etwas besprechen, wollte er sagen, kam aber über den ersten Ansatz nicht hinaus. »Hier regiert eine Köchin«, rief Frau Dankwart und schlug die Tür so heftig hinter sich zu, daß die blechernen Küchengeräte an den Wänden schepperten.

»Da hören Sie man gar nicht hin«, sagte Frau Updieke, bevor sie ebenfalls verschwand.

Dora lag angezogen im unteren Teil des doppelstöckigen Bettes, die Hände vor dem Gesicht, schmale durchsichtige Hände, alles an ihr schien ihm schutzbedürftig. Immerhin war sie, um mit Frau Updieke zu sprechen, gerade erst dem Tod von der Schippe gesprungen, und möglich, daß es diese Aura war, die den Wunsch in ihm auslöste, über das rotblonde Haar zu streichen. Wer weiß, was in diesem Moment sich formte und entschied.

Sie nahm die Hände von den Augen, grüne Augen, auch das hatte er vorher nicht bemerkt.

»Ich bin wieder da«, sagte er, »und habe vielleicht etwas für Sie. Ein Paradies mit Nähmaschine.«

Zwei Jahre danach, bei der Hochzeitsfeier, ließ er die Szene noch einmal erstehen: der fensterlose Verschlag mit Stockbett, fleckiger Kommode und Wehrmachtsspind, die Kochspirale auf dem Tisch, die Waschschüssel aus zerbeultem Aluminium, und beide, so versicherten sie, hätten schon damals alles gewußt.

Was gewußt? »Daß wir zusammenbleiben«, sagte Dora und sah Martin an, als horche sie noch immer den Worten von damals hinterher, »ich bin wieder da.« Die anderen dagegen, obwohl genauso zukunftsträchtig, fielen durch das Sieb der Erinnerung. Paradies mit Nähmaschine. Erst, als die Zeit dafür gekommen war, fand sie auch diesen Satz wieder.

Eine Wohnung, eine Küche, eine Tür zum Verschließen. Allein der Gedanke daran ließ Doras Temperatur wieder steigen, so daß Dr. Hasse ihr verbot, in den regenfeuchten Nachmittag hinauszulaufen, nicht ohne

Hintergedanken, denn er wollte Wally Kußmund kennenlernen, die Frau mit dem vielversprechenden Namen. Stellvertretende Wohnungsbesichtigung nannte er es, ein fröhlich flüchtiger Abend mit Schnaps und losen Reden, mehr nicht dank ihrer Reinheitstheorie. Was davon blieb, war das Du zwischen Martin und ihm, dem Alkohol zuzuschreiben, dennoch der Beginn ihrer Freundschaft.

Sie seien drei Brüder, erzählte er auf dem Heimweg, Rüdiger, Gernot, Giselher, peinlich, wie? Aber der alte Herr habe leider einen Nibelungenkomplex gehabt, oder habe ihn immer noch, das wisse man nicht genau. Diese bornierte Treue, nicht mal über das Wetter könne man reden ohne Krach, weil er glaube, daß die deutsche Marine vom Himmel benachteiligt worden sei, Nebel und klare Sicht immer zur falschen Zeit.

»Komm mit nach oben«, sagte er, als sie am Schloßplatz standen, »dann lernst du die Sippe kennen. Giselher ist gerade zwanzig geworden, ein fabelhafter Geiger, der reine Paganini. Er wollte sich nicht freiwillig melden, aber der Alte hat ihn losgejagt, und dann haben sie ihn ans Geschütz gestellt, ausgerechnet, und jetzt grübelt er darüber nach, wie viele Tommys auf sein Konto gehen. Jede Nacht werden es mehr. Er braucht seine Geige, aber die ist natürlich in Stettin geblieben.«

Oben, das war der Dachboden des Schlosses, wo man in den ehemaligen Dienstbotenkammern eine westpreußische Landratsfamilie untergebracht hatte und später noch Hasses mit ihren drei Söhnen, die sich nach und nach unversehrt eingefunden hatten, zunächst bei einem Vetter des Admirals, dem Baustoffgroßhändler Schorrmüller. Vor dem Krieg war er häufig bei den

Stettiner Verwandten zum Segeln gewesen, stets gut
gelaunt und allem Anschein nach versessen darauf,
sich revanchieren zu dürfen, wovon angesichts der
Hasse-Invasion freilich nicht viel übrigblieb. Es entstanden Reizbarkeiten, und obwohl die Villa am Harztorwall zum Ärger der Nachbarn weitaus weniger
Flüchtlinge beherbergte als Häuser ähnlicher Größe,
konnte Herr Schorrmüller die Behörden mit Hilfe einer Ladung Zement dazu bewegen, seine lästigen Gäste
ins Schloß umzuquartieren, drei Räume, Wasseran-
schluß sogar, kein schlechter Tausch, wenn man die
Selbständigkeit einrechnete. Dennoch redete der Admiral ohne jede Diskretion von Schieberei, was die
Beziehung vollends zerstörte.
Er war ein breitschultriger Mann um die sechzig, kahl-
köpfig und mit wettergegerbtem Wikingergesicht, was
ihm, wie die Söhne fanden, nicht zustand, weil er dem
Sturm fast ausschließlich im Büro getrotzt hatte. Martin nahm unwillkürlich Haltung an bei der Begrüßung,
gab aber um so widerstrebender seine Biographie zum
besten, seit wann Soldat, wo gekämpft, ob ausgezeichnet, verwundet, gefangen. Den Schluß umging er ohnehin, hatte ihn immer umgangen bisher, weil ihm das
richtige Wort fehlte für die Tat, die keine war. Deserteur genügte nicht mehr in der sich neu formierenden
Nachkriegsgesellschaft mit ihren Feiglingen und Hel-
den, Mitläufern und Widerständlern. Wie nannte man
einen wie ihn, der nur den Anschluß verpaßt hatte aus
Müdigkeit?
»Liegenbleiber«, schlug Rüdiger Hasse vor, als Martin
ihn draußen auf der dunklen Schloßbrücke danach
fragte, Mitternacht vorbei und die Sperrstunde weit

überschritten, so daß er die amerikanische Uniform der Hassebrüder trug, die Gernot, hochdekorierter Oberleutnant zur See, gegen seine blaue Montur samt Orden und Ehrenzeichen eingetauscht hatte, um die Vorschriften der Militärregierung bei Bedarf aushebeln zu können. »Liegenbleiber ist ganz hervorragend. Wir sollten eine Partei der Liegenbleiber gründen.« Martin lachte. »Mit deinem Vater als Chef?« Und Rüdiger Hasse meinte, er habe den alten Herrn wirklich gern, aber seine Zeit sei zum Glück vorbei, ein Fossil, Stoff für Legenden.

»Machen Sie es anders als meine Söhne, junger Mann, bleiben Sie auch ohne Uniform Soldat«, hatte der Admiral gesagt, bevor Martin und Rüdiger quer über den Dachboden zum Quartier der Brüder gegangen waren, einer geräumigen Mansarde, fast leer, nur ein paar Matratzen und Hängematten und in der Mitte ein Tisch, an dem Gernot und Giselher beim Klang von Bachs Violinkonzert a-Moll den Inhalt eines Zuckersacks pfundweise abfüllten. Beide hatten kaum Familienähnlichkeit mit Rüdiger, der, wie er erzählte, im Rassekundeunterricht einmal als welscher Typ vorgeführt worden war, seinerseits aber auf semitisch tippte und annahm, daß in der mütterlichen Familie ein zum Glück nicht identifizierbarer jüdischer Großvater herumspuke. Seine blonden Brüder dagegen schienen nach dem Vater zu schlagen, wobei Gernot eine zierlich geratene Ausgabe darstellte, während man in dem großen, schwerfälligen Giselher mit seinem schläfrigen Gesicht alles andere als einen Musiker vermuten konnte. Nur die Hände deuteten darauf hin.

»Welcome to the club«, sagte Gernot zur Begrüßung,

und ob Martin Zucker brauche, woraus sich sogleich ein Tausch gegen Maggiwürfel ergab, gefolgt von Fachsimpeleien, was kriegst du wo für wieviel, und dann der Sprung vom Materiellen zum Existentiellen, was hat man mit uns gemacht, was soll aus uns werden, was können wir tun. Ein endloses Gespräch, das an diesem Abend begann, immer dieselben Fragen über die Jahre hinweg, bis schließlich die Währungsreform dazwischenfuhr und ihnen ganz andere Antworten diktierte, als sie gesucht hatten in den jugendlichen Traumtänzereien. »Damals, als wir die Welt verändern wollten«, sagten sie später bei ihrem sporadischen Wiedersehen, bevor jeder in sein Auto stieg, um in sein Haus zurückzufahren, zu den Bäumen im Garten, den Antiquitäten im Wohnzimmer, der neuen Stereoanlage mit dem makellosen Sound und doch schon nicht mehr gut genug.

Die Musik oben in der Schloßmansarde tönte aus einem alten, abgeleierten Grammophon. Gernot Hasse hatte es, bevor sein Schiff nach der Kapitulation versenkt wurde, aus der Offiziersmesse geholt und auf dem Rücken quer durch Deutschland geschleppt, auch die dazugehörigen Schellackplatten, Jazz und Klassik, eine Sammlung voller Kratzer, merkwürdig, sie störten nicht. Das erste Mal für Martin, so ein Gespräch bei solcher Musik, vielleicht konnte er deshalb Rüdiger Hasse seine Frage stellen nachts auf der Schloßbrücke. Die Hassebrüder, auch sie ein Teil im Geflecht dieses Sommers, der allmählich zu Ende geht.

Seltsam im Grunde, daß Martin und Dora, falls sie wirklich so schnell ihre Zusammengehörigkeit erkannt hatten, es fast den ganzen Winter lang unausgesprochen ließen. Ein schlimmer Winter, dieser erste nach dem Krieg, nicht ganz so schlimm wie der folgende, aber schlimm genug. Transporte blieben auf dem zerstörten Schienennetz stecken, selbst die knappen Zuteilungen trafen nicht ein, und ohne das sich gerade noch rechtzeitig ereignende Wunder im Hause Beyfuhr wäre es auch mit Martins Geschäften mehr oder weniger vorbei gewesen. Trotzdem gab er ein Drittel der Kohlen, die er gegen seine letzten Lucky Strike eintauschen konnte, an Dora weiter, halben Herzens freilich, weil ihre Mutter dadurch ebenfalls zu einem warmen Ofen kam. Aber was nützte es, deine Mutter kriegst du aufgeknallt, ein Ausspruch von Wally Kußmund, als Frau Dankwart bei der Besichtigung das so sorgfältig eingefädelte Wohnungsprojekt beinahe zum Scheitern gebracht hatte.

Die Sonne schien durch die schon etwas schiefen Fenster an diesem Nachmittag, und Wally Kußmund, der es um freundliche Beziehungen zu den Nutznießern ihres Inventars ging, hatte einen Kuchen mit zwei Eiern gebacken, sogar Bohnenkaffee gekocht, und stand, die Haare frisch aufgetürmt, lächelnd an der Tür. Frau Dankwart übersah die ausgestreckte Hand. Bereits in dem dunklen, muffelnden Treppenhaus hatte sie von Zumutung geredet, und nun, ohne die Gastgeberin zur Kenntnis zu nehmen, starrte sie angewidert auf die gedrechselten Säulchen des Wohnzimmerbüfetts.

»Da sind Sie von den Socken, wie?« fragte Wally Kußmund in der Annahme, freudige Überraschung sei im Spiele. »Dürfen Sie alles benutzen, bloß Vorsicht mit der Politur, nichts Heißes oder Nasses draufstellen, aber Sie hatten ja wohl auch gute Möbel zu Hause.«

Doras Mutter drehte ein wenig den Kopf und lächelte sie nun ihrerseits an. Sie war eine Spur kleiner, verfügte jedoch über die Fähigkeit, auf jedes größere Gegenüber von oben herabzusehen. »Gute Frau«, sagte sie, »wir hatten ein Schloß«, und sogar die eher unempfindliche Wally Kußmund spürte die Verachtung für ihre Person und ihre Sachen. Es traf sie so unvorbereitet, daß sie etwas Zeit brauchte, um außer sich zu geraten. »Ach Gott ja, ein Schloß!« rief sie dann in ihrem breitesten Braunschweigerisch und riß die Tür auf, »alle Flüchtlinge haben Schlösser gehabt, darunter tun sie's ja nicht, und da gehn Sie man auch wieder hin, Sie Zimtzicke«.

In der Tat eine Zumutung, auf die Frau Dankwart nur mit Hysterie reagieren konnte. Martin sah, wie ihr Gesicht sich verzerrte, hörte den schrillen Schrei und drängte sie, um weitere Zuspitzungen zu verhindern, kurzerhand in die Küche.

Dora lehnte an der Wand, sehr blaß, fast so weiß wie ihre Bluse, die Frau Updieke für diese Gelegenheit gewaschen und mit dem Eisen einer Stettiner Landsmännin gebügelt hatte. Auf Stirn und Nase glänzten Schweißperlen, glücklicherweise, denn die Blässe allein hätte nicht genügt, um Wally Kußmunds Zorn zu dämpfen.

»Sie sind ja immer noch nicht auf dem Posten«, sagte sie, schob Dora einen Stuhl hin und goß ihr Kaffee ein. »Schloß! Ist doch wahr, aus jedem Hundestall macht ihr ein Schloß.«

Hundestall. Dora fing an zu lachen. Sie sah die efeubewachsene Mauer und die Allee zur Freitreppe, die Pracht der erleuchteten Fassade, wenn ein Fest gefeiert wurde, den Saal mit ihrer Großmutter in einem der hundert Abendkleider und lachte immer lauter, ansteckend geradezu, Wally Kußmund stimmte ein, beinahe auch Martin. Doch da merkte er, daß Dora weinte.

»Nicht doch«, sagte er hilflos und legte die Hand auf ihre Schulter, woraus Wally Kußmund in einem Gemisch aus Rührung, Mitleid und Spuren von schlechtem Gewissen ihre Schlüsse zog, der gute Junge, ich habe ihn abgehängt, womöglich hat er einen Knacks gekriegt, und das Mädchen kann ihm drüber weghelfen. Falsche Schlüsse, egal, nur auf das Ergebnis kommt es an. »Ist schon in Ordnung, für seine Mutter kann keiner was, die kriegst du aufgeknallt«, sagte sie und holte ein paar Kleider aus dem Schrank, um sie Dora zu schenken, zwei Nummern zu groß mindestens, aber es gab ja die Nähmaschine.

Eine Woche später brachte Martin Wally Kußmund in der Elektrischen, die wieder zwischen den beiden Städten verkehrte, zum Braunschweiger Bahnhof und verhalf ihr zu einem Stehplatz in dem randvollen Zug. Sie schleppte zwei schwere Koffer mit sich, Kleidung in dem einen, in dem anderen das, was sich an Maggivorräten unterbringen ließ. Den Rest hatte Martin bekommen, auch noch jene Stange Lucky Strike, die er bald darauf gegen Kohlen tauschte. Das angesammelte Vermögen trug sie, weil ihr der Bankverkehr zwischen englischer und amerikanischer Zone zu unsicher schien, in großen Scheinen bei sich, und zwar lagenweise um den Leib gebunden. Martin hörte es knistern, als sie ihn zum Abschied umarmte.

Zwei Kisten mit Wäsche, Silberzeug und dem guten

Geschirr warteten noch in der Bodenkammer. Aber Wally Kußmund ließ nie wieder etwas von sich hören. Der Zug fuhr ab, sie winkte, dann war sie verschwunden, kein Brief, kein Lebenszeichen, auch Nachforschungen blieben vergeblich. Sans laisser d'adresse, las Martin Jahre später auf dem Titelblatt eines Gedichtbandes. Er kaufte das Buch und stellte es ins Regal wie ein Erinnerungsbild.

Was Dora betraf, so fand der Umzug auf zwei Fahrrädern statt. Rüdiger Hasse und Martin hatten Stuben und Küche frisch getüncht, und der immer noch nicht ganz standfesten Dora kamen bei dem Anblick schon wieder die Tränen, Freude diesmal, die sie fast gewaltsam auch aus ihrer Mutter herausholen wollte, freu dich doch. Diese Intensität in Augen und Stimme, freu dich, verdirb mir nicht alles, und Martin hätte Frau Dankwart in das glatte Gesicht springen können. Auch daran lag es wohl, daß er Dora noch mehr in seine Obhut nahm.

»Nun sind wir endgültig bei den Kötnern gelandet«, sagte Frau Dankwart und begann unverzüglich, gegen die Wände in der Krumme Straße anzurennen, Kleine-Leute-Gegend, Kleine-Leute-Mief, warum konnten wir nicht auf Besseres warten, und Martin hatte Schuld an dem Abstieg.

»Sie war schon immer so, sie ist krank, sie kann nichts dafür«, sagte Dora anklagend und verteidigend, ein Dauerthema, das Mutterproblem, wenn er sie abends von der Militärregierung, wo sie Arbeit in der Telefonzentrale gefunden hatte, abholte und nach Hause brachte. Der Posten war ihr gegen Oktoberende ganz unvermutet zugefallen, durch die Fürsprache von

Horst Petrikat, Mitglied der Hasseclique, die sich an jedem Sonnabend zu Diskussionen mit Musik zusammenfand. Er stammte aus Ostpreußen und hatte als Fallschirmjäger über Kreta ein Auge eingebüßt. Jetzt diente er dem auch für Wolfenbüttels Schulen zuständigen Kulturoffizier Major Crowler-Smith als Dolmetscher und Verbindungsmann zum schwarzen Markt, woher wiederum der Kontakt zu den Hasses stammte, allseits von Nutzen, dieses Netzwerk.

In Doras Fall allerdings hätte ebensogut Martin die Vermittlung übernehmen können bei einem Besuch im Büro von Major Crowler-Smith, als es darum ging, Dr. Beyfuhr aus der Krise zu retten. Lebensbedrohlich, nannte sie seine Frau. Mitten in die euphorischen Pläne nämlich für den Neubeginn an der Großen Schule war ihm eröffnet worden, daß er laut britischer Verfügung als ehemaliges Parteimitglied seinen Lehrberuf nicht mehr ausüben dürfe, und die Nachricht brach wie ein Stein auf ihn herunter. Drei Tage lang hockte er zusammengekrümmt im Sessel, aß nicht, las nicht, sprach nicht, ließ sich vor allem nicht zu Gegenmaßnahmen bewegen. Er sei schuldig geworden, sagte er, nun müsse er wie jeder andere dafür büßen.

Ehrenwert, aber völlig übertrieben. Die Parteimitgliedschaft basierte auf ähnlicher Trotteligkeit wie die Britannia-rule-the-waves-Affäre. Der Direktor oder ein Kollege, vielleicht auch die Sekretärin, irgendein Mensch jedenfalls, dem er vertraute, hatte ihm das Beitrittsformular zur Unterschrift hingeschoben, wegen Beförderung oder dergleichen, wie üblich hatte er nicht genau hingehört. Jetzt verlor er zum zweiten Mal den Beruf, und das sei sein Ende, sagte Frau Beyfuhr.

Nach drei Tagen, Dr. Beyfuhr starrte weiterhin ins Leere, ging Martin zum Straßen- und Wasserbauamt am Harztorwall, nunmehr Sitz der Militärregierung. Horst Petrikat war informiert, so gelangte er vor den Schreibtisch des allmächtigen Kulturoffiziers, ein jüngerer Mann in makelloser Uniform mit blondem Schnurrbart und mokantem Lächeln, der offenbar amüsiert Martins gedrechseltem Englisch lauschte und schließlich in Gelächter ausbrach über diesen Schullehrer. Ein Deutscher und soviel Skurrilität, kaum zu glauben. Britannia rule the waves! Ungefähr als ob eine Londoner Klasse »die Fahne hoch« hätte auswendig lernen müssen. Marvellous.

»Es war antifaschistischer Widerstand«, versuchte Martin die Sache wieder ins Seriöse zu rücken, vergeblich, und im übrigen erwies gerade Major Crowler-Smith's Heiterkeit sich als hilfreich. Parteimitglied oder nicht, entschied er, ein Charakter wie dieser könne kein gefährlicher Nazi sein, warum ihn vertreiben. An seiner Schule sei auch so ein ulkiger Vogel gewesen, unvergeßlich, das brauche man fürs Leben, und Martin solle draußen warten.

Kurz darauf brachte Horst Petrikat ihm die notwendige Bescheinigung für die Braunschweiger Schulbehörde. »Gut gelaufen, was?« sagte er. »Mein Major ist genau der Richtige für solche Fälle, alles ein Joke für ihn. Die dicken Brocken lasse ich erst gar nicht an ihn heran, die kriegt Captain Porter, der gibt jedem das, was ihm zusteht, eiskalt. Du sollst nochmal zu Crowler-Smith reinkommen. Sieh dich vor, womöglich bist du sein Typ.«

Der Major stand am Fenster. Er wies auf die Sitzgruppe

in der Ecke, sit down, und fragte ohne Einleitung, auch ohne jede Spur von Amüsement, ob Martin die Untaten des Naziregimes bekannt gewesen seien. »Auschwitz, Buchenwald, Bergen-Belsen, haben Sie das gewußt?«

»Nein«, sagte Martin, fügte aber hinzu: »Nur, daß die Juden aus unserer Stadt plötzlich verschwunden waren. Und die Scherben in der Kristallnacht habe ich natürlich gesehen.«

»Fanden Sie es schlimm?«

Sieger und Verlierer, und fast die gleichen Fragen wie bei den Dachbodendiskussionen. Dieser makellose Engländer, was wußte er schon. Martin senkte den Kopf und blickte auf den abgeschabten Stoff seiner Wehrmachtsuniform, blau eingefärbt inzwischen, auch das ein Befehl der neuen Herren.

»Schlimm?« sagte er. »Nein, damals fand ich es nicht schlimm.«

»Warum nicht?«

Martin zuckte mit den Schultern, wozu ein Risiko eingehen, und erst die nächste Attacke des Majors – »Reden Sie ganz offen, wir sind allein, vergessen Sie für einen Moment unsere unterschiedlichen Positionen« – trieb ihn mit ihrem ganz speziellen Hochmut aus der Reserve.

»Was hätten Sie denn unternommen mit zehn oder elf Jahren?« fragte er. »Ein Attentat auf Hitler?«

»Meine Eltern hätten mich informiert.«

»Na fein«, sagte Martin. »Das haben meine auch gemacht, auf ihre Weise.«

Er hob den Kopf und sah seinem Gegenüber in die hellen, ein wenig verschwommenen Augen. Der Major starrte zurück, dann stand er auf und holte ein Päckchen Chesterfield vom Schreibtisch.

»Zigarette?«

»Nein danke.«

»Und heute?« fragte der Major. »Fühlen Sie sich heute schuldig? Ich würde es gern wissen. Und nehmen Sie um Himmels willen die Zigaretten.«

»Ich brauche sie nicht.«

»Doch, Sie brauchen sie. Sie kriegen ein Pfund Fleisch dafür.«

»Sie wissen aber gut Bescheid«, sagte Martin ohne nachzudenken, was den Major zu amüsieren schien.

»Ein ziemlich ungezogener Junge, wie? A naughty boy. Und Sie hassen uns.«

»Überhaupt nicht.« Er sah Hertha Oelschlägers Keller, Karl Funkes zu große karierte Hausschuhe, den Eimer und oben im Haus die Schmundt. »Ich habe sogar auf Sie gewartet. Und schuldig? Meine Eltern wahrscheinlich.« Er zögerte, dann wiederholte er, was vor kurzem Rüdiger Hasse gesagt hatte: »Ich will versuchen, für ihre Schulden aufzukommen und möglichst keine neuen zu machen. Reicht Ihnen das? Übrigens liegen sie unter einem Haus, das ihre Leute zerbombt haben. In dem Haus haben acht kleine Kinder gewohnt, die liegen da auch.« Wieder stockte er. Immerhin befand er sich im Haus der Militärregierung, und noch konnte man sich um Kopf und Kragen reden.

»Go on«, sagte der Major.

»Ich habe einen Freund«, sagte Martin, »der war bei der Marine und kann nachts nicht schlafen, weil er immerzu die englischen Matrosen sieht, die er getötet hat. Und mir geht es auch nicht gerade gut, wenn ich an

86

meine Schießerei in Rußland denke, irgendwen habe ich da ja bestimmt getroffen. Und ich würde gern mal fragen, wie das bei Ihnen ist. Sie haben ja den Krieg gewonnen, haben Sie auch manchmal solche Gedanken oder freuen Sie sich über die toten Feinde, meine Eltern zum Beispiel und die kleinen Kinder?« Er schwieg, wollte noch hinzufügen, daß er besser mit dem Ganzen zurechtkäme, wenn man nicht nur von ihm Reue und Bußfertigkeit verlange und daß seine gefallenen Mitschüler genau so tot seien wie gefallene Etonboys, sagte dann aber nur: »Das ist alles so kompliziert.«

Er fände es auch kompliziert, sagte der Major, aber natürlich sei es für ihn nicht so schwierig wie für einen Deutschen, und welchen Rang Martin bei der Wehrmacht bekleidet habe. Keinen? Gar nichts? Ausgezeichnet, dann würde er ihn gern als Dolmetscher einstellen, man brauche noch einen im Haus, und seine Sprachkenntnisse habe er ja bestens vorgeführt.

»Wollen Sie morgen anfangen?« Um seinen Mund lag wieder das mokante Lächeln. »Ich glaube, wir könnten sehr gute Gespräche führen.«

Aber Martin hatte andere Pläne, Schule, Abitur, Studium. »Sorry«, sagte er, und erst draußen auf der Straße fiel ihm ein, daß er dem Major Dora hätte offerieren sollen. Allerdings wußte er nichts über ihre Englischkenntnisse. Mäßig, erfuhr er später, gerade ausreichend für die Telefonzentrale, wohin Horst Petrikat sie gleich darauf vermitteln konnte. Arbeit, Verdienst, ein warmer Raum, sogar Mittagessen, er ärgerte sich, daß sie es nicht ihm zu verdanken hatte.

Am Abend nach dem Besuch bei Major Crowler-Smith

bot auch Dr. Beyfuhr Martin das Du an. Zwei Kilo mehr an Gewicht habe er ihm verschafft, jetzt noch die Schule, da müsse es sein, nur bitte nicht Onkel, sondern Paulus vielleicht, sein Spitzname, sicher habe er das schon gehört. Weil kein Wein mehr im Haus war, umarmten sie sich voller Verlegenheit, und es dauerte Tage, bis Martin die neue Anrede über die Lippen brachte, fand danach aber im Unterricht nur schwer zum stundenweisen Sie zurück.

Der Abiturkursus für Kriegsteilnehmer begann Mitte November, und in den Bänken saßen Männer, die bis Moskau gelaufen waren und wieder zurück, Gliedmaßen verloren hatten und mehr, an Sühne dachten oder an Revanche oder auch nur daran, alles zu vergessen, Ritterkreuzträger unter ihnen, Martin, der Deserteur, und Giselher Hasse mit dem Kopf voll Trauer und Musik, ein Sammelsurium Davongekommener ihrer Jahrgänge, schuldig oder nicht. Und nun sollten sie, wie ein seines Asthmas wegen kriegsuntauglicher Oberstudienrat schneidig empfahl, statt dem Tod der Wissenschaft ins Auge blicken.

Dr. Beyfuhr machte es besser. »Meine Herren«, sagte er zu Beginn der ersten Lateinstunde, »ich stehe in großer Verlegenheit vor Ihnen. Noch nie habe ich Schüler unterrichtet, die mir an Erfahrungen so weit voraus sind. Es ist mir peinlich, Sie beurteilen, womöglich gar zur Ordnung rufen zu müssen. Bitte helfen Sie mir.« Dann, nachdem er seinen Namen an die Tafel geschrieben hatte, steckte er die Kreide ein, seine alte, viel belachte Gewohnheit, ohne Resonanz jedoch in dieser Klasse. Kein Ort für Pennälermätzchen.

Martin fiel das Lernen so leicht wie seinerzeit dem

Domschüler, im Gegensatz zu Giselher Hasse, der sich kaum wieder zurechtfinden konnte und auf seine Hilfe angewiesen war. Die Fäden von damals aufnehmen, mehr, fand Martin, war es nicht, und nur das Gefühl dabei anders, so, als tauche er zurück in die Existenz eines fernen Kindes, dessen Wichtigkeiten er belächelte. Er tat das Notwendige, tat es so schnell wie möglich, um sich danach dem Wichtigen von heute zuzuwenden.

Wichtig war Dora, obwohl er noch nicht genau wußte, wie sehr und für wie lange, wenn er am Spätnachmittag mit ihr vom Harztorwall zur Krumme Straße ging, auf immer größeren Umwegen. Sie fanden es einfach, miteinander zu reden, kannten die jeweiligen Geschichten inzwischen und hatten auch das Sie fallen lassen bei der Feier von Gernot Hasses dreiundzwangzigstem Geburtstag oben im Schloß, zu Giselhers Qual, der an Dora vorbeisehen mußte, um seine Gefühle für sie nicht preiszugeben. Doch das Paar, für das man sie hielt, waren sie noch nicht, trotz der Fürsorge, die Martin ihr angedeihen ließ in Form von Kohlen, Brot, Milch, damit sie es warm hatte und satt.

»Du bist verliebt in sie«, behauptete Rüdiger Hasse, und falls der Wunsch, in ihrer Nähe zu sein, Unbill von ihr fernzuhalten, ihr über das Haar zu streichen, identisch mit Liebe war, stimmte die Diagnose. Wahrscheinlich, so sagte er sich, gehörten nächtliche Phantasien und die widerwillige Lust an Wally Kußmunds Seiltricks, nach denen er sich seltsamerweise wieder zu sehnen begann, auf ganz andere Sterne als die Einvernehmlichkeit zwischen Dora und ihm. Aber vielleicht ließen auch nur Magdeburger Grundsätze, den Umgang mit Mädchen betreffend, ihn so lange zögern. Eine Prise Zärtlichkeit, das ja, doch hüte dich, schlafende Hunde zu wecken, was allerdings zu der Frage führt, ob sie nicht ebenso gut hätten weiterschlafen können. Wie dem auch sei, noch achtete er auf Abstand, und wenn seine Hand vorpreschen wollte, hielt er sie zurück.

Und Dora, gefiel es ihr? Nein, ihr nicht, sie zumindest wußte, was sie wollte. Martin, der Retter, braungebrannte Arme auf der Lenkstange, die Stimme, die erzählte, fragte, zweifelte, Rilke zitierte, Geschäfte abwog, ich liebe ihn, dachte sie während der langen abendlichen Gänge über den Wall, wo die Kastanienblätter sich verfärbten, zur Erde fielen, im Regen aufweichten, von Schnee bedeckt wurden, und wenn im Gespräch ihr Körper an seinem streifte, fühlte sie sich wie vor dem Sprung, jetzt, das war es, das war der Moment, und blieb dann doch wieder am Boden hängen, auch sie hatte ihre Lektion gelernt im Altenburger Stift und anderswo. Trotzdem, es würde kommen, sie glaubte daran und nahm das Brot, die Milch, die Kohlen als Pfand. Sogar einen Wintermantel hatte er für sie eingehandelt, und warum sonst, sagte sie sich, brachte er solche Opfer.

Doras Gewißheit, sie sollte recht behalten. Nur von Opfer, ihrem Trostwort auf der Wartestrecke, konnte keine Rede sein. Denn inzwischen war das Wunder geschehen, jenes Überlebenswunder diskreter und grotesker Art, diskret in der Manifestation, grotesk, weil das Medium Dr. Beyfuhr hieß.

Es geschah genau zur richtigen Zeit, an einem Novemberabend, als mit der einsetzenden Kälte die Bedürf-

nisse wuchsen, während Martins Vorräte an Kungel-
ware zu Ende gingen. Den Oktober hindurch hatte er
wieder bei dem Adersheimer Bauern gearbeitet und
die versprochenen zwei Zentner Kartoffeln nach
Hause gebracht, doch sie schmolzen rapide zusammen.
Auf Lebensmittelkarten gab es drei Pfund die Woche
pro Person, fünf Pfund Brot, einhundertfünfzig
Gramm Fleisch, wie sollte man damit den Winter überstehen, Dr. Beyfuhr vor allem, der schlechte Futterverwerter.
An dem bewußten Abend bekam jeder eine Tasse Mag-
gibrühe zu den Kartoffeln, sonst nichts, und während
sie jeden Bissen möglichst langsam kauten, erzählte
Frau Beyfuhr von den Plänen der Sozialdemokraten,
denen sich ihre Sympathie immer mehr zuneigte. Hinter den Konservativen, sagte sie, steckten die Kapitali-
sten, die hätten Deutschland schon zweimal ins Unglück gestürzt, und das Volk sei ihnen egal, wie man ja
jetzt wieder sähe, alles würde auf dem schwarzen Markt
verschoben, wobei ihr einfiel, daß die Kohlen höchstens noch für eine Woche reichten.
»Eine Woche!« Sie sah Martin an, als müsse er nur
seinen Zauberstock heben, und er dachte, daß es vielleicht klüger wäre, sich wie Gernot Hasse ausschließlich
dem Handel zu widmen, statt über die Adersheimer
Kartoffeläcker zu kriechen.
»Laß ihn in Ruhe, Martha.« Dr. Beyfuhr blickte in seine
leere Suppentasse. »Jetzt muß er sich aufs Abitur vorbereiten, keine Ablenkung. Lieber esse ich Gras.«
Gras gäbe es im Winter auch nicht, sagte Martin, er
brauche wieder etwas für den schwarzen Markt, und
wie es mit den Bestecken wäre.

»Meine Aussteuerbestecke?« Frau Beyfuhr wollte protestieren, schwieg jedoch im Gedenken an Verluste schlimmerer Art.

»Ach Gott, Marthchen«, sagte ihr Mann. »Deine schönen Sachen.«

»Nenne mich bitte nicht Marthchen.« Sie stand auf und legte, nachdem der Tisch abgedeckt war, das Silber schon zum Putzen bereit, Messer, Gabeln, Eß- und Teelöffel, je zwölf Stück, dazu noch Kellen und Servierbestecke. Schlag acht, als der Strom abgeschaltet wurde, ging sie zu Bett, und ihr Mann, statt wie sonst das Schachspiel hervorzuholen, sah so angestrengt aus dem Fenster, als ob es in der Dunkelheit etwas zu entdecken gäbe.

Nach einer Weile verließ er das Zimmer und kehrte sofort wieder zurück. »Sie schläft. Komm!«

»Wohin?« fragte Martin.

»Komm«, wiederholte Dr. Beyfuhr im Flüsterton, verschwörerisch oder geheimnisvoll, seltsam jedenfalls. Er nahm zwei Kerzen, führte ihn aus der Wohnung, dann die Treppen hinauf in die Bodenkammer, schloß dort eine mächtige, eisenbeschlagene Truhe auf, und so begann, was Martin zunächst nur intern, später aber, als das Thema fernseh- und partyfähig wurde, auch vor einem größeren Kreis das Wunder von Wolfenbüttel nannte.

»Habt ihr da eure Schätze versteckt?« fragte er.

»Andere Schätze, als man vermuten könnte.« Mit einem Ruck klappte Dr. Beyfuhr den gewölbten Deckel zurück. »Mancherlei Familienerinnerungen sind hier verwahrt, unter anderem die Predigten meines Vaters und Großvaters. Tante Martha ist eine fanatische Wegwerferin, wie dir bekannt sein dürfte, und die Truhe habe ich mit ihrem Einverständnis abgeschlossen. Man muß sie vor sich selber schützen.«

Merkwürdig gestelzt, wie er sprach. Am Lateinischen geschult, pflegte er die Worte auch sonst sorgsam zu wählen, dies hier aber übertraf um vieles seine gewohnte Redeweise.

»Was ist los, Paulus?« fragte Martin und fing an, Furchtbares am Boden der Truhe zu vermuten.

»Mein Großvater war Superintendent zu Merseburg.« Dr. Beyfuhr zeigte auf ein paar altersgelbe, eng mit verschnörkelter Schrift bedeckte Blätter. »Sieh dir das an, eine Philippika von 1848 gegen die Nationalversammlung in der Paulskirche, und selbst, wenn ich als Enkel seine Meinung nicht teile, so gibt es dennoch Zeugnis von dieser Zeit. Und links liegen die Epistel meines Vaters aus den Halberstädter Jahren, auch er ein Eiferer, ich habe dir davon erzählt.«

Während er sprach, schob er die Papiere beiseite, bis zwei Kartons zum Vorschein kamen. »Item«, murmelte er, »öffne sie«, und sein Leben lang sollte Martin es nicht vergessen, die verschattete Bodenkammer, das Kerzenlicht über dem Nachlaß der frommen Vorväter, und dann seine ungläubige Verblüffung beim Anblick jener Zellophanbriefchen, wie er sie als Soldat gelegentlich zusammen mit Extrarationen empfangen hatte, unter dem Gelächter der Kameraden, die sich ergötzten an seiner Verlegenheit. Das also war Dr. Beyfuhrs Geheimnis, Kondome, sechstausend im Ganzen, pro Karton zwanzig Bündel mit je fünfzig Dreierpäckchen, und auf dem Zellophan der Vermerk: Für das Heer.

»Auf unseren stand Marine«, sagte Gernot Hasse, den Martin am nächsten Tag zur Beratung hinzuzog. »Hätte man mal vergleichen müssen. Sechstausend Stück, nicht zu fassen.«

Das Wunder von Wolfenbüttel, am Wege aufgelesen, damals, als vor dem Einmarsch der Amerikaner das Wehrmachtsdepot Hoher Weg gestürmt wurde und Dr. Beyfuhr an Beutegut nur noch vorfand, was Anspruchsvollere weggeworfen hatten, Tomatenmark und Ersatzkaffee. Und drei äußerlich fast identische Kartons, gefüllt, so schloß er vom Inhalt des einen auf die beiden anderen, mit getrocknetem Suppengrün, Porree, Möhren, Sellerie, ein kümmerlicher Mischmasch, den er dennoch für besser als nichts erachtete und im Handwagen nach Hause karrte zu seinem Glück, Lohn der Bescheidenheit, aus dem Letzten soll der Erste werden, fast wie im Märchen.

»Ich weiß nicht, ob du meinen Schreck ermessen kannst«, sagte er etwas atemlos. »Nur gut, daß Tante Martha erst am Abend zurückkam«, worüber Martin nun doch lachen mußte, wenn auch gehemmt, denn bisher hatten sie nur Themen erörtert, die, wenn es ins Körperliche ging, allenfalls den Magen betrafen.

»Du kennst sie nicht«, sagte Dr. Beyfuhr. »Sie kann sehr schamhaft sein. Und ich wollte die Kartons selbstverständlich wieder fortschaffen. Aber wohin? Stell dir vor, ich wäre beobachtet worden. Oder neugierige Kinder in der Nähe!«

»Da hätten die Papis sich gefreut.« Eine flapsige Bemerkung, doch Dr. Beyfuhr nickte, solcher Art seien auch seine Überlegungen gewesen. In dieser Zeit, da eine Geburt in der Familie das Elend nur vergrößern könnte, die Bedürfnisse des Menschen aber dennoch ihr Recht forderten, sollte man vielleicht, und jedenfalls meinte er, und gemessen an der Notlage wäre manch einer gewiß dankbar ...

Er verlor den Faden, errötete, und in Martin regte sich ein Verdacht, nicht ohne Grund, denn auf seine Frage, ob er die Dinger zu Weihnachten verschenken wolle, murmelte Dr. Beyfuhr etwas von Frivolität und daß man nachdenken müsse, fing aber nun selbst an zu lachen, als seine Augen denen von Martin begegneten, und es stellte sich heraus, daß seine stadtbekannte Alltagsfremdheit ihn nicht daran gehindert hatte, Erwägungen über Nutzen und Wert seines Fundes anzustellen.

»Paulus!« Martin schob im Geist bereits Zahlen hin und her, ein Dreierpäckchen gegen drei Ami-Zigaretten, achtzehn Mark mal zweitausend. »Warum hast du das Zeug nicht früher rausgerückt? Etwa aus Prüderie?«

Dr. Beyfuhr, über die Truhe gebeugt, ordnete die Predigten, links der Vater, rechts der Großvater. Dann sah er Martin an. »So ist es wohl«, sagte er, »zu meinem Bedauern, denn eigentlich bin ich ein antiker Mensch, und glaube mir, meine Gedanken haben mich oftmals dem Wagen des Dionysos folgen lassen zum Fest des Rausches und der Ekstase. Jedoch ich lebe in Wolfenbüttel, und man hat mich gelehrt, gewisse Dinge im Verborgenen zu lassen. Mit dir kann ich dergleichen bereden, Martin, ohne Schwierigkeiten, mit Tante Martha leider nicht. Sie ist eine herzensgute Frau, ein sehr wertvoller Mensch. Aber Dionysos?« Der Truhendeckel fiel herunter, ein lautes Geräusch in der Stille, das ganze nicht ohne Komik, gemessen an Ort und

Anlaß, doch Martin lachte nicht, zuviel Trauer lag in dem Bekenntnis, aus, vorbei für immer, hier der Traum, dort das Leben. Es machte ihm Angst, und er wollte mehr wissen von dem alten Mann, der es hinter sich hatte, stockte aber schon im Ansatz, vielleicht war Dionysos doch zu pompös. »Ich bin nicht mehr so unerfahren, Paulus«, sagte er nur, »und fabelhaft, daß du die Pariser versteckt hast, damit kommen wir durch den Winter.«

Sechstausend Stück. Die Hassebrüder sprachen von einem Nibelungenschatz, pures Gold sozusagen, wobei Martins erste Berechnungen sich deckten mit dem, was schließlich ausgehandelt wurde, Kondom gleich Zigarette zu sechs Mark das Stück, abzüglich zehn Prozent für Gernot Hasse als Vermittler an Hannoversche Großkunden, denn die Natur der Ware, fand man übereinstimmend, widersetzte sich dem eventuell profitableren Detailverkauf hinter der Trinitatiskirche. Rund zweiunddreißigtausend Mark Reingewinn also, aus dem Martin mit Hilfe seiner bevorzugten Währung, den Kaffeetütchen, feilschend und lächelnd so viel wie möglich zu machen suchte. Mindestens ein Jahr, vielleicht noch länger, hoffte er den Vorrat hinzuziehen, und bisweilen, beim Abschätzen der Möglichkeiten, ärgerte es ihn, daß er dieses Pfand nicht umfassender wuchern ließ, aus Geld mehr Geld machte, statt zufrieden zu sein mit dem gedeckten Tisch.

Ärger, der wieder verflog. Noch hielt die Lust am Profit sich bedeckt, war der Traum aus den Tagen im Bauch des Fisches nicht ausgeträumt. Das Wichtige, das Richtige. Er wollte es sich holen, wenn auch nicht so im Galopp, wie Dr. Beyfuhr hoffte, der darauf

96

drängte, daß er gleich nach dem Abitur im März mit dem Studium beginnen sollte, wo ein Wille ist, ist ein Weg, und für den Unterhalt käme selbstverständlich er auf. Illusionen, »du würdest verhungern«, sagte Martin, »jetzt geht es noch nicht.« Nein, noch nicht, aber irgendwann.

»Literatur studieren? Ein hungriger Schulmeister werden?« Gernot Hasse konnte über solche Ideen nur den Kopf schütteln. Sein Ziel war Volkswirtschaft in Hamburg, und zwar sobald der Admiral, momentan völlig mittellos wie alle Berufsoffiziere, auf Gernots Unterstützung verzichten konnte, den einzigen Geldbeschaffer in der Familie. Rüdiger arbeitete seit kurzem als Assistenzarzt im Hilfskrankenhaus am Neuen Weg für kümmerliche achtzig Mark Unterhaltszuschuß, und Giselher verbrachte die Tage mit einer Geige aus den Beständen des Schulorchesters. Wenn die Clique bei den Wochenendtreffen im Schloß Bachsche Musik statt vom Grammophon nun von Giselher hörte, sagte man ihm eine Traumkarriere voraus, Ruhm und Geld, wogegen er nur von der Musikakademie und von Dora träumte und sich vorerst nicht einmal selbst ernähren konnte. Doch die Zeiten, prophezeite Gernot, würden sich ändern, und dann solle Martin mit ihm zusammen in Hamburg lernen, wie man ein kaputtes Land wieder flott mache, und daran könne man bestimmt anständig verdienen.

»Nicht meine Sache«, sagte Martin, sagte es auch zu Dora beim abendlichen Heimweg, und das war es, was die Wolke aus Verlangen, Zaudern, Ungeduld über ihnen endlich aufriß.

Januar schon, viel Schnee gefallen, zu Mauern getürmt

lag er unter den nackten Kastanien und verharschte im Frost. Doras Gesicht, von einem dunklen Wolltuch umrahmt, sah im Mondlicht noch zarter aus als sonst. Das Tuch hatte Martin ihr zu Weihnachten geschenkt, heimlich, alles, was er für sie tat, geschah heimlich, eine Intimität, die nur ihn und sie anging. Du bist so schön heute abend, wollte er sagen, ließ es aber sein, auch ihre Hand nahm er nicht, sondern erzählte von Gernot und fragte, wer recht habe. »Er oder ich?«
Dora blieb stehen, eine Angewohnheit, sie blieb jedesmal stehen, wenn es auf richtige Formulierungen ankam. Gernot? Der habe eigene Maßstäbe, für ihn sei Geld das A und O, ein Grundmaterial wie für den Töpfer der Ton. »Er geht direkt darauf los«, sagte sie. »Aber wir sind anders, wir machen einen Umweg.«
Etwas vorschnelle Worte, was wußte die Enkeltochter der Gräfin, das Flüchtlingsmädchen in Wally Kußmunds Wohnung von der schwarzen Magie des Geldes. Es war immer genug für sie dagewesen bisher, genug für den Luxus im Kreis der Reichen, genug nun, um in der Armutsgesellschaft zu überleben. Die Verführungen des neuen Wohlstands lagen noch im Dunkeln, sie hatte gut reden, doch Martin liebte sie für diese Worte, keine Zweifel mehr, jetzt wußte er es, warum das lange Zögern und Warten. »Ich liebe dich«, sagte er, so flossen ihre beiden Geschichten zusammen, Zeit für die Fallschirmseide.

Allerdings sollten noch zwei Monate vergehen, bis die Weichen, wie Martin viele Jahre danach in einer Rede zum Firmenjubiläum verriet, endgültig gestellt wurden, vom Schicksal, sagte er, das meine Frau und mich

an den Fümmelsee führte, um so unserem Leben, auch
dem Ihren, liebe Mitarbeiter, die Richtung zu weisen,
und Dora krampft die Hände ineinander, sei still, es
war nicht das Schicksal, es waren du und ich, und will
zurück in die Vergangenheit, den Hebel herumreißen,
die Signale auf rot stellen, zu spät. Und was die Weichen anbelangt, dieses tausendmal abgegriffene Bild,
die Weichen wurden nicht erst am Fümmelsee gestellt,
sondern auf dem verschneiten Wall, der Moment, in
dem sich alles entschied. Möglich, daß es keinen nächsten mehr gegeben hätte, zu viele Skrupel auf Martins
Seite, wachsende Ungeduld bei Dora, und immerhin
stand Giselher bereit, der andere. Dieser eine Moment,
was wohl, wenn er ungenutzt verstrichen wäre? Unnötig, die Frage. Sie haben ihn angenommen, die Weichen stellen sich, der Zug beginnt seine Fahrt.
Warum es schon wieder so spät geworden sei, wollte
Frau Dankwart an jenem Abend wissen, als Dora die
durchfrorenen Füße an den Kachelofen hielt, Überstunden, diese ewigen Überstunden, das gehe doch
wirklich zu weit. Immer die gleiche hastige Litanei und
nur nicht Martins Namen nennen, seltsam, wie sie die
Gefahr witterte und auf ihre Weise zu ignorieren
suchte. Martin Cramme, ein Niemand, es durfte ihn
nicht geben, schon gar nicht für ihre Tochter, der sie
angemessenere Bewerber zugedacht hatte und dieser-
halb ausgedehnte Korrespondenzen mit der im Westen ansässigen Suyme- und Velberverwandtschaft aller Grade führte, auf glattem englischen Papier vom
Harztorwall.
»Ich habe einen Brief von meiner Kusine Vicky Fri-
burg erhalten«, wußte sie auch heute zu berichten. »Die

hessischen Friburgs, eine geborene Honnet wie meine Großmama Velber. Reizend, wie sie schreibt. Ich denke mir, daß sie uns demnächst um einen Besuch bitten wird, Ostern vielleicht. Ein sehr schöner Besitz in der Nähe von Kassel, vielleicht können wir den Sommer dort verbringen. Ich hoffe, du wirst dich dann von deiner liebenswürdigeren Seite zeigen.«

Ein immerwährendes Lied, nur die Namen wechselten. Dora hatte es sich angehört bisher aus Mitleid und um des Friedens willen. Wolkenkuckucksheim, Spiel mit der Hoffnung, was sonst war ihrer schönen Mutter geblieben. Sollte sie die Briefe doch schreiben.

»Ich will Martin Cramme heiraten«, sagte sie.

Wolkenkuckucksheim, nun auch bei ihr. Sie zuckte zusammen vor Schreck über sich selbst, aber gesagt war gesagt, und Frau Dankwart reagierte zunächst mit Ironie, die große Liebe, ach ja, ich weiß. Noch halbwegs beherrscht sprach sie von Jungmädchengrillen, ein namenloser Habenichts, wie töricht, wie absurd, rief zur Vernunft auf, forderte die Zusage, den Menschen nicht wiederzusehen und ließ sich nach diesen vergeblichen Appellen schreiend in ihre Hysterien fallen, mein einziger Schatz, tröste deine arme Mama. Doch diesmal blieb der Trost aus. Dora schwieg, und als ihre Mutter jeden Rest von Fassung verlor und ihr die Luft wegzubleiben drohte, erinnerte sie sich an Frau Updiekes Empfehlung, Wasser, Fräulein Dora, Wasser kann Wunder wirken bei solchen Zuständen.

Wasser, eine ganze Schüssel voll, nie hätte sie es sich zugetraut. Ihre Mutter, die Enttäuschte, Leidende, Hilfsbedürftige. Seit sie denken konnte und wohin immer sie ging, die dunklen Augen waren mitgegangen, komm, steh mir bei. Sie hatte ihr Steine aus dem Weg geräumt, Arbeit abgenommen, ihr recht gegeben und ja gesagt statt nein, und jetzt, ob um Martins willen oder nur, weil das Maß voll war, schaffte sie es.

Frau Dankwart begann zu weinen, leise, ganz ohne Geschrei. Die Tränen mischten sich mit den Wassertropfen, eine nasse Spur über Gesicht und Hals in den Ausschnitt hinein, und erstaunt registrierte Dora, daß nichts in ihr mitweinen wollte. Sie zog ihrer Mutter das nasse Zeug vom Körper, führte sie in die Schlafstube, deckte sie zu. Sie wartete, bis der Atem ruhig wurde, dann legte auch sie sich hin, nicht wie gewohnt in die andere Hälfte von Wally Kußmunds Ehebett, sondern auf die Chaiselongue in der Wohnstube, allein, nicht mehr neben den Augen, die sie selbst unter geschlossenen Lidern festgehalten hatten.

Die Chaiselongue, dabei blieb es, ohne daß ein Wort darüber verloren wurde, auch die Vorwürfe verstummten, die Forderungen, nahezu jedes Gespräch. Ein schreckliches Schweigen, das sich da zusammenbraute, doch gerade noch rechtzeitig kam die Lösung, und nicht von Seiten der Suymes oder Velbers, sondern durch jene Verwandte, deren Namen Frau Dankwart mit soviel Widerwillen trug. Dennoch hatte sie nach Bremen geschrieben, und eines Abends lag die Antwort neben Doras Teller: »Liebe Nichte, wir haben Ihren Brief erhalten und, obwohl unsere Familien keinen Kontakt mehr pflegten, mit tiefem Mitgefühl von Ihrem schweren Schicksal Kenntnis genommen. Es ist mir als Chef des Hauses eine Ehrenpflicht, für Schwiegertochter und Enkelin meines einzigen Bruders, Witwe und Waise seines Sohnes, an Vaters Statt einzutreten. Bitte kommen Sie, wenn es beliebt, zu uns nach Bremen, wo Wohnraum für Sie geschaffen werden kann, den Zeitläuften entsprechend vorerst in bescheidenem Rahmen, aber gewiß angemessener als Ihre jetzige Unterkunft, zumal wir und unser Haus das Bombardement der Stadt mit Gottes Hilfe unbeschadet überstehen durften. Meine Frau und ich freuen uns, Sie, liebe Nichte, als Mitglied der Familie kennenzulernen und entbieten Ihnen wie auch unserer Großnichte Dora die freundlichsten Grüße.«

»Ich habe ihnen bereits mitgeteilt, daß wir die Zelte hier jederzeit abbrechen können«, sagte Frau Dankwart. »Zu packen gibt's ja nicht viel. Aber ich nehme an, daß wir in Bremen wieder anständige Garderobe bekommen.« Sie blickte an ihrem Kleid herunter, das Dora aus den Bahnen von zwei Röcken zusammengestückelt hatte, grünbraun, sehr schick laut Frau Updieke, »was Sie nähen, Fräulein Dora, hat immer Schick, und dabei können Sie es doch gar nicht richtig«.

»Eine sehr gute Familie.« Frau Dankwarts Finger glitten über den geprägten Namenszug auf dem Briefbogen. »Hanseaten, das ist beinahe schon Adel. Endlich wieder passende Gesellschaft. Und du mußt nicht mehr um diese vulgären Engländer herumtanzen.«

»Ich komme nicht mit«, sagte Dora, »ich bleibe hier.«

Hierbleiben, bei Martin bleiben, Frau Dankwart versuchte noch einmal, ihre Rechte zu verteidigen. Was Dora sich vorstelle, allein in der Wohnung, unmöglich, sie sei noch nicht mündig, mit neunzehn Jahren müsse man sich wohl oder übel fügen, notfalls unter Zwang. Als Mutter jedenfalls könne sie eine so junge Tochter nicht schutzlos zurücklassen.

Schutzlos? Dora ließ den Löffel auf Wally Kußmunds Tischtuch fallen. Ein weißgedeckter Tisch, ihre Mutter bestand darauf und sorgte dafür, Niveau, wir sind keine Fachullikes. Die Kohlsuppe dagegen, Kohl, Kartoffeln, Schwarten, hatte Dora angesetzt, frühmorgens schon, auch den Ofen heizte sie vor dem Gang zur Arbeit. »Schutzlos? Wann hast du mich beschützt? Auf der Flucht? Oder hier? Durch mich sitzt du in der warmen Wohnung, ich verdiene das Geld, koche, nähe deine Kleider, du läßt mich nicht schutzlos zurück, und wenn du das glaubst, dann bleibe hier.«

Frau Dankwarts Gesicht verzerrte sich, der erste Schrei, gleich mußte er kommen.

»Hör auf«, rief Dora, »es hat keinen Zweck«, und am Abend, nach den vielen vergeblichen Muttertränen, dem endlosen »du bist doch mein Kind, verlaß mich nicht«, sollte Martin ihr sagen, ob sie böse sei in ihrer Unerbittlichkeit.

Er preßte sie an sich und versuchte, mehr von ihr zu spüren, nicht nur den Mund, aber es war zu kalt, kälter noch als im Januar, die falsche Jahreszeit für eine Liebe ohne Dach über dem Kopf. »Du bist nicht böse, sie ist es«, wogegen Dora trotz allem protestieren mußte, mit Recht, welche Elle mißt gut und böse, »und sie ist doch meine Mutter«. Hart bleiben, sagte er darauf, auch wenn es weh tue, Härte, das sei besser für beide Teile und überhaupt die einzige Rettung in diesem Fall. »Hart bleiben«, wiederholte er, »du mußt es lernen«, und Dora prägt es sich ein und wird sich daran erinnern eines fernen Tages zu seiner Verblüffung, seinem Zorn, seinem Unglück. Vielleicht ein Probelauf, der Konflikt mit der Mutter, neue gegen alte Liebe, eigene

Ansprüche gegen fremde, Zukunft gegen Vergangenheit.

Für die Wohnung fand sich eine Lösung, Frau Updieke, die gern bereit war, vom alten Zeughaus in die Krumme Straße zu ziehen, unter vollen Segeln verständlicherweise, mit größter Zutunlichkeit und in der Hoffnung, wieder eine Art Familie zu finden. Sie war im Stettiner Waisenhaus aufgewachsen, völlig allein auf der Welt, und hatte, als sie in Dienst ging, ihren Mann kennengelernt, den Hausknecht vom Gasthof Kronprinz. »Der arme Konrad«, nannte sie ihn, denn er war an Schwindsucht zugrunde gegangen, bald darauf auch der kleine Sohn. »Das Schlimmste, so ein Wurm«, sagte sie, wenn, was häufig geschah, die Rede darauf kam, »aber hat ihm den Krieg erspart, besser im Kinderhimmel als im Massengrab«, und überhaupt stecke in manchem Dreckklumpen ein Körnchen Gold. Das Zeughaus zum Beispiel, ohne das Zeughaus wäre sie nie auf Fräulein Dora gestoßen, und die solle es nun gut bei ihr haben, besser als bei der Gnädigen, kaltes Wasser brauche man der alten Updieke jedenfalls nicht über den Kopf zu kippen. Etwas taktlos, aber Takt gehörte nicht zu ihren Qualitäten.

»Mit dieser Köchin zusammenhausen?« Frau Dankwart rannte gegen die Wände bis zum letzten Moment. »Jetzt seid ihr mich endlich los«, schluchzte sie beim Abschied auf dem Braunschweiger Bahnhof, und als der Zug sich entfernte und sie forttrug, fielen tausend Lasten von Dora ab, nicht aber das schlechte Gewissen. Es war Ende Februar, man roch schon den Frühling, auf dem Wall schmolz der Schnee.

Von den gestellten Weichen einmal abgesehen, so ganz läßt sich Martins dereinstige Bemerkung am zwanzigsten Jubiläum seiner Firma nicht von der Hand weisen: ohne Fümmelsee keine DoMa-Textil. Und ebenso hat Dora recht, wenn sie das Wortgeklingel nicht erträgt und außer sich gerät bei dem großen Krach nach der Feier. »Schicksal? Alles ist Schicksal oder auch nicht. Martin Crammes Schicksalsweg von Magdeburg bis zum Fümmelsee, bitte, von mir aus. Bloß laß mich damit in Ruhe.«

Doras Worte nach zwanzig Jahren, doch, man muß ihnen zustimmen. Die Fallschirmseide in der alten Ziegelei, Schicksal, kann sein. Aber was dann kam, sie mitnehmen, sie liegenlassen, war Martins und Doras Wahl. Und auch zum Fümmelsee führte sie kein ferner Stern, sondern die Suche nach einem Platz für die Liebe.

»Ich liebe dich«, so oft schon hatten sie es gesagt unter den Kastanien am Wall, immer bedrängt von fremden Schritten und Stimmen, dazu noch die Kälte, die sich zwischen sie schob, und nirgendwo ein Refugium. In der Lessingstraße, wo Martin eines Sonntags Dora präsentiert hatte, wußte Frau Beyfuhr mit Tee und Konversation jede Zweisamkeit zu verhindern, und selbst Frau Updieke, so realistisch sie der Welt sonst gegenüberstand, zeigte kein Erbarmen.

Dora hatte nach der Abreise ihrer Mutter das Wohnzimmer für sich eingerichtet, mit einem Schrank anstelle des Kußmundbüfetts sowie einer hübschen kleinen Kommode, beides aus Beyfuhrs Bodenkammer, und nebenan das Ehebett halbiert, so daß Frau Updieke sich dort ebenfalls wohlfühlen konnte. Sogar ein

Kanonenofen stand in der Ecke, dem drei Holzscheite genügt hätten für eine Stunde Wärme. Drei Scheite nur, einmal in der Woche wenigstens. Doch Frau Updieke, trotz aller Zutunlichkeit, verharrte eisern auf ihrem Platz am Kachelofen, bis Martin gegangen war. Nicht wegen Sitte oder dergleichen, ließ sie Dora wissen, sondern aus Furcht vor der Familie Zippel im unteren Stockwerk, mit der sie im Dauerstreit lag, teils ein Erbe der Hochnäsigkeit von Frau Dankwart, mehr aber aus prinzipiellen Gründen, Einheimische gegen Flüchtlinge, alte Rechte gegen neue Ansprüche, denn die Butter ließ sich auch Frau Updieke nicht vom Brot nehmen. »Die Kujone da unten sind scharf auf die Wohnung für ihr Biest von Sohn«, erklärte sie, als Martin einmal von der schönen Sonne draußen sprach, und daß man sie doch nicht um ihren Spaziergang bringen wolle, »die lauern mit den Ohren an der Stubendecke, und wenn eine Anzeige kommt wegen Kuppelei, muß ich schwören, und beschwören kann ich bloß, was ich gesehen habe, da bleibe ich lieber sitzen, und glauben Sie mir man, Fräulein Dora, das tue ich auch für Sie«.

Niemand zweifelte daran. Kochend, waschend, putzend bewies sie täglich ihre Zuneigung und würde ihnen alles von Herzen gönnen, wie sie Martin unten an der Tür versicherte, was hätten sie denn sonst von der Jugend in dieser gottverlassenen Zeit, »geht hier bloß nicht, aber ist ja bald Frühling, da findet sich schon ein Plätzchen«. So war es, deshalb der Fümmelsee und alles, was mit ihm zusammenhing, ganz gleich, wie man es deuten will.

Kein See eigentlich, diese ehemalige Tonkuhle bei der

alten Ziegelei, mehr ein Teich, vor Jahren ausgebaggert, dann war das Wasser gestiegen, und seit Jahren schon befanden sich am Nordufer die Kabinen, Stege und Zäune der Wolfenbütteler Badeanstalt. Auf der südlichen Seite hingegen ging der Wiesenstreifen in Wald über, und dort, zwischen Buchen und Fichten, lag die kleine, fast kreisrunde Lichtung. Martin hatte sie nach einer ausgedehnten Erkundungsfahrt entdeckt, sein Rad hingeworfen und sich auf die Moospolster gelegt. Sonnenstrahlen flimmerten schräg durch die Äste, der Boden war warm, er brauchte nicht länger zu suchen.

Ich habe Glück, dachte er und blickte in die weißen Wolken hinein, März, der achtzehnte März 1946, ein ganzes Jahr vergangen seit der Nacht im Wald von Hannoversch Münden. Am Vormittag waren die Abiturnoten bekanntgegeben worden, sehr gut insgesamt für ihn, erfreulich, aber gleichzeitig kam es ihm albern vor. Reifezeugnis! In der Aula, wo er als bester Absolvent die Dank- und Abschiedsrede zu halten hatte, machte er kein Hehl daraus. »Für den Krieg waren wir reif genug, für die Universität mußten wir erst dieses Papier erwerben, so hat alles wieder die gute alte Ordnung, als sei nichts gewesen«, was man ihm teilweise übel nahm. Im übrigen war niemand aus der Gruppe durchgefallen, selbst Giselher Hasse nicht, allerdings nur, weil Martin ihm im deutschen Hausaufsatz eine Zwei erschrieben hatte und Dr. Beyfuhr den ruinösen Lateinsechser zur Drei verwandelte mit dem allseits akzeptierten Argument, daß dieser junge Musiker ganz gewiß keine Professur in alten Sprachen anstrebe. Das Kollegium, über sich selbst hinauswachsend, ließ ihm sogar noch für einige Zeit die Geige, auf der er, obwohl es sich um ein sehr mäßiges Instrument handelte, beim Schulkonzert Furore gemacht, vor allem aber die Aufmerksamkeit des Violinisten Alexander von Abenthin auf sich gezogen hatte, einziger Überlebender des früher hochangesehenen Beethoven-Quartetts. Einmal in der Woche fuhr er seitdem zu ihm nach Braunschweig und erhielt Unterricht gegen zehn Zigaretten pro Stunde, wiederum von Gernot finanziert.

Dora liebte er immer noch, unverhohlen jetzt, alle wußten es, und Martin ließ zu, daß er ihr im Vorbeigehen manchmal übers Haar strich.

»Ich würde sie dir ausspannen, aber du bist leider mein Freund«, sagte Giselher bei der großen Fete am Abend zu ihm, immerwährende Trauer um diesen Verzicht, er war einer, der nicht vergaß, nicht die Lebenden und nicht die Toten, vielleicht gab das seinem Spiel den später so gerühmten, unwiederholbaren Hasse-Ton. »Ich wäre gut für Dora«, sagte er. »Wahrscheinlich kriegte sie nichts zu essen bei mir, aber ihre Seele würde satt. Wollen wir sie uns nicht teilen? Eine Woche du, eine Woche ich, du sorgst für den Magen, ich für die Seele.«

Martin sah Dora mit Rüdiger über den Dachboden tanzen, der weite Rock flog, während sie sich drehte. Ein neues Kleid, grünweiß gemustert, etwas schief in den Nähten, aber von großem Schick. Er hatte den Stoff von dem Textilhändler Ricke bekommen, dessen Sohn ohne seine Nachhilfe durchs Abitur gefallen wäre. Grün, Doras Farbe. »Warum willst du dich nicht mit mir mischen«, sagte Giselher, »aus zwei mach eins, ich habe was, was du nicht hast, du hast, was ich nicht habe, Cramme-Hasse-Mischung für Dora«, und etwas sprang über, Martin spürte, wie sie aufeinander zugingen, jeder durch den anderen hindurch, ich bin du, du bist ich, schon wieder vorbei.

Die Abiturfete oben im Schloß, ein Fest wie keins davor und keins danach, wann sonst hätte man sich ganz ohne Alkohol nur an saurem Salat aus Erbsen und Mohrrüben berauschen können. Zehn Konservendosen Erbsen und Mohrrüben, die Horst Petrikat auf nicht ganz feine Art bei Mr. John Hay geschnorrt hatte, dem Vikar vom Soldatenheim der Church of Scotland, ebenfalls am Harztorwall gelegen. Zweimal wöchentlich zelebrierte er dort einen Gottesdienst für britische Soldaten im Ritus seiner Kirche, begleitet von so ekstatischen Rufen nach Buße, Besserung und dem Holy Jerusalem, daß Major Crowler-Smith ihn Howling John zu nennen pflegte.

Als Kulturoffizier auch für Religiöses zuständig, hatte er auf Bitten von Vikar Hay eine Begegnung mit dem katholischen Ortsgeistlichen von Wolfenbüttel arrangiert, unergiebig in der Sache, beide Seiten waren auf höchst unfromme Weise übereinander hergefallen. Horst Petrikat jedoch, der Dolmetscher, bekam von Mr. Hay die Einladung, an seinen Gottesdiensten teilzunehmen, was er unverdrossen tat, auch lauthals in die Gesänge einstimmte, um sich hinterher mit Bratkartoffeln, Würstchen und Sandwiches füllen zu lassen. Außerdem hatte er einen fiktiven Bibelkreis ins Leben gerufen, von dessen geistigen Fortschritten der arglose Vikar so detaillierte Berichte erhielt, daß er in seiner Freude darüber gelegentlich etwas zur leiblichen Nahrung der angeblich im Wort Versammelten beitrug. Daher die Erbsen und Mohrrüben, anrüchig, wie gesagt, aber nicht nur die Schloßclique existierte auf mehr oder minder anrüchige Weise. Im übrigen hörten sie bei der Fete zur Einstimmung Händels Messias, fast eine Bibelstunde.

Seltsam, diese Clique damals, die nichts hatte und umsomehr erwartete, Zwischenzeit, Atemholen vor dem großen Sprung. Horst Petrikat wird bei den Immobilien landen, Gernot im weichen Sessel eines Bankers, Giselher sich trauernd durch die Welt geigen, Rüdiger Rezepte ausschreiben im Schnellverfahren, zusammen mit Ingrid, seiner Frau, die auch schon dabei ist an diesem Abend, und genau wie er davon träumt, Albert Schweitzer zu folgen. Sie hören den Messias, reden, essen, tanzen, alles so hautnah noch, der Krieg, die Erleichterung über sein Ende, das Schaudern, die Scham. Und Hoffnung, soviel Hoffnung auf eine bessere Welt, den besseren Menschen, Frieden für immer. Die Illusionen hängen wie Lampions über ihren Köpfen, kein Wunder, daß sie sich an Erbsen und Mohrrüben berauschen können und an Gernots plärrenden Schellackplatten. Rosita Serrano singt vom Roten Mohn, Martin hält Dora im Arm, Magdeburgs mahnende Stimme schweigt.

Und dann, schon am nächsten Tag, ereignete sich, wovon man dereinst bei der Jubiläumsfeier hören wird: die Weichenstellung am Fümmelsee. Das Moos in der Lichtung war warm, ein warmer März nach dem langen Winter. Sie hatten nur sich und sonst nichts auf der Welt, ein Meer von Trost, das sie aufnahm zum ersten Mal und davontrug von Welle zu Welle, ein

Meer von Glück, endlos, grenzenlos für diesen kurzen Moment, doch das Ende fing schon an. Der Himmel war grau geworden, ein Gewitter drohte, und obwohl sie hastig die Kleider überstreiften und sich mit den Rädern gegen den Wind stemmten, holte das Unwetter sie ein. Beim See, nicht weit von der Badeanstalt, lag die alte Ziegelei. Sie flüchteten in einen der halbverfallenen Schuppen, und so fanden sie die Fallschirmseide, das Fundament des zukünftigen Hauses Cramme.

Eigentlich war es Doras Entdeckung. Dicht an Martin gedrängt, lehnte sie an der Wand, ließ den Blick über die Bretter wandern, auf denen man früher die Ziegel zum Dörren ausgelegt hatte, und sah den verrotteten Laubhaufen im untersten Regal.

»Vielleicht hat man da eine Leiche versteckt«, sagte Martin und riß eine Latte los. Es war feucht und grau im Schuppen, sie schauderte, als er in dem Laub herumstocherte und auf Widerstand stieß. Aber es war keine Leiche, es waren drei Ballen, in stockfleckige, gummibeschichtete Zeltplanen gewickelt, eine dicke Lage Packpapier darunter und schließlich der weiße unversehrte Stoff.

Martin erkannte sofort, um was es sich handelte. »Eindeutig Fallschirmseide«, sagte er, alarmiert wie seinerzeit bei den Kondomen. »Und nicht mal zugeschnitten. Das kann doch nicht wahr sein.«

Doras Fingerkuppen glitten über den weichen, glatten Stoff. »Wem gehört das wohl?«

»Uns natürlich, wem sonst.« Er zögerte keine Sekunde mit der Antwort. »Das Zeug muß schon ewig hier liegen, sieh dir die Zeltplanen an. Und wer immer das versteckt hat, dem hat es auch nicht gehört.« Er blickte

in ihr verstörtes Gesicht. »Fallschirmseide, wem gehört die? Dem Staat etwa? Welchem? Es ist Strandgut. Strandgut gehört dem Finder.«
»Stimmt nicht ganz«, sagte Dora. »Man muß es beim Strandvogt abliefern. Aber ich weiß, den gibt es auch nicht mehr.« Sie lachte erleichtert, wurde jedoch, während sie durch den Regen in die Lessingstraße fuhren, Beyfuhrs Handwagen holten und die dreiviertel Zentner schwere Beute nach Hause karrten, die Angst nicht los, irgendwo im Schatten könne der rechtmäßige Besitzer lauern. Erst hinter der geschlossenen Wohnungstür fühlte sie sich sicher. Warum auch nicht. Ein Glücksfall, dieser Fund, woher sollte sie wissen, wohin er führen würde. Drei Ballen Fallschirmseide, zweihundertvierzig Meter insgesamt, neunzig breit, sie blickten auf den schimmernden Stoff und begriffen allmählich, welche Kostbarkeit ihnen zugefallen war.
»Stupete gentes, nihil supra«, sagte Dr. Beyfuhr.
Ob Schicksal oder nicht, die Fallschirmseide veränderte alles. Schluß mit dem Vorspiel, in der Liebe wie im täglichen Tun und Treiben. Vorbei das Tändeln mit Fleischers- und Bauersfrauen, die Phantastereien des Übergangs, auch die Träume von der Universität und dem, was einstmals das Richtige hieß, obwohl dieses Letzte sich noch eine Weile am Leben zu halten suchte als vages Irgendwann.
Grundsteine legen, eine Basis schaffen für das Studium, erklärte Martin, wenn er Dr. Beyfuhr die Verzögerungen plausibel machen wollte, und wies auf seine Jugend hin, knapp zwanzig, viel Zeit noch, irgendwann würde es schon so weit sein. Erstaunlich, wie lange diese Selbsttäuschung dauerte. Grundsteine, gewiß wur-

den Grundsteine gelegt, nur nicht für Doras Chemie und seine Literatur. Doch selbst als das Wohnstubenunternehmen sich bereits Firma nannte, DoMa-Textil, ordnungsgemäß registriert bei Gewerbeamt sowie Industrie- und Handelskammer, meldete sich manchmal in den Atempausen noch das Irgendwann, kleinlaut freilich, je mehr der Betrieb florierte, fast unmerklich sich wandelnd zum Eigentlich. »Eigentlich wollten wir doch . . .«, begannen sie zu sagen, jenes Lächeln im Gesicht, mit dem man einer alten Illusion hinterherwinkt.

Im übrigen waren es nicht nur Martins Entscheidungen. Doras Ja zu seinen Ideen kam wie von selbst. Ein paar Zweifel zuerst noch, dann Zustimmung, Mitdenken, Mitarbeit, gemeinsam machten sie DoMa-Textil zu einem klingenden Namen in der Branche. Und am Anfang die Blusen, die im Juni jenes Sommers hinter der Trinitatiskirche, dann auch am Braunschweiger Bahnhof auftauchten, »unser Pilotprojekt«, so Martin in seiner Jubiläumsrede.

Nach dem Fund in der alten Ziegelei hatte er stundenlang wachgelegen und Strategien entwickelt, verworfen, nach neuen gesucht. Zum ersten Mal etwas Eigenes. Alles andere bisher, von den Leuchtern bis zu den Kondomen, hatte er nur verwaltet, dies jedoch gehörte ihm. Kein Feilschen mehr mit Kaffeetütchen um Fleisch, Brot, Milch, Kohlen, für die Seide galten besondere Maßstäbe, und schon am nächsten Vormittag suchte er Herrn Ricke auf, Textilien en gros und en detail, in der Langen Herzogstraße, von dem nicht nur Doras grünweißer Stoff, sondern auch ein neuer, fast geschenkter Anzug stammte. Sein Sohn, als Oberleutnant der Panzertruppe mit dem Ritterkreuz dekoriert, ansonsten aber etwas schwerköpfig, hatte bereits die Zulassung zum Jurastudium erhalten, »nur durch Ihre Nachhilfestunden, Herr Cramme«, versicherte der Vater auch jetzt wieder und gab bereitwillig Auskunft über die Preise von Damengarderobe, schwarze Ware unter dem Ladentisch, während in den Regalen kunstgewerbliche Gegenstände wie bemalte Schachteln, Strohuntersetzer oder Holztellerchen mit allerlei Wappen herumstanden, in größeren Mengen, aber niemand brauchte sie.

Ein Sommerkleid, hörte Martin, ließ sich ab achthundert Mark erwerben, Blusen rundgerechnet für die Hälfte, was etwa dem Monatsgehalt von Dr. Beyfuhr entsprach. »Lauter Mist«, klagte Herr Ricke, »schlechte Qualität und so unelegant, wer gibt sich heutzutage noch Mühe, friß Vogel oder stirb«, und das Blusenprojekt gewann Konturen.

Nächstes Ziel war die Militärregierung, genauer Major Crowler-Smith, den Martin jedesmal traf, wenn er abends am Harztorwall auf Dora wartete. »Hallo, wie geht's«, fragte er dann in seinem üblichen Ton, freundlich und von oben herab, über einen Graben hinweg gewissermaßen, so daß Martin jedesmal an seinen Vater denken mußte, die Handbewegung, mit der er dem Gerichtsboten eine Zigarre schenkte, nur wirkte es bei dem Major nicht ganz so echt. Diesmal blieb er stehen und wollte wissen, wann das Studium beginne.

»Ich warte auf bessere Zeiten«, sagte Martin.

Der Major lachte. »Immer derselbe naughty boy, was? Aber tüchtige Leute, ihr Deutschen, und wenn die besseren Zeiten da sind, zeige ich Ihnen London. Allright, Martin?« Es sollte spöttisch klingen, nimm mich nur nicht beim Wort, naughty boy, alles ein Witz, aber so ganz stimmte das auch nicht. Martin jedenfalls ergriff die Gelegenheit und fragte, wie man wohl an ein englisches oder französisches Modeheft kommen könne.

»Wollen Sie sich ein Kleid nähen?« Major Crowler-Smith wandte sich abrupt zum Gehen, nicht mal ein Gruß. Vier Tage später jedoch lag bei Dora in der Telefonzentrale die englische Ausgabe der »Vogue«, Sommermode 1946, please forward to Martin. Da stand man bereits mitten in der Planung, auch Beyfuhrs wurden hinzugezogen, Frau Updiekes praktische Ratschläge eingeholt, Gernots Beziehungen mobilisiert. Fabrikation von Blusen, obwohl das Wort Fabrikation noch nicht fiel in dieser Phase, ein Amateurklub aufs erste, Blusen genäht von Dora.

»Blusen zum Verkaufen?« Dora schüttelte abwehrend den Kopf. »Alles Pfusch bei mir, ich weiß nicht mal, wie man ein Schnittmuster macht.«

Ein Schnellkurs, schlug er vor, und ließ, daß sie keine Lust dazu hatte, nicht gelten. »Ich habe auch keine Lust zu der ganzen Kungelei, aber ist doch alles nur momentan. Zweihundertvierzig Meter Stoff, das gibt ungefähr hundert Blusen.«

Sie fing an zu rechnen. »Hundertfünfzig wahrscheinlich.«

»Jeden Tag eine und fünfhundert Mark pro Stück«, sagte er, »das sind in sechs Monaten fünfundsiebzigtausend Mark. Davon können wir in Ruhe studieren. Dann geht es uns gut.« Er küßte sie. »Die Chance für uns. Wir haben doch keinen, der für uns sorgt.«

Nein, niemand, nachdem der Dankwart-Großonkel

Dora vergeblich aufgefordert hatte, endlich nach Bremen zu kommen. »Bei uns, liebe Großnichte, wird vollauf für dich gesorgt werden, so daß du dich ganz deiner lieben Mutter widmen kannst, die nach den vielen Schicksalsschlägen des Zuspruchs ihrer Tochter dringend bedarf. Solltest du dich diesem nur zu berechtigten Wunsche entziehen, so wäre, wie du weißt, bis zu deiner Volljährigkeit amtliche Anwendung von Zwang möglich. Bei einer fast Zwanzigjährigen halten wir dies für unangemessen, jedoch würde das Angebot, für deinen Lebensunterhalt aufzukommen, dann nicht mehr bestehen.«

»Nein, niemand.« In ihrer Stimme war Angst, Trotz, Zuversicht und kaum noch Widerstand. Und die Näherei habe ihr ja schon immer Spaß gemacht, versicherte sie Martin und sich, warum eigentlich nicht perfekt darin werden. Frau Beyfuhr pflichtete ihr bei, als die Sache zur Sprache kam, Frau Updieke sowieso, Nähen, Stricken, Sticken soll die Hausfrau schmücken, und nur Dr. Beyfuhr konnte trotz Martins wortreicher Erklärungen dem ganzen Unternehmen wenig abgewinnen. Man solle sich auf den Verkauf des Stoffes beschränken, so seine Empfehlung, auch davon ließe sich studieren, und zwar schon im nächsten Semester. »Aber ich sehe, die Jugend hört nicht auf mich«, sagte er bekümmert, »ihr geht eure eigenen Wege, es ist längst entschieden, alea jacta.«

Doras fachgerechte Ausbildung fand unter Anleitung von Fräulein Hildegard Frohmann statt, einer Direktrice aus Breslau. Frau Updieke hatte sie bei ihren Erkundungsgängen quer durch die Flüchtlingsquartiere zufällig im Kanonenschuppen der früheren Flakkaserne Lindener Straße ausfindig gemacht, unter den dort zusammengepferchten Schlesiern, die erst jetzt im Zuge der großen Vertreibung elend und ausgeplündert aus Polen eingetroffen waren. Fräulein Frohmann saß zusammengesunken auf ihrem Strohsack, festgekrallt an den wenigen Habseligkeiten, und fing bei Frau Updiekes Offerte zunächst an zu weinen, erwachte aber, nachdem sie sich in der Krumme Straße gründlich gewaschen und an Kartoffeln mit süßsaurer Mehlsoße gesättigt hatte, zu außerordentlicher Tatkraft. Sie war achtunddreißig, tüchtig, ehrbar bis auf die Knochen und entschlossen, ihr Bestes zu geben für fünfhundert Mark Lohn, finanziert wie alle Investitionen durch Kondomverkäufe und weit über den ortsüblichen Tarifen liegend, aber lächerlich in Anbetracht des erwarteten Profits, ein Beweis für Martins unternehmerisches Denken schon in den Anfängen. Allerdings gelang es ihm mit Hilfe von Horst Petrikat, der Beziehungen zu den Ämtern hatte, ihr auch noch eine gerade freiwerdende Kammer oben im Schloß zu verschaffen, so daß Fräulein Frohmanns dankbarer Eifer keine Grenzen kannte.

Vier Wochen dauerte der Unterricht, alte Laken und Bettbezüge aus Frau Beyfuhrs Haushalt als Übungsmaterial für Ärmel, Abnäher, Schrägstreifen, Kragen, Manschetten, Knopfleisten, Knopflöcher, Falten, Ziernähte. Danach kam das, was Fräulein Frohmann schwierig nannte, die Erstellung von Grundschnitten, das Zuschneiden und Zusammenfügen der Einzelteile, die Abschätzung der richtigen Relationen zwischen Kleidungsstück und Körper, die Paßform also, der Schick, Talente allerdings, die infolge ihrer früheren

Tätigkeit in einer Fabrik für Berufskleidung nicht sonderlich entwickelt waren. Dora jedoch befand sich auf ihrem ureigensten Gebiet, ein paar technische Hinweise genügten, schon wußte sie instinktiv, worauf es ankam. »Es fließt Ihnen aus den Fingern«, sagte Fräulein Frohmann bewundernd, als sie ihr beim Zuschneiden der ersten zwei Blusen zusah, eine mit kurzem, die andere mit dreiviertellangem Arm, nach Anregungen aus der »Vogue«, aber abgestimmt auf Wolfenbütteler Nachkriegsverhältnisse. Zwei Meter sechzig Stoffverbrauch für beide, jedes Stückchen ausgenutzt nach sorgfältiger Tüftelei. Rationeller ging es nicht, Fräulein Frohmann setzte den Schlußpunkt, den Rest müsse die Praxis bringen. Welche Praxis, wußte sie nicht. Vorerst waren drei Meter Seide alles, was sie gesehen hatte. Doch schon bald sollte sich zeigen, daß man ihr vertrauen konnte.

Einhundertachtzig Blusen, so die genaue Kalkulation, ließen sich aus dem vorhandenen Material herstellen, vorausgesetzt, man blieb bei Doras unkompliziertem Grundmuster: mittlere Größe und durch genügend Weite passend für jede einigermaßen normale Figur, am Hals ein offenes Stehbündchen, die überschnittenen Ärmel kurz und pfiffig, im Fall des Dreiviertelarm-Modells jedoch mit lässiger Kimonofülle, was bei dem zarten Seidenstoff elegant, sogar extravagant wirkte. Ein besonderer Clou war Doras Idee, die Nähte durch Stickereien zu verdecken, Blüten, Blätter, Ornamente, eine Arbeit, bei der Frau Updieke großes Geschick an den Tag legte.

Bügeleisen, Schere, Fingerhut, Zentimetermaß hatte Wally Kußmund zurückgelassen, nur Garn fehlte,

Näh- und Stickgarn, Mangelware ersten Ranges offenbar. Selbst Gernot Hasse scheiterte daran, so daß Martin, dem Rat des in Textilien versierten Herrn Ricke folgend, eine Beschaffungsreise ins Rheinisch-Westfälische unternahm, Krefeld zunächst, wo er nach vielen Irrwegen und drei Nächten im stinkenden Wartesaal mit dem Meister einer Garnfabrik ins Geschäft kam, der überdies auch noch Nadeln, Schiffchen und Spulen für die Nähmaschine auftreiben konnte. Horrend teuer alles zusammen, doch das Geld kam wieder herein, wenngleich nicht ganz so üppig wie in der ersten Euphorie angenommen. Auch der schwarze Markt hatte seine Grenzen, mehr als vierhundert Mark für die Bluse konnte Martin nicht herausholen, und Dora bewältigte neben ihrer Tätigkeit bei den Engländern statt der geplanten fünf oder sechs Exemplare höchstens drei pro Woche.

Die Sommerabende waren lang und schön, am Wall und im Unterholz der Lichtung sangen die Nachtigallen, der Duft aus den blühenden Vorgärten kam durch das offene Fenster bis an die Nähmaschine, unmöglich weiterzumachen, ohnehin immer das gleiche, die gleichen Nähte, die gleichen Modelle. »So ist das Leben nun mal, Fräulein Dora«, sagte Frau Updieke, die tagein, tagaus ihre Menüs für die endlosen Folgen der Stettiner Taufen, Konfirmationen, Hochzeiten, Beerdigungen gekocht hatte, »immer weiter auf der Leiter, bis man runterfällt«, doch Frau Updiekes Gemeinplätze waren kein Trost. Trost gab ihr allenfalls, daß sie für die Liebe nähte: Dora vor einer Waage mit zwei Schalen, auf der linken die Fallschirmseide, auf der rechten die Liebe, und jede fertige Bluse verringert das Gewicht des Stoffes, und eines Tages, glaubt sie, wird es nur noch die Liebe geben.

Wann allerdings, ließ sich nicht genau sagen, auch die Termine hatten sich verschoben. Keine Rede mehr von sieben oder acht Monaten, das Doppelte schien inzwischen angemessen, Schluß spätestens im November siebenundvierzig, »und dann«, sagte Martin, »fangen wir an zu studieren«.

Wenn alles glatt geht, hätte er vorsichtshalber hinzufügen sollen und dreimal an Holz klopfen, wie es Frau Updieke trotz ihrer sonst durchaus nüchternen Sicht zu tun empfahl, leider ohne Erfolg. »Hat schon manch einer erst drüber gelacht und später geweint«, sagte sie und warf bedeutungsschwere Blicke um sich, als kurz vor Ende des ersten Blusenjahres der glatte Lauf der Dinge ins Stocken geriet, durch Denunziation vermutlich. Denn woran sonst hätte es liegen sollen, daß an jenem trüben Oktobertag zwei Polizisten hinter der Trinitatiskirche lauerten, und, sobald Martin auftauchte, den Inhalt seiner Tasche überprüften, dieselbe noch, wie damals bei dem Weingeschäft mit dem traurigen Polen. Drei Blusen, Doras Wochenproduktion, wurden beschlagnahmt, eine Razzia, die nicht dem Markt galt, sondern ausschließlich ihm, »halt's Maul, du Schieber«, brüllten sie ihn an. Bei der Haussuchung danach fiel ihnen der Rest des ersten Seidenballens, genug immerhin für zwölf Blusen, ebenfalls in die Hände, und nur Frau Updiekes lauter Protest konnte die beiden Amtspersonen davon abhalten, auch noch die Nähmaschine mitzunehmen. Martin, der danebenstand in einer Wolke von Wut, blieb stumm, schwor aber innerlich mit tausend Stimmen, daß ihm dergleichen nie wieder passieren dürfe. Nicht mehr angreifbar sein, nicht mehr schwach, immer der Stärkere.

Die Information, kein Zweifel, mußte von den Zippels aus dem ersten Stock stammen. Frau Updieke unterstellte der Sippe sogar, während ihrer Abwesenheit schnüffelnderweise in die Wohnung eingedrungen zu sein, und klemmte zwecks besserer Kontrolle fortan ein Stückchen Stoff zwischen Schwelle und Tür. Doch vorerst war es geschehen, sechstausend Mark Verlust rundgerechnet, nicht das Schlimmste im Hinblick auf die beiden anderen Ballen, die sicher in Beyfuhrs Bodenkammer lagerten, aber dennoch kein Pappenstiel. Horst Petrikat ließ seine Beziehungen zu höheren Chargen spielen, um wenigstens die Rückgabe der Seide zu erreichen, fast mit Erfolg. Ein entsprechender Befehl wanderte den Dienstweg entlang, doch als er sein Ziel erreichte, waren die Blusen wie auch der Stoff nicht mehr auffindbar im Magazin, weg, verschoben offensichtlich. Getöse entstand, Captain Porter, der englische Verwaltungsoffizier, schaltete sich ein, beide Beamte wurden suspendiert, eine Quelle neuen Ärgers, ahnte Martin. Er und Dora hatten, um den Zippelschen Spähaugen auszuweichen, bereits die Nähmaschine in Beyfuhrs Wohnung transportiert und beschlossen, sich vorerst mitsamt der Seide im Hintergrund zu halten, vier Wochen vielleicht, aber es wurde der ganze Winter daraus, ein Katastrophenwinter, die Stadt lahmgelegt von Hunger und Dauerfrost, und auf dem schwarzen Markt kein Bedarf für Schnickschnack. Kohlen, man brauchte Kohlen.

Ausgaben also statt Einnahmen. Die Kondome gingen

zu Ende, und so wanderte der größte Teil des Blusen-
geldes durch Doras und Beyfuhrs Schornsteine. Dennoch heizte Martin an manchen Abenden zusätzlich
sein eigenes Zimmer, in dem zwischen Schrank und
Bett nun die Nähmaschine stand. Dora müsse arbeiten,
wurde zur Rechtfertigung für den Luxus angegeben,
nur ein Vorwand, jeder im Haus wußte es. Doch Frau
Beyfuhrs Bedenken gegen die unbewachte Zweisamkeit blieben nur Worte. Teetrinkend danebensitzen
konnte sie nicht mehr, seitdem ein Mandat der SPD im
neugewählten Kreistag ihre Zeit beanspruchte, sie sich
zudem leidenschaftlich für die Frauenarbeit enga-
gierte und überhaupt, wie ihr Mann mit mildem Spott
feststellte, eine persona rei publicae geworden war.
»Die jungen Leute müssen wissen, was sie tun, ich habe
andere Pflichten, als ihre Anstandsdame zu spielen«,
sagte sie zu Frau Updieke, die zwar sorgenvoll nickte,
es ihnen insgeheim jedoch gönnte. Und Paulus mit
seiner ungestillten Sehnsucht dachte nicht daran, sich
dem Wagen des Dionysos in den Weg zu werfen.
Ein schlimmer Winter, ein schöner Winter, je nachdem, lang, sehr lang, das zumindest stand fest, Mitte
März erst brach der Frost. Dora fing an, den zweiten
Ballen aufzuarbeiten, Martin sondierte die Lage hinter
der Trinitatiskirche, der Studienbeginn hatte sich um
fünf weitere Monate verschoben. Frühjahr achtund-
vierzig hieß es jetzt, und die Frage ist nur, warum
Martin diese Aufschübe hinnahm wie etwas Unver-
meidliches, statt mit Dora, der Seide, der Nähmaschine
an die Universität zu gehen. Schwarze Märkte gab es
überall, hin und wieder eine Bluse nähen und verkaufen hätte genügt für beide. Vielleicht lag es an der

Angst vor neuen Abstürzen ins Ungewisse. Er hatte einen Unterstand gefunden, der Pfeifer im Wald, nun wollte er ihn ausbauen. Ganz folgerichtig, daß im Herbst dieses Jahres die DoMa-Textil gegründet wurde.

Ironischerweise kam der Anstoß dazu von jener Seite, die eigentlich darauf erpicht war, ihm das Geschäft zu verderben, von jenen Polizisten nämlich, deren Suspendierung er unbeabsichtigt in Gang gesetzt hatte. Keine gewichtige Strafe offensichtlich, wohl eher pro forma verhängt, denn an einem Junitag, Martin wollte gerade die achtunddreißigste Bluse nach der Winterpause verkaufen, erschien einer von ihnen so, als sei nichts gewesen, wieder voll uniformiert hinter der Trinitatiskirche.

»Na, immer noch da?« Breitbeinig, unverhohlenen Haß in den Augen, stellte er sich in den Weg. Martin unterdrückte nur mit Mühe die Frage, ob neue Schieberware nötig sei, lächelte ihm aber direkt ins Gesicht, was den Mann vollends in Rage zu bringen schien. »Wir kriegen dich schon noch, Bürschchen, deine Tommys bleiben nicht ewig hier«, zischte er wie einer der amerikanischen Filmschurken, an denen man sich neuerdings in der wiedereröffneten »Schauburg« ergötzen durfte. Martin überkam ein fast hysterisches Lachen, doch gleichzeitig wußte er, daß es vorbei war mit den Geschäften an diesem Platz. Am nächsten Tag fuhr er nach Braunschweig und geriet sofort in eine Razzia, nichts Nennenswertes, unbehelligt konnte er durch die Kette schlüpfen, wurde aber den Gedanken nicht los, auch diese Unternehmung habe ihm gegolten.

»Ich leide an Verfolgungswahn«, sagte er beim abendlichen Treffen der Schloßclique unter den Kastanien von »Linnes Garten«, wo es Dünnbier gab und Frikadellen, für die Fleischmarken abgeliefert werden mußten, obwohl Horst Petrikat behauptete, sie bestünden nur aus Knochenmehl und durchgedrehtem Gedärm. »Dieses verdammte Kuschen vor der Polizei«, sagte Martin, und Gernot Hasse riet zu Zigaretten. Der Kerl sei bestechlich, er solle ihn mit Zigaretten zur Räson bringen, ein Vorschlag, der allgemeine Zustimmung fand. Nur Gernots neue Freundin war dagegen, Anita, sie arbeitete am Schalter der Braunschweigischen Landesbank. Gernot, dem die Frauen in schnell wechselnder Folge zu- und wieder davonliefen, lobte an ihr, daß sie Zahlen nicht nur schreiben, sondern sich auch etwas darunter vorstellen könne. Mit diesen Worten jedenfalls hatte er sie bei der Clique eingeführt, ungeschickterweise, denn ihr Gesicht dabei ließ ein baldiges Ende auch dieser Affäre befürchten.

»Ich würde mich nicht auf dem schwarzen Markt herumdrücken«, sagte sie. »Ich würde nur an Textilläden verkaufen.«

»Die zahlen nicht genug«, sagte Martin.

»Wieso nicht? Die brauchen doch auch schwarze Ware. Vielleicht kriegt man hundert Mark weniger, aber dafür wirst du gleich den ganzen Schwung auf einmal los und kannst später wieder nachliefern.«

»Wer soll das denn alles nähen?« rief Dora entsetzt, und Martin winkte ab. Wieso später nachliefern? Später habe er keinen Stoff mehr.

Natürlich müsse man immer wieder Material heranschaffen, sagte Anita, investieren, falls er wisse, was das sei. »Mit dem Geld arbeiten, eine Firma gründen, Kredite aufnehmen. Die bekommt man schon wieder, auch die Bank will leben.«

»Was für eine Firma?« Doras Stimme klang irritiert.

»Was wohl, eine Kleiderfabrik natürlich.« Sie sagte es so leichthin, als ginge es um einen Ausflug ins Grüne, und Martin amüsierte sich darüber. »Hänsel und Gretel gründen eine Kleiderfabrik, Samt und Seide wird mit Sterntalern bezahlt. Oder kriegt man bei dir Stoffe für Geld?«

Anita sah so aus, wie sie hieß, behauptete Gernot, die Zirkusreiterin Anita, klein, geschmeidig, dunkle Augen, in denen jetzt spöttische Verwunderung lag. »Ich denke, ihr seid Schwarzmarktspezialisten? Geld kann man verwandeln.«

»Ein kluges Kind.« Gernot tätschelte ihre Hand. »Sollen wir sie behalten?«

»Frag lieber, ob man dich behalten soll«, sagte sie, und Martin verhakte seine Augen in ihren und wartete, daß sie dem Blick auswich, doch sie hielt stand, und er war es, der nachgab und sich wieder Dora zuwandte, die schweigend neben ihm saß. Dora mit der braunen Sommerhaut und den rötlichen Haaren. Er legte den Arm um sie und flüsterte, daß sie schön sei, die Schönste, und dennoch probte seine Phantasie mit Anita die Kußmundschen Seiltricks, schamlose Spiele, nichts für Mädchen aus Magdeburg. »Ich bin kein Mädchen aus Magdeburg«, wird Dora ihm einmal vorwerfen, zu spät.

»Fabrik!« Es amüsierte ihn immer noch auf dem Heimweg, der nicht enden wollte, weil in den Rosenbüschen am Wall die Nachtigallen schlugen, die Nachtigallen von Wolfenbüttel, in der Erinnerung verschmolzen sie mit der Stadt, als sei dort immer Sommer gewesen. Aber es waren nicht ihre Stimmen allein, die Martin und Dora erst im Morgengrauen nach Hause ließen. Die Bank stand zwischen Jasmin- und Schneeballblüten, seine Hände glitten durch ihr Haar, er dachte an Maschinen-Brose in Magdeburg, Hunderte von Arbeitern, langgezogene Backsteinhallen mit Bogenfenstern,»wir und Fabrik«.

Doras Kopf lag in seinem Schoß, und wenn sie die Augen öffnete, sah sie das Filigran der Kastanienblätter im Mondlicht. »Hänsel und Gretel.« Sie lachte. »Aber an Läden liefern wäre gar nicht schlecht, wir sollten mit Herrn Ricke reden«, und das war der Anfang, Doras Idee, den dritten Seidenballen einzutauschen gegen eine größere Menge Baumwolle. »Stoff für vielleicht hundertfünfzig Blusen! Heimarbeiterinnen sind billig, ich schneide zu, und vier Blusen am Tag kann jede schaffen. Hundertachtzig Mark pro Stück, da bleibt fast soviel übrig wie bei der Seide.«

»Wann hast du dir das ausgerechnet?« fragte Martin perplex.

»Es stand in den Sternen. Hältst du mich für dümmer als Anita?«

»Wieso Anita?« sagte er, und sie vergaßen noch einmal Seide und Baumwolle, Löhne und Stückpreise.

Am Morgen darauf, statt ihren Dienst in der Telefonzentrale anzutreten, holte Dora Fräulein Frohmann aus dem Bett und erfuhr, daß bei Heimarbeit eine Mark fünfzig je Bluse angemessen sei. Eine nützliche Information für den anschließenden Besuch bei Herrn Ricke, der wie üblich vor Freude strahlte, Martin von den Studienerfolgen seines Sohnes berichtete, auch wieder die unschätzbaren Nachhilfestunden pries, beim geschäftlichen Teil im hinteren Büro jedoch einiges an Herzlichkeit verlor.

»Fallschirmseide? Nichts Ungewöhnliches heutzutage.« Er versuchte, Gleichmut zu signalisieren, vergaß sich jedoch für einen Moment und streichelte zärtlich den Stoff auf seinem Tisch, schon zuviel für einen profitablen Handel. Über die doppelte Menge Nessel, die er zum Tausch anbot, konnte Martin daraufhin nur noch lachen. Nessel! Aus Nessel habe man früher Semmelbeutel genäht.

»Früher vielleicht. Heutzutage ist man nicht mehr so wählerisch.« Herr Ricke nahm einen Stoß Papier vom Schreibtisch und ging damit zu dem alten Rollschrank in der Ecke. Zwei Blätter flatterten zu Boden, Dora hob sie auf und sagte: »Sicher, Fallschirmseide gibt es dann und wann, aber immer nur in Form von Fallschirmen. Meterware ist sehr selten und mindestens viermal soviel wert wie ganz gewöhnlicher Nessel.«

Mit einem Ruck riß er die Rolltür hoch und wandte sich an Martin. »Die junge Dame hat einen Überschuß an Phantasie, scheint mir. Wollen wir die Angelegenheit nicht lieber unter uns Männern erledigen?«

»Der jungen Dame gehört die Hälfte«, sagte Martin, und Dora wiederholte ihre Forderung: »Die vierfache Menge. Und ich weiß noch nicht mal, ob wir Nessel gebrauchen können. Was macht man überhaupt daraus?«

»Alles!« Herr Ricke in seiner Gereiztheit vergaß sich schon wieder. »Brautkleider, wenn Sie wollen. Die Leute kaufen doch jeden Dreck«, und ohne Fräulein Frohmanns fachmännischen Rat wäre das Geschäft wahrscheinlich nicht zustande gekommen. Vorerst jedenfalls trennte man sich ergebnislos, das Vierfache, sagte er, käme nicht in Frage, aus Prinzip nicht, die dreifache Menge schon wäre ein Liebhaberpreis, und er müsse die Sache nochmals überschlafen.

»Dreck«, empörte sich Dora draußen auf der Straße. »Er soll seinen Dreck behalten«, doch Fräulein Frohmann, die in Wolfenbüttel, wo genügend einheimische Näherinnen bereitstanden, keinerlei Arbeit fand und ihre Dachkammertage damit ausfüllte, immer apathischer auf das schöne Breslau und die Fabrik für Berufskleidung zurückzublicken, geriet bei dem Wort Nessel geradezu in Begeisterung. »Ein höchst dankbares Material! Unverwüstlich! Nach jeder Wäsche weicher und griffiger!« Und hatte sie bis zu diesem Punkt lustlos auf dem ungemachten Bett herumgehangen, ein Bild zum Erbarmen, so kam jetzt Leben in ihr Gesicht. »Wenn ich Nessel hätte, würde ich ihn bedrukken lassen und die schönsten Sachen daraus anfertigen.«

»Bedrucken?« fragte Dora. »Wo?«

»In einer Blaudruckerei selbstverständlich.« Fräulein Frohmann, etwas erstaunt über soviel Ignoranz in Allerweltsdingen, erklärte schnell und präzise, wie Blaudruckereien arbeiteten, daß man dort trotz des irreführenden Namens auch rote, grüne und braune Muster produziere und es sich häufig um Waschküchenbetriebe in kleineren Orten handele. Und ob sie sich vielleicht erkundigen solle, wo es hier in der Gegend so etwas gebe. Aber sie müßten sich vorsehen, Laien würden leicht übers Ohr gehauen, und wieviel Nessel es denn wäre.

Dora suchte Martins Blick. Er schüttelte warnend den Kopf, und trotzdem sagte sie: »Zweihundert Meter mindestens.«

Durch Fräulein Frohmann zuckte eine Art elektrischer Schlag. Ihr Rücken straffte sich, sie preßte die Knie aneinander und legte die Hand auf einen Riß in der fleckigen Kittelschürze. Stumm, bewegungslos und, so sagte Martin später, wie in Erwartung der Gnade saß sie da, doch es stimmte nicht, wenn er sich zugute hielt, hinter ihrer heruntergekommenen Fassade bereits die Vertrauensperson für künftige Zeiten gewittert zu haben. Im Gegenteil, es war Dora, die sie mit der Frage, ob sie ihnen helfen wolle, in Bewegung setzte.

Noch am Spätnachmittag brachte Fräulein Frohmann die Meldung, daß in Vienenburg, etwa dreißig Kilometer entfernt an der Bahnstrecke nach Goslar gelegen, ein Blaudrucker existieren solle. Fast gleichzeitig erschien strahlend wie eh und je Herr Ricke, um die dreifache Menge Nessel anzubieten, zweihundertvierzig Meter, und so, unter Einsatz von allem, was sie besaßen, dem neu angesammelten Geld, aber auch Doras sicherem Arbeitsplatz bei der Militärregierung, begann die Vorphase der Firmengründung, auf gut Glück und zielstrebig, mühevoll und ein abenteuerliches Spiel zugleich. Der Handel mit Herrn Ricke wurde abgeschlossen, die Ware ausgetauscht, Frau Beyfuhr unternahm es, im Umfeld ihrer SPD-Genossen nach geeigneten Näherinnen zu fahnden. Und während Martin die strapaziöse Reise zu seinem Krefelder Garnlieferanten antrat, schleppten Dora und das nun wieder adrette Fräulein Frohmann den schweren Nessel nach Vienenburg, wo der avisierte Blaudrucker tatsächlich in seiner Werkstatt rumorte, ein ebenso mürrischer wie geschäftstüchtiger Mann, der sie fast eine Stunde warten ließ, dann zehn Prozent des Stoffes als Entgelt verlangte und angesichts des eiligen Auftrags noch drei Päckchen Zigaretten extra. Ungeduldig warf er ihnen das Musterbuch zu und kehrte, nachdem man sich endlich auf luftige Kringel geeinigt hatte, jeweils achtzig Meter in grün, rot und blau, grußlos an seine Maschine zurück.

»Sind die Farben waschecht?« wollte Fräulein Frohmann wissen. Er antwortete nicht, so daß sie eine Waschprobe forderte, jetzt gleich an Ort und Stelle, andernfalls müsse man es in Börsum versuchen, da gäbe es auch einen Blaudrucker.

»Ist die da die Chefin?« fragte er, und Dora, die sich bisher im Hintergrund gehalten hatte, sagte in jenem Tonfall, mit dem ihre Großmutter die Leute abzufertigen pflegte: »Nein, aber die Dame versteht etwas von der Sache, und entweder ja oder nein«, worauf er sein Bestes versprach.

Es war Mittwoch, schon drei Tage später konnten sie den Stoff abholen. Am Sonntag wurden zwei Musterblusen angefertigt, abends kam Martin mit dem Garn aus Krefeld zurück, und am Montag lagen die ersten zugeschnittenen Blusenteile bei den Frauen, die Fräulein Frohmann streng und sachkundig unter vierzehn Bewerberinnen ausgewählt hatte: drei Kriegerwitwen, eine pensionierte Handarbeitslehrerin, schließlich, auf Frau Beyfuhrs besonderen Wunsch, eine ehemalige Arbeitsdienstführerin, die bei der SPD neuen Boden unter den Füßen zu finden hoffte. Fünf also, und als sechste Fräulein Frohmann selbst mit der Aufgabe, in

Martins Zimmer die letzten zwanzig Seidenblusen anzufertigen. Er hatte neben dem Lohn jeder Frau als
Prämie zehn Zigaretten versprochen, wenn sie die hundertsechzig Blusen innerhalb von acht Tagen fehlerfrei ablieferten. Ein beflügelndes Angebot offensichtlich. Dora fand bei ihren täglichen Kontrollgängen von
Haus zu Haus nur im Fall einer der Kriegerwitwen
etwas zu beanstanden, dies allerdings massiv. Unter
den Tränen der Frau und lautem Kindergeschrei
trennte sie die ersten mißratenen Blusen eigenhändig
auf und teilte ihr schon am dritten Abend mit, daß
man sie nicht weiterbeschäftigen könne. Zu Hause
setzte sie sich in die Küche und weinte. Frau Updieke
stellte ihr zum Trost heiße Nudelsuppe hin, vergeblich, noch fand sie sich nicht ab mit der Person, die sie
sein mußte.

»Ja, so ist das, Fräulein Dora«, sagte Frau Updieke, »zu
Wohlstand kommen und gut bleiben geht nicht zusammen. Ich habe in Stettin auch das Geld für gute Butterküche verlangt, und immer die Hälfte Margarine rein
in den Topf, hat keiner was gemerkt zum Glück. Aber
das brauchen sie den jungen Herren vom Admiral
nicht zu erzählen. Und nun essen sie man.«

Drei Wochen nach dem langen Heimweg von »Linnes
Garten« über den Wall unternahmen Dora und Martin
die erste Blusenreise, Hannover das Ziel, auch deshalb,
weil eine Kusine von Frau Beyfuhr ihnen dort Nachtquartier geben wollte. Dora trug ihre Musterbluse, das
grüngekringelte Kurzarmmodell. Dr. Beyfuhr hatte
bei der Verabschiedung größtes Wohlgefallen bekundet, und auch Frau Updieke, die neben Martin den
Handwagen mit den beiden großen Koffern zum

Bahnhof zog, gab sich zuversichtlich. »Müßte doch weggehen wie die warmen Semmeln«, sagte sie, was wohl, wird Dora sich später fragen, wäre geschehen, wenn nicht Hannover am Anfang gestanden hätte, sondern ein anderer Ort, Göttingen etwa. Göttingen, gut erhalten und leicht erreichbar, war zunächst im Spiel gewesen, dann jedoch durchs Raster gefallen, Universität, wenig Industrie, wohl kaum anzunehmen, meinte Martin, daß Professoren ihren Frauen so teure Blusen kaufen könnten. Das abschreckende Beispiel von Paulus vor Augen, hatte er dem zerbombten Hannover den Zuschlag gegeben, eine lebendige Stadt mit Lust am Handel, nicht nur schiebenderweise, sondern auch ganz offiziell und amtlich genehmigt.

Längst gab es wieder so etwas wie Läden in den Trümmern des Zentrums, Bretterbuden, Tische unter Zeltplanen und in Torwegen, dazwischen sogar einige altrenommierte Geschäfte mit unbeschädigten Fassaden. »Georgstraße!« hatte der kundige Gernot Hasse geraten, »Große Packhofstraße, Lister Platz, dort findet ihr bestimmt Kundschaft«, und schon nach zwei Tagen waren die Koffer zur Hälfte geleert. Man lobte den modischen Pfiff, die akkurate Verarbeitung, und wahrscheinlich hätte auch Göttingen trotz Martins Zweifel ähnliche Ergebnisse gebracht, den gleichen Verkaufserfolg, das gleiche Geld, nur nicht das gleiche Leben. Fahr nach Süden, wird Dora im Rückblick auf die Reise und ihre Folgen denken, und du bekommst das Göttingen-Leben, fahr nach Norden, dann wird es das Hannover-Leben, und bei dem Versuch, in die ungelebte Alternative hineinzusteigen, fällt sie ins Bodenlose.

Was in Hannover geschah, wurde durch Zufälligkeiten ausgelöst, möglich nur in diesem Haus am Rand der Eilenriede, großbürgerlichen Zuschnitts und einigermaßen durch den Krieg gekommen, wo die mit einem Regierungsveterinärrat verheiratete Beyfuhr-Kusine wohnte, und zwar auf gleichem Stockwerk wie der Chefeinkäufer des rundum bekannten Textilhauses A&B Knopp, ein Herr Kuno Hufnagel, zuständig für sämtliche Filialen in den drei westlichen Besatzungszonen. »Natürlich erst teilweise wieder in Betrieb«, sagte er zu Martin. »Auch unser hiesiges Haus hat noch Löcher wie ein Sieb, man wurstelt sich durch mit Ach und Krach, aber nach allem, was die Spatzen von den Dächern pfeifen, bleibt das nicht ewig so. Eines Tages, eines nicht zu fernen Tages, das können Sie mir glauben, ist unser kaputtes Geld wieder putzmunter, dann rennen die Leute uns die Türen ein und kaufen wie die Verrückten, und darauf müssen wir uns vorbereiten.« Er war ein großer schlanker Mann mit sportlichem Flair und Tempo in Gestik wie Sprache, Hauptmann bei den Panzergrenadieren mit EK I, ließ er nicht ohne Stolz einfließen und klopfte, als Martin in dieser Hinsicht nichts zu bieten hatte, ihm tröstend auf die Schulter. »Lassen Sie man, Sie leben noch, und vielleicht können wir zusammen Geschäfte machen.«
Zufall, wie gesagt, daß diese Unterhaltung zustande kam, ein Netz aus Zufällen, speziell geknüpft, so schien es, für Dora und Martin. Eigentlich hatten sie mit der Fahrt nach Hannover erst zu einem späteren Termin gerechnet, eigentlich nicht an eine Bluse als Gastgeschenk gedacht, eigentlich wollte Herr Hufnagel auf Reisen sein in dieser Woche und seine Frau die Bey-

fuhr-Kusine eigentlich gar nicht zum Kaffee einladen. Doch alles hatte sich anders gefügt aus mancherlei Gründen, so daß, während Dora und Martin am zweiten Tag ihres Aufenthalts nach weiteren Kunden suchten, die Kusine in ihrem dunkelrot gemusterten Dreiviertelarmmodell beim nachbarlichen Kaffeeklatsch dem Hausherrn unter die Augen geriet, und nun stand Herr Hufnagel vor den geöffneten Koffern und prüfte Stück für Stück die noch vorhandenen fünfundachtzig Blusen, darunter neun seidene.

»Gefällt mir, wie Sie arbeiten«, sagte er. »Sorgfältig und mit diesem gewissen Etwas. Bei dem Zeug, das man sonst zu sehen kriegt, dreht sich einem ja meistens der Magen um, keiner hat's mehr nötig, wird sowieso alles geschluckt. Wie sind denn Ihre Preise, Herr Cramme?« Martin und Dora wechselten einen Blick. »Für die Nesselblusen haben wir hundertfünfzig im Schnitt bekommen.«

»Da müssen Sie ein bißchen runtergehen«, sagte Herr Hufnagel. »Ich nehme die ganze Partie für hundertzehn« und schlug, als Martin hundertdreißig verlangte, hundertzwanzig vor, sein äußerstes Angebot angeblich. »Nicht Usus bei uns, diese Hintertreppengeschäfte, aber die Filialleiter brauchen auch mal ein Trostpflaster. Und dann können Sie eine Kollektion für uns machen, Winterware, etwas gedeckt, exakt dieser Schnitt hier, zwei Größen, spätestens bis Oktober. Und zum März zweitausend von den Nesselblusen. Nicht viel, man ist ja von den lächerlichen Stoffzuteilungen abhängig. Wir verstehen uns, normale Preise, Bezugscheinware, die Kunden sollen merken, daß sie reell bedient werden und später wiederkommen mit ihrem guten Geld. Wie viele Leute beschäftigen Sie denn im Betrieb?«

Martin sah Dora an und entschloß sich zur Ehrlichkeit. »Gar keine. Wir haben keinen Betrieb. Wir hatten nur zufällig ein bißchen Stoff.«

Dann würde es aber Zeit einzusteigen, rief Herr Hufnagel mit Verve, einsteigen, in den kommenden Boom hineinwachsen, der käme so sicher wie der Husten im Konzert, und wer dann den Fuß in der Tür habe, könne sich dumm und dämlich verdienen. »Mit A&B Knopp als Partner, Mann! Wissen Sie, was das bedeutet? Rennen Sie los mit dampfenden Socken, suchen Sie sich einen Schuppen, stellen Sie Näherinnen ein. Mit unserem Auftrag kriegen Sie auch das Stoffkontingent, nur ein Klacks, ist klar, aber wer hat, dem wird gegeben, soviel haben Sie inzwischen ja wohl schon gespannt in Ihrer Unschuld.«

Er geriet in Feuer geradezu bei dieser Lektion, Firmengründung elf Monate vor der Währungsreform, der jemand wie Kuno Hufnagel, nichts als vage Witterung in der Nase, schon jetzt atemlos entgegenrannte. »Ich rieche es direkt, Sie sind keiner von den lahmen Säkken, die ihre Chancen verpennen. Die Bäume da draußen gibt's noch, und das andere holen wir uns auch wieder, also nichts wie ran.« Ein lehrreicher Nachmittag, und nicht lange, da wußte Martin, was er zu tun hatte, um der Stunde Null gewappnet zu begegnen.

»Sie sind so still gewesen«, sagte Herr Hufnagel beim Abschied zu Dora. »Haben wir Sie gelangweilt?«

»Überhaupt nicht.« Sie strich sich die Haare aus der Stirn. »Es war sehr interessant. Aber die Blusen können wir unter hundertdreißig nicht hergeben«, und wie seinerzeit Herr Ricke wandte auch er sich an Martin. »Wir waren uns doch einig, denke ich?«

»Noch nicht ganz«, sagte Martin. »Wir haben gute Ware, die kostet ihr Geld. Wenn wir gleich mit Verlust anfangen, können wir es ebensogut sein lassen.«

Herr Hufnagel preßte die Lippen aufeinander und blies beide Backen auf, eine Angewohnheit, die seinem hageren Gesicht etwas von einem Clown gab. Dann ließ er die Luft durch die Lippen zischen und schlug Martin gegen jede Erwartung auf die Schulter. »Also gut, und die Seidenblusen nehme ich auch, für zweihundertfünfzig, und keinen Pfennig mehr.«

Als Herr Hufnagel gegangen war, meinte Martin, Dora habe sich zu sehr vorgedrängt, das scheine nicht üblich zu sein im Geschäftsleben. »Du hast gute Ideen, aber sprich mit mir darüber, wenn wir allein sind. Überhaupt, was hältst du von dem ganzen?«

»Ich weiß nicht«, sagte sie. »Ein bißchen, als ob ich aus dem fünften Stock springen soll.«

»Aber mir würde es Spaß machen«, sagte er.

»Mir eigentlich auch. Eine Fabrik! Stell dir vor, eine Fabrik!« Lachend fielen sie sich in die Arme, das Leben war schön, und wieder vergaßen sie, an Holz zu klopfen, man wird sehen.

Und dann kam Major Crowler-Smith. Das heißt, Martin war es, der die Verbindung gesucht hatte, von Major Crowler-Smith kam nur ein Vorschlag.

Er saß am Schreibtisch, die Zigarette in der Hand, und fragte statt einer Begrüßung, ob wieder ein Modejournal fällig sei. Die richtige Einleitung, Modejournal, auch darum ging es, vorrangig allerdings um etwas anderes, und Martin, obwohl er sein Anliegen für gewagt hielt, brachte es dennoch vor, die Blusen, A&B Knopp, Herr Hufnagel, die einmalige Gelegenheit, und ob Major Crowler-Smith eventuell behilflich sein könne.

»In welcher Weise?« Der Major blies den Rauch so unbeteiligt in die Luft, als habe er diesen Besuch noch nie gesehen. Hoffnungslos, dachte Martin, sagte aber trotzdem, daß er Nähmaschinen brauche, eine Notwendigkeit bei professioneller Fabrikation laut Fräulein Frohmann, deren Ausführungen er jetzt fast wörtlich wiederholte: Man müsse die Näherinnen ständig im Blick haben, ihre Fähigkeiten, ihr Tempo beobachten, um die einzelnen Arbeitsgänge entsprechend unter ihnen aufteilen und dadurch rationell produzieren zu können. »Sechs Näherinnen«, sagte er. »Damit wären die Aufträge zu schaffen, aber nicht ohne Nähmaschinen, und Nähmaschinen gibt es nur auf Bescheinigung der Militärregierung.«

»Und warum kommen Sie ausgerechnet zu mir? Ich bin nicht zuständig für Handel und Industrie.«

»Weil Sie mich kennen, und weil ich eine Chance brauche.«

»Ach, wirklich?« sagte Major Crowler-Smith, und Martin errötete vor Ärger über das mokante Lächeln, mit dem der Major »fabelhaft« murmelte, »fabelhaft, unser Martin braucht eine Chance. Ich gebe Ihnen einen Rat. Besuchen Sie unseren famosen Vikar Hay, er soll mit Ihnen für die Nähmaschinen beten. Und morgen können Sie wieder herkommen, vielleicht fällt mir etwas ein.«

Martin betete nicht, seit langem nicht mehr. Als kleines Kind hatte er hübsche kleine Verse gelernt, abends im

Bett herzusagen, mit gefalteten Händen und aufrecht, Gott forderte Respekt, und vor jeder Mahlzeit dröhnte die herzhafte Stimme seines Vaters das immer gleiche »Komm, Herr Jesus, sei unser Gast«. Dann jedoch, nach Hitlers Machtergreifung, kam der Kirchenaustritt, Schluß mit Kinderbibel und Gebeten, Martin mußte sich abgewöhnen, was man ihm in liebevoller Strenge eingeprägt hatte. Er tat es gründlich, selbst im Krieg, wenn die Angst letzte Barrieren einriß, hatte er allenfalls ein namenloses Wesen angerufen.

»Ich bin nicht zuständig«, sagte er zu Dora, »aber vielleicht willst du es probieren«, Dora, die in der ersten Wolfenbütteler Zeit immer wieder zum Gottesdienst gegangen war, um an frühe Bilder anzuknüpfen, die kleine backsteinrote Dorfkirche, das Familiengestühl in der vordersten Reihe und jedes Gesicht vertraut. »Was gibt es da anzuknüpfen?« hatte Martin gespottet, »anknüpfen an Heuchelei? Deine Eltern kratzen sich die Augen aus, deine Großmutter malträtiert euch und die Leute, aber sonntags gemeinsam in die Kirche, wo der Pastor für den Führer betet«, und es stimmte, genauso war es gewesen. Erfolglos, ihre Versuche danach, zwischen den bemalten Säulen der Marienkirche etwas von dem Sonntagsgefühl wiederzufinden, »nein«, sagte sie, »ich bin auch nicht zuständig«, und ganz abgesehen von Frau Updiekes Meinung, daß man den Herrgott nicht mit Kleckerkram belästigen solle, kam Martin auch ohne Beistand von oben zu seinen Nähmaschinen. Die Art und Weise jedenfalls, wie Major Crowler-Smith die Sache handhabe, ließ kaum auf Weisungen aus solchen Sphären schließen.

»Sechs Nähmaschinen«, sagte er am nächsten Tag,

»sind zuviel auf einmal. Vier für den Anfang, es darf nicht zu auffällig sein, im übrigen zehn Prozent«, und erklärte, als Martin ihn nicht gleich verstand, daß nicht nur die Deutschen eine Chance brauchten. »Ich sehe es voraus«, lächelte er, bequem in seinen Stuhl zurückgelehnt, die Uniform von strahlender Makellosigkeit, das Bärtchen exakt getrimmt, »ihr habt den Krieg verloren, aber wenn man euch wieder loslegen läßt, und man läßt euch, alter Junge, man läßt euch, werdet ihr wie dieser komische Vogel aus der Asche steigen und immer reicher werden, und wir, die armen Sieger, immer ärmer, wer kommt schon an gegen euch Teutonen. Sie zum Beispiel, Martin. Erst war es ein Modejournal, und jetzt soll es schon eine kleine Fabrik sein mit sechs Nähmaschinen, und jede Wette, in zehn Jahren sind es hundert. Also gut, ich werde Ihr Partner. Sie bekommen Ihre Maschinen, auch noch Bügeleisen, und Stoffe natürlich, dieses alberne Kontingent von Mr. Hufnagel, was bringt das schon. Wir denken uns jetzt gleich ein paar schöne wasserdichte Bescheinigungen aus, die können Sie morgen abholen. Und jetzt unterschreiben Sie bitte dies hier.«

Ein Blatt Papier, VERTRAG als Überschrift, und dann in dürren Zeilen, daß er, Martin Cramme, sich für alle Zukunft verpflichte, aus seinen Unternehmungen, wann immer gegründet, wo immer befindlich, Mr. Dennis Crowler-Smith eine Beteiligung von zehn Prozent auszuzahlen.

»Sehen Sie mich nicht so entgeistert an«, sagte der Major. »Ich bin nicht Mephisto, Sie können ganz normale Tinte benutzen«, und Martin unterschrieb.

Horst Petrikat, der an der Tür gehorcht und nur

Bruchstücke der Unterhaltung verstanden hatte, schäumte, als er den Rest erfuhr. »Der Mann kennt keine Grenzen, wahrscheinlich gehört ihm schon halb Wolfenbüttel. Allein die Massen von Zigaretten, die ich für ihn verscheuert habe. Keine Ahnung, wo er das ganze Geld läßt, Diamanten vielleicht, da kostet ihn ein Karat lupenrein hundert Päckchen von seinen verdammten Chesterfield, das ist natürlich günstiger als zu Hause in England. Also, wenn du mich später mal brauchst, ich schwöre Stein und Bein, daß ich Zeuge der Erpressung war.«

»Sogar die Tommies!« sagte Martin. »Woran soll man eigentlich noch glauben?«

»An uns.« Horst Petrikat tippte gegen die schwarze Klappe in seinem Gesicht. Für andere habe ich genug geopfert, jetzt geht es nur noch um mich.»

Die Bescheinigungen, to whom it may concern, ermächtigten Martin, zwecks Beschaffung von Arbeitsplätzen in Bielefeld bei den Dürkopp-Werken vier Nähmaschinen, zwei Bügeleisen und zwei Zuschneidescheren zu erwerben, ferner dreihundert Meter Vorhangstoff nebst Garn zur Neuausstattung der Büros wie auch der Offiziers- und Sergeantmessen des Military Government in Wolfenbüttel. Außerdem erhielt er eine schriftliche Genehmigung für den Transport dieser Güter und den Kauf der erforderlichen Menge Benzin, alles von Major Crowler-Smith eigenhändig auf amtlichem Papier getippt und mit der Unterschrift eines fiktiven Colonels, jedoch echten Stempeln versehen. Bedenken wischte er beiseite, Krefeld, Bielefeld, alles meilenweit entfernt und die britische Zone überschwemmt von Bescheinigungen, niemand könne ernsthaft erwägen, diese Flut auch noch zu kontrollieren oder gar der Frage nachzugehen, ob Wolfenbüttel tatsächlich neue Vorhänge benötige. Als letztes dann veranlaßte er den für Wirtschaftsfragen verantwortlichen Trade & Industry Officer, einen als Captain zurechtgemachten und in Wolfenbüttel ganz besonders verhaßten Bankangestellten aus Liverpool namens Fox, Mr. Slowfox, wie ihn die regulären Offiziere seiner schlurfenden Unterwürfigkeit wegen nannten, schnellstens die deutschen Behörden auf Trab zu bringen, so daß der neugegründeten DoMa-Textil ohne bürokratische Umstände zwei Räume in der ehemaligen Flakkaserne Lindener Straße zugewiesen wurden, nahe dem Kanonenschuppen, aus dem Frau Updieke vor mehr als einem Jahr Fräulein Frohmann geholt hatte. Dies alles bedacht, waren zehn Prozent für den Major, vom Moralischen einmal abgesehen, nicht zu hoch gegriffen und dennoch ein Ärgernis von Anfang an, schon beim ersten Überprüfen von Soll und Haben. Zehn Prozent für immer und ewig? Es wird sich zeigen. Martin und Dora rechnen am Schreibtisch, die Nacht der Kalkulation, eine Rechnung ohne den Wirt, Plus und Minus ungewiß. Rund vierzigtausend Mark Eigenkapital auf der einen, Löhne und Mieten auf der anderen Seite, die einzigen festen Werte, alles andere ein Lavieren zwischen legalen und schwarzen Preisen, und auch die Bescheinigungen, einlösbar vermutlich nur mit Hilfe von Zigaretten, noch zweifelhafte Größen. Unsere Mark ist aus Knetgummi, man kann sie knautschen, Herrn Hufnagels Leitsatz. Knautschgeld, ein Vorteil oder ein Risiko? Nichts war sicher in der Finanzierung.

Der Plan dagegen bekam bald Konturen: mit der Bank sprechen, Stoffe besorgen in Krefeld, zehn Heimarbeiterinnen an die ersten Blusen für A&B Knopp setzen, die Maschinen heranschaffen, den Nähsaal einrichten, Näherinnen einstellen, den Märzauftrag in Angriff nehmen, nur Unkosten, noch keine Profite, eine Investition für die Zukunft. Und neben der regulären Produktion immer auch schwarze Ware zum Geldverdienen, vorsichtig jedoch und mit Maßen, man mußte Kunden gewinnen für später. Schaffen wir es? Ja, wir schaffen es.

In dieser Nacht ging Dora nicht zurück in die Krumme Straße. Der Mond schien ins Fenster, erst die Arbeit, nun die Liebe, so hatte es angefangen, so sollte es bleiben, nur daß die Arbeit wuchs und wuchs, ein unersättlicher Moloch, größer als der Mond.

»Liebst du mich?« fragte sie.

»Das weißt du doch.«

»Sag es mir«, immer dasselbe, und er wollte ihr sagen, was schön war und was noch schöner werden sollte, es sagen, es zeigen, aber er konnte es so wenig sagen wie tun, und so sagte sie sich selbst, was sie hören wollte, und auch, wie glücklich sie war.

Am Morgen merkte Frau Beyfuhr, wie Dora aus der Wohnung schlich. Sie versuchte, darüber hinwegzuschweigen, aber Schweigen war nicht ihre Sache.

»Ach, Tante Martha.« Martin stand in der Küche, reisefertig für Krefeld. »Es war schon spät, man muß doch nicht so spießig sein«, und die zornige Trauer, die nicht aufhören wollte, in ihr zu brodeln, stieg wieder an die Oberfläche. »Sei froh, daß du lebst. Verlange nicht gleich zuviel.«

142

Martin stellte seine Tasse auf den Teller, das Porzellan klirrte. »Entschuldige, daß ich nicht tot bin.«

»Sieh dich mit dem Geschirr vor, man bekommt kein neues«, sagte sie. »Und vergiß nicht, dies hier ist mein Haus.«

»Wie kann ich das vergessen«, sagte er.

Frau Beyfuhr kam mit der Kanne an den Tisch, Mukkefuck, ihm war egal, was er trank, doch für sie lag an jedem Sonnabend ein Tütchen Kaffee neben dem Wasserkessel.

»Magst du noch etwas?« Ihre Hand zitterte, als sie seine Tasse füllte. »Tut mir leid, Martin, manchmal fällt das so über mich her.«

»Schon gut.« Er hob den Kopf und nickte ihr zu, aber gesagt war gesagt, und die letzten Zweifel verschwanden. Ein Haus, er wollte ein Haus haben, das ihm gehörte, die Gedanken bauten schon daran, Gedankensteine, aus denen das Haus wurde am Park von Schloß Berge, bezugsfertig neun Jahre nach Doras und Martins Hochzeit im November 1947.

Die Heirat hatte sich beinahe von einem Tag auf den anderen und eher zufällig ergeben. Etwas zu früh, fand Dr. Beyfuhr, beide erst knapp einundzwanzig, indessen durchaus an der Zeit, wenn man bedenkt, wie lange sie schon ein Paar waren, ein Liebespaar, ein Arbeitspaar, warum also den Bund nicht amtlich besiegeln lassen. Amtlich und kirchlich, dies ein Wunsch von Dora, ihre Bedingung sogar, die einzige.

In Gang gesetzt wurden die Ereignisse durch Wally Kußmunds Ehemann, der, in Rußland vermißt und allseits abgeschrieben, eines Abends, als Dora mit Frau Updieke nach Hause kam, hilflos und verwirrt in der

Stube saß. »Dies ist meine Wohnung!« rief er und holte zum Beweis die über alle Turbulenzen von Krieg und Gefangenschaft hinweggeretteten Schlüssel aus der Tasche, »was tun Sie in meiner Wohnung? Wo ist meine Frau?« Er hatte sämtliche Türen, auch die der Schränke, aufgerissen, sogar Wäsche und Betten durchwühlt bei seiner vergeblichen Suche und fiel, nachdem man ihm behutsam und erbarmungslos, denn soviel Erbarmen, um die Nachricht erträglich zu machen, gab es nicht, Wallys Verschwinden ins Unbekannte nahegebracht hatte, laut weinend in sich zusammen, ein armseliger, halbverhungerter Heimkehrer, dem man das, was ihm geblieben war, nicht auch noch streitig machen konnte. Frau Updieke räumte ihr Bett, und mit gutem Zureden und heißer Suppe gelang es, ihn soweit zu stabilisieren, daß er sich hinlegte und einschlief.

Es war Mitte Oktober, der erste große Auftrag für A & B Knopp erledigt. Während die Heimarbeiterinnen an den Frühjahrsblusen saßen, richteten Martin und Dora die Räume in der Flakkaserne her, den einen als Nähsaal, den anderen als Büro, wo an der Längsseite auch Doras großer Zuschneidetisch seinen Platz fand, eine aufgebockte Sperrholzplatte, die zu ergattern anfangs so unmöglich schien wie das ganze Unternehmen, ein Lauf von Hürde zu Hürde, nun stand man am Ziel.

Der Krefelder Meister hatte sich wieder als äußerst hilfreich bei der Materialbeschaffung erwiesen. Seinem Gewährsmann in Bielefeld war es nicht nur gelungen, das Stoffkontingent für die Frühjahrsblusen, immerhin an die dreitausend Meter, aufzutreiben. Darüber hinaus operierte er so geschickt mit den Bescheinigungen, daß anstelle von vier neuen Nähmaschinen sechs gebrauchte anrollten, alles unter großem Zigarettenaufwand selbstverständlich. Dennoch, wie Gernot Hasse versicherte, für ein Butterbrot und im übrigen einigermaßen finanzierbar, zumal die Braunschweigische Landesbank angesichts der Auftragslage zwanzigtausend Mark Kredit gewährt hatte.

In wenigen Tagen sollte die Produktion anlaufen, sechs Näherinnen an den Maschinen, zwei zum Versäubern der Nähte, dazu Frau Updieke halbtags am Bügelbrett und Fräulein Frohmann als sogenannte Directrice, beziehungsweise Mädchen für alles. Das Ganze also wohlgeplant und geregelt, sogar weiße Bohnen für ein Begrüßungsessen standen bereit, und nun lag Herr Kußmund in Frau Updiekes Bett, oder vielmehr in seinem eigenen, nicht nur das Gestell gehörte ihm, auch Kopfkissen und Decke samt Bezügen, jeder Kochtopf in der Küche, jeder Teller und Löffel, was sollte werden. Nicht, daß Dora und Frau Updieke auf der Straße saßen. Im Gegenteil, der Hausherr, aus mehrtägigem Dauerschlaf zu neuer Verzweiflung erwacht, zeigte fast zuviel Anhänglichkeit. »Bleiben Sie«, flehte er, »bleiben Sie, bis meine Frau zurückkommt.« Aber im Wohnzimmer, wo die zweite Ehebetthälfte, vom Boden heruntergeholt, jetzt neben Doras Sofa stand, konnte man kaum noch aneinander vorbeigehen, und der traurige Herr Kußmund bot keinen Trost in der Enge. Geschenk des Himmels nannte es daher Frau Updieke, daß gerade zu dieser Zeit eins der beschlagnahmten Zimmer in der Lessingstraße frei wurde.

Frau Beyfuhr hatte ihr die Neuigkeit vor dem Milchladen erzählt, wo sie anstanden, um die Sonderzuteilung von einem Ei pro Person in Empfang zu nehmen. Gerade habe man sich an die Menschen gewöhnt, klagte sie, dann zögen sie weiter, und man müsse sich wieder mit fremden Gesichtern abplagen.

»Ja, so ist das«, sagte Frau Updieke, fix wie immer, wenn sie eine gute Gelegenheit roch. »Ist schon besser, man weiß vorher, wen man kriegt, gerade heutzutage, wo doch Herr Martin manches extra ranschafft, und dann der Neid«, und fügte, da Herumreden nicht lohnte, hinzu, daß es vielleicht das Beste wäre, Krumme- und Lessingstraße zu vereinigen. »Kaum Platz zum Luftholen bei uns, und dann noch Herr Kußmund nebenan. Nicht, daß ich ihm was zutraue, der ist viel zu weit runter für schlechte Gedanken und weint immer, aber trotzdem.«

»Bei uns wäre freilich mehr Platz«, sagte Frau Beyfuhr, zögernd allerdings, weil sie an Martin und Dora dachte, beide Tür an Tür, doch Frau Updieke ging direkt auf das Problem los. »Ein schönes Zimmer, gerade richtig für die jungen Leute. Ich könnte dann Herrn Martins Stube nehmen, vier eigene Wände, das braucht der Mensch. Und wenn ich für alle koche, müssen Sie sich nicht mehr so abjachtern neben der Politik«, worauf Frau Beyfuhr, als Genossin zwar gegen jeglichen Klassenunterschied, privat aber noch ihrem bürgerlichen Schatten verhaftet und folglich etwas irritiert von soviel Vertraulichkeit, etwas knapp darauf hinwies, daß die zwei nicht verheiratet seien.

»Nein«, sagte Frau Updieke, »sind sie nicht. Wird aber langsam Zeit, daß da Ordnung reinkommt«, und somit stand es im Raum, Hochzeit, Umzug und alles, was sich daraus ergeben sollte.

Frau Beyfuhr übernahm es, den Beschluß an Martin weiterzugeben, nach heftigem Widerstand ihres Mannes, der, als er bei einem an sich friedlichen Nachmittagskaffee von dem Plan hörte, die Meinung vertrat, man dürfe junge Menschen in einer so entscheidenden Situation nicht drängen. Trauschein oder nicht, ihm sei es gleich, immer noch besser, als sie ins Unglück zu schubsen.

»Wieso Unglück?« Ihre Stimme wurde schärfer. Ob man ihn etwa ins Unglück geschubst habe damals, eine Bemerkung, auf die er mit ungewohnter Heftigkeit reagierte: »Ich verbiete dir, derartig in fremde Schicksale einzugreifen«, und darüber mußte sie nun wirklich lachen. Verbieten? Vielleicht sei ihm entgangen, daß sie ganz andere Verantwortungen übernommen habe inzwischen, und niemand könne sie daran hindern zu tun, was ihr vernünftig scheine. Sie warf den Kopf zurück, die Augen blitzten, Kreistagsabgeordnete, demnächst möglicherweise noch mehr, man schätzte ihren Fleiß in der Partei, ihre Überzeugungskraft und Rednergabe. »Ich bin nicht mehr die kleine Frau Beyfuhr«, sagte sie, und es fehlte ihm die Kraft, weiter gegen sie anzugehen. Er fühlte sich nicht besonders gut seit einiger Zeit, müde und abgeschlagen, manchmal auch Magenschmerzen, was immer es war.

Sie griff nach seiner Hand und sagte. »Praktisch sind sie ja schon ein Ehepaar, und es wäre doch hübsch, wir alle unter einem Dach. Vielleicht wirst du noch Großpaulus.«

»Ach, Marthchen«, sagte er, und am Abend verließ sie vorzeitig eine Sitzung, um mit Martin zu reden.

Hochzeit also, heiraten. Er hatte kaum darüber nachgedacht bisher, auch mit Dora nie darüber gesprochen, so selbstverständlich alles zwischen ihm und ihr, die Dinge schienen von allein ihren Lauf zu nehmen, nun hielten sie an diesem Punkt. »Was spricht dagegen?« wollte Frau Beyfuhr wissen. Ihm fiel nichts ein, außer daß er es angenehm fand, wie es war, alles offen noch, trotz der Bindung alles offen für Neues, falls es käme, doch dergleichen durfte er Frau Beyfuhr nicht sagen, wozu auch, eine Phantasterei ins Blaue hinein, und Dora die Wirklichkeit. »Wollen wir heiraten?« fragte er, und die einzige Bedingung, die sie stellte, war der kirchliche Segen. Kein Wenn und Aber. »Ohne Kirche«, sagte sie, »lasse ich es lieber bleiben. Ich weiß nicht, warum, so ist es eben.«

Ob getauft und konfirmiert, wollte der Probst wissen, in dessen dunkelgetäfeltem Amtszimmer sie standen, ein Paar, das um den Segen bat, und ohne Tauf- und Konfirmationsscheine kein Segen normalerweise. Doch die Zeiten waren nicht normal. Dora erzählte von der überstürzten Flucht, Martin vom zerstörten Magdeburg, eine Geschichte wie viele, man gab ihnen Ersatzpapiere, Ersatz zumindest in Doras Fall. Martin gehörte schon lange nicht mehr zur Kirche, wie man weiß, so daß ihm nicht wohl war dabei, Betrug, man konnte es drehen, wie man wollte, wenngleich der praktische Gernot Hasse meinte, niemand sei geschädigt worden, im Gegenteil, die Kirche habe einen neuen Steuerzahler gewonnen, keinen schlechten vermutlich auf die Zukunft gerechnet. Und Rüdiger wies auf Jakob hin, Isaaks Sohn, der sich den Vatersegen nun wirklich mit schmutzigen Tricks ergaunert hatte, doch Segen, wie immer zustande gekommen, blieb

Segen, in der Bibel jedenfalls, und warum, wer könne das wissen, nicht auch hier, ein Argument, das Martin seltsamerweise erleichterte.

Doras Trauung, eine Trauung, wie sie es sich gewünscht hatte, doch beim Einzug in die mächtige Marienkirche, unter Orgelklang und Glockengeläut, weinte sie nicht nur vor Glück, sondern auch im Gedenken an die kleine Backsteinkirche hinter der Eichenallee, an das Kind beim O du Fröhliche, an die Konfirmandin mit der schwarzen Schleife im Haar. Der endgültige Abschied, so kam es ihr vor, und für einen Moment überdeckte Trauer das Glück. Eine weinende Braut, eine schöne Braut in dem Kleid aus weißem Taft, nicht ihr Eigentum freilich, jeder Pfennig, jede Stunde steckte in der Firma, kein Geld, keine Zeit für ein Brautgewand. Es gehörte der Schwester jener Anita, die von den Bankkrediten gesprochen hatte damals in »Linnes Garten«, Zirkusreiterin Anita, wider jede Erwartung immer noch Gernots Freundin. Aber das enge Oberteil und die raschelnde Weite des Rockes schienen wie für Dora gemacht, und mit der hochgesteckten Haarfülle unter dem Schleier sehe sie, behauptete Frau Updieke, wie eine Königin aus, viel hübscher als die von England. Martins Anzug dagegen gehörte ihm, ein grauer, gleich nach der Firmengründung erworbener Zweireiher, der ihm Würde und Eleganz verlieh, sein Chefanzug gewissermaßen, und so, den Myrtenzweig am Revers, führte er Dora zum Altar, um sich den erschlichenen Segen zu holen. »Sei getreu bis an den Tod, dann will ich dir die Krone des Lebens geben«, hatte sie sich als Trauspruch gewünscht, Offb. 2,10, und während er ihr den Ring ansteckte, versprach er in einem Ansturm von Gefühlen dem Herrn dieses Ortes, es gut zu machen für die Frau, die er liebte, für die Menschen überhaupt, und in seinem Sinne zu handeln, obwohl er nicht an ihn glaubte.

Als sie nach der Zeremonie auf das Portal zuschritten, ging eine Bewegung durch die Zuschauer, ältere Frauen zumeist, Hochzeitsmuttel, wie Fräulein Frohmann sie mit schlesischem Zungenschlag nannte, die Braut und Bräutigam in die Kirche gefolgt waren. Beim Anblick der beiden, behauptete Frau Updieke, hätten alle tief ein- und ausgeatmet, so ein schönes Paar. Aber es lag wohl eher an der Aura von Jugend und Kraft um sie herum, zwei, die auszogen, das Fürchten zu verlernen, und möglich, daß ein paar Hoffnungsfunken übersprangen auf die Mühseligen und Beladenen in den Bänken. Dr. Beyfuhr allerdings schüttelte traurig den Kopf. »Mein Gott, diese Kinder«, sagte er, und es klang fast verzweifelt, »warum konnten sie nicht noch warten? Frustra surdes aures fatigare.« Aber seine Frau, die gerade der ehemaligen Arbeitsdienstführerin zuwinkte, hatte ebenfalls taube Ohren.

Im übrigen war zu aller Erstaunen auch Frau Dankwart aus Bremen angereist, strahlend, fast noch schöner geworden, und in ihrer Begleitung der Schiffsmakler Friedrich Ternedde, ein äußerst distinguierter Herr um die sechzig, in feines Tuch gekleidet und vollkommen glatzköpfig, den sie als ihren Verlobten vorstellte, beste hanseatische Familie, und endlich komme ihr Leben in richtige Bahnen.

Mangels Hotel wurde er bei Herrn Kußmund einquartiert, weswegen Dora mit Frau Updieke dort schlief, wo sie vierundzwanzig Stunden später die Hochzeitsnacht verbringen sollte. Frau Dankwart fand notdürftig Platz auf Beyfuhrs durchgesessenem Sofa, Zumutung, klagte sie und rannte, bis Herrn Terneddes Erscheinen sie wieder zum Strahlen brachte, gegen die Heirat und die Firma an, fragte, ob Dora unter die Schneiderinnen gegangen sei, fand das geliehene Kleid vulgär, Martins grauen Anzug, sogar Frau Beyfuhr, die ihr beim Frühstück einige sozialdemokratische Ideen erläutert hatte, vulgär auch die Feier in »Linnes Garten« mit Frau Updieke und Fräulein Frohmann am Tisch und Gernot Hasses Versuch, in einer Rede der Beziehung zwischen Geld und Ehestand auf den Grund zu kommen. »Schade, Kind, daß du dich aus unseren Kreisen herauskatapultiert hast«, waren ihre letzten Worte, bevor sie bald nach dem Essen – Schweinebraten mit Rotkohl nach Stettiner Rezept, zum Nachtisch Apfelmus – zur allgemeinen Erleichterung wieder in Richtung Bremen verschwand.

Herr Ternedde hingegen, der sich des längeren mit Martin unterhalten hatte, schied gutgelaunt und zufrieden. »Ein tüchtiger junger Mann, ganz prächtig, dein Schwiegersohn, mach dir keine Sorgen mehr, meine Liebe«, sagte er, und so hatte der Besuch, wie sich noch zeigen sollte, auch eine gute Seite.

Als es draußen dunkel wurde, nahm Giselher Hasse seine neue Geige, die Gernot, wer sonst, ihm beschafft hatte, und spielte, den Blick auf seine verlorene Liebe gerichtet, den 1. Satz aus der Partita E-Dur so herzbewegend, daß Fräulein Frohmann unwillkürlich die Hände faltete, was Dora beinahe schon wieder zu Tränen rührte. Den Brautwalzer allerdings verweigerte er und fing statt dessen an, wild wie ein Zigeunerprimas zu improvisieren, selbst die Brüder wunderten sich. Der letzte Tag für ihn in Wolfenbüttel. Alexander von Abenthin, sein Braunschweiger Lehrer, unterrichtete seit kurzem an der neugegründeten Streicherakademie Detmold, Giselher sollte ihm folgen, nur Doras Hochzeit hatte er noch abgewartet.

»Jetzt sehe ich dich nie wieder«, sagte er beim Abschied und strich ihr über die Haare wie schon manchmal zuvor.

Und dann, spät abends, gingen sie zusammen in ihr neues Zimmer, Herr und Frau Cramme, niemand konnte es ihnen verwehren von nun an, Unschickliches war schicklich geworden. Martin blieb auf der Schwelle stehen. »Ich will alles für dich tun. Irgendwann wird es gut.«

»Ist es doch schon«, sagte Dora und legte den Kopf an seine Schulter. Er öffnete die Häkchen am Ausschnitt, das weiße Taftkleid raschelte zu Boden. »Irgendwann schenke ich dir die ganze Welt.«

»Irgendwannmann«, sagte Dora. Immer, wenn sie sich erinnerte an die Hochzeitsnacht, fielen ihr diese Sätze ein. Eigentlich hatte sie damals schon gewußt, daß sie nichts geschenkt bekommen würde.

»Und wohin habt ihr eure Hochzeitsreise gemacht?« wird Verena, geboren 1951, dereinst wissen wollen, und die Antwort, man sei zum Blaudrucker nach Vienenburg gefahren, so exotisch finden wie das Lied der Mutter Courage. Und eigentlich interessierte es die Kinder des Wirtschaftswunders ja auch nicht mehr, daß sieben Monate vor der Währungsreform nur Großschieber in Hotels der Nord- und Ostseebäder schon wieder Sektflaschen leerten, Leute dagegen vom Kaliber der Crammes mit ameisenhafter Emsigkeit ihre kleinen Beuten über die Hürde zwischen Reichs- und D-Mark zu bringen suchten, in den Bau, der einmal Bundesrepublik Deutschland heißen wird.

Nach Vienenburg also am Tag danach, und keine Nesselballen diesmal, sondern feiner weißer Oberhemdenstoff aus einer Bielefelder Weberei, der mit vielfarbigen kleinen Punkten bedruckt werden sollte. Ein sehr günstiges Angebot, für das Martin die letzten Reserven mobil gemacht hatte, alles, was sie an Geld besaßen und auftreiben konnten, und auch noch einige Bescheinigungen des Majors. Die Pünktchenblusen, der große Coup, ein New Look-Modell aus der »Vogue« mit enger Taille, Puffärmeln und Schößchen, viel komplizierter als das bisherige Programm, aber Dora hatte einen Schnitt ausgetüftelt, mit dem sich Stoff- und Arbeitsaufwand dennoch in Grenzen hielten, keine Knopflöcher vor allem und so wenig Nähte wie möglich. Im Dezember, noch bevor die Arbeit an dem großen Frühjahrsauftrag begann, sollten sie im Schnellverfahren über die Bühne gebracht werden, zum Teil für die Kundenpflege, der Rest »auf Halde«, wie Herr Hufnagel das Horten und Zurückhalten von Ware für den Tag X nannte, der noch im Dunkel lag, nur daß er kommen würde, und zwar schon bald, zeigte sich immer deutlicher.

Martin, mit mehr Aufträgen an der Hand als Kapazität, bat Major Crowler-Smith nochmals um Bescheinigungen. Das heißt, er bat nicht, er forderte, Bescheinigungen für vier weitere Nähmaschinen, dazu noch eine Knopflochmaschine, und auch ein elektrisches

Rundmesser, mit dem sich ganze Stofflagen zerteilen und Grobzuschnitte herstellen ließen, wurde dringend gebraucht. Allein mit Sachwerten, erklärte er, könne man die Währungsreform überstehen, worauf sein daran ebenso interessierter Teilhaber ihm außerdem eine Stange Zigaretten mit auf den Weg gab, als Schmiergeld sozusagen.

Ende Januar kam Herr Hufnagel angefahren, einen klapprigen Anhänger an seinem Opel P4, und erweiterte den Frühjahrsauftrag um zweitausend Stück. Dann ließ er sein Auto entladen, Stoff für achttausend Blusen auf Halde.

»Wir müssen uns vollstopfen, Junge, damit wir genug zum Auskotzen haben, wenn die Stunde schlägt«, sagte er und empfahl Dora, sich schon Gedanken über eine nette kleine Kollektion zu machen, fünfzehn Modelle, Billiggenre, nach der Währungsreform brauchten die Leute erst mal Masse, mit dem Edlen müsse man noch warten, »aber kommt alles, Freunde, nur Geduld, was meinen Sie, wie edel wir noch werden bei A & B Knopp«. Billiggenre, erfuhr Dora am nächsten Tag von Fräulein Frohmann, bedeute vier Stiche pro Zentimeter, wenig Stoff, unkomplizierte Arbeitsgänge und trotzdem Pfiff gleich auf den ersten Blick, genau das also, was sie praktiziert hatten bisher. Ordentliches Billiggenre, die künftige Spezialität der DoMa-Textil.

Noch aber galt es, den ersten Schritt vor dem zweiten zu tun, Hektik im Nähsaal, vierzehn Frauen für zehn Maschinen und Nebenarbeiten, jeder Handgriff von Fräulein Frohmann genau berechnet, bei Mangel an Schnelligkeit und Akkuratesse drohten Lohnabstriche, sogar Entlassung im Wiederholungsfall. Die Froh-

mann verfüge über Geieraugen, schimpften die Näherinnen, aber nur hinter vorgehaltener Hand, denn die
vielen Flüchtlinge hatten Arbeitsplätze rar gemacht in
der Stadt, und zudem gab es im Nähsaal täglich einen
Teller Suppe aus Kartoffeln oder Graupen, auf Rinds-
knochen gekocht, für die Martin bei den Flei-
schersfrauen in bewährter Weise sein Lächeln ein-
brachte und neuerdings anstelle der Kaffeetütchen
auch hin und wieder eine Bluse.

Als im März die Arbeit allen über den Kopf wuchs und
Dora nach Frauen suchte, die ihre eigenen Nähmaschinen mitbringen konnten, meldeten sich mehr Bewerberinnen, als man brauchte, und der beflissene Mr. Fox
wies die Behörden an, der Firma zusätzlichen Platz
anzuweisen, eine folgenschwere Entscheidung. Der
fragliche Raum nämlich war gerade dem Lokomotivführer und allseits beliebten Vorsitzenden des Klein-
gartenvereins Hogreve zugesprochen worden, der als
alter Parteigenosse die Entnazifizierung nicht über-
standen hatte und, für die Bahn fortan untragbar, sich
in der Flakkaserne mit der Fertigung von Strohsandalen eine neue Existenz zu schaffen hoffte. Nun stand er
draußen vor der Tür, was viel böses Blut machte.

»Es ist ja schön, daß Sie den Menschen Arbeit verschaffen, Herr Cramme«, sagte Martins Ansprechpartner
im Wirtschaftsamt, ein Oberinspektor Müller, »und
mit soviel Protektion könnte ich das wohl auch, aber ich
tät's trotzdem nicht, weil ich später auch noch hier
leben will«, möglicherweise der erste Anstoß für die
Verlegung des Betriebs ein gutes Jahr später nach Gelsenkirchen-Buer, ein Entschluß im übrigen, den die
Stadt, speziell der unterdessen zum Amtmann beför-

derte Herr Müller, dann durch allerlei günstige Offer-
ten zu verhindern bestrebt sein wird, keine Rede mehr
von Protektion, wer dachte noch an Strohsandalen angesichts des beginnenden Wirtschaftswunders.

Zu spät, ein Grund für den Umzug war zum anderen
gekommen, die eingeworfenen Fensterscheiben des
Nähsaals etwa, Pflastersteine, man fand sie morgens
mit den Scherben auf dem Fußboden. Der Täter wurde
nie entdeckt, wie auch, und so konnte es jeder gewesen
sein, einer von den Zippels aus der Krumme Straße,
der zurückgesetzte Lokomotivführer, irgendwer aus
dem Anhang der entlassenen Näherinnen oder auch
der Polizist vom Platz hinter der Trinitatiskirche, dessen freches Grinsen Martin immer, wenn er ihm über
den Weg lief, in Panik versetzte, wider alle Vernunft,
ein Gefühl von Unsicherheit und Bedrohung.

»Sollen die Dohlen dich nicht umschrein, darfst du
nicht Knopf auf dem Kirchturm sein«, hatte sein Vater
gern zitiert, verbunden mit der Warnung, sich nicht in
den Vordergrund zu spielen, und das war er jetzt,
Knopf auf dem Kirchturm, ein neuer dazu, die Dohlen
hackten nach ihm. »Kann man ihnen nicht mal übelnehmen, so fix, wie du die Kurve gekratzt hast«, befand
Gernot Hasse, vielleicht auch nicht ganz frei von Miß-
gunst, wie es schien, obwohl er die Kurve mindestens
genausogut kratzte. Giselhers Geige mußte eine ganze
Ladung Zucker gekostet haben, Zucker en gros, seit
längerem Gernots bevorzugtes Handelsobjekt, reichlich Profit bei geringem Arbeitsaufwand, und die Sachwerte, die er hortete, waren für die Finanzierung des
Studiums bestimmt, was wiederum Martin bisweilen
mit Neid erfüllte. Neid gegen Neid, es hob sich auf, die

Freundschaft blieb, auch die zu Rüdiger, dem nach wie vor jämmerlich bezahlten Assistenzarzt, »aber irgend jemand«, spottete er, »muß euch ja die Beine schienen, wenn ihr über die Millionen stolpert.« Das Hilfskrankenhaus am Neuen Weg, in dem er sich auf die Zulassung als Facharzt für Gynäkologie vorbereitete, war im Gebäude der früheren Samson-Schule untergebracht, einem ehemals weit über Wolfenbüttel hinaus bekannten und gerühmten jüdischen Internat, und es könne passieren, sagte Rüdiger an einem der Abende oben im Schloß – immer noch diese Abende, nicht mehr lange jedoch, eigentlich war jeder schon in Aufbruchstimmung –, es könne passieren, daß er plötzlich auf einem der langen Flure stehenbleiben müsse, weil er die Schritte und Stimmen der Kinder zu hören glaube, die hier dem Leben entgegengelaufen seien, direkt ins Gas, und Dora war voller Unruhe, als sie mit Martin über den Schloßplatz zur Lessingstraße ging. Mai, der Flieder fing an, seinen Duft über die Stadt zu schicken, bald wieder Zeit für die Nachtigallen. »Ich werde das Bild nicht los, diese Kinder auf dem Schulflur. Und alle tun so, als sei nichts geschehen.«

»Ja, schlimm«, sagte Martin abwesend, denn er dachte an das Nähgarn, das auslief, und kaum Ersatz zu finden, auch Garn wurde auf Halde gelegt.

»Wir sind genauso«, sagte Dora, »nicht besser.«

»Was sollen wir denn tun?« fragte er, und sie sprach es nach: »Ja, was sollen wir tun.«

Zu dieser Zeit befand sich Major Crowler-Smith schon nicht mehr in Wolfenbüttel. Von einem Tag zum anderen war er, genau wie Mr. Fox, nach England zurückgerufen worden, Signal für den allmählichen Rückzug der Militärregierung, eins von vielen. Martin verlor mit seinem Zwangspartner, der angefangen hatte, auf Gewinne zu drängen, nicht nur Bescheinigungen und billige Zigaretten, sondern auch die schützende Hand. Oberinspektor Müllers Anspielungen, »ja, ja, Herr Cramme, wer im Regen steht, kriegt nasse Füße, gewöhnen Sie sich daran«, wiesen auf künftiges Ungemach hin. Aber so weit sollte es nicht kommen. Schon bald, nachdem diese süffisante Bemerkung gefallen war, lag ein Brief auf dem Tisch, die schöngedruckte Einladung zur Hochzeit Dankwart/Ternedde in Bremen.

Wieder eine Hochzeit, eine große diesmal, Welten entfernt von »Linnes Garten« und Schweinebraten mit Rotkohl. Martin im geliehenen Smoking und Dora, die zu Frau Beyfuhrs langem schwarzen Theaterrock ihre Bluse aus Fallschirmseide trug, das Langarmmodell, waren von Frau Updieke schon im Voraus zum elegantesten Paar der Veranstaltung erklärt worden, ein Irrtum selbstverständlich, und überhaupt wäre Martin lieber zu Hause geblieben. Doch Dora, ungläubig bis zum Schluß, was diese Eheschließung betraf und immer noch in Angst um ihre Mutter, auch vor einer Rückkehr womöglich, drängte auf die Reise. »Wie gut«, sagte Martin später. »Wirklich?« fragte sie, als sie anfing, seine Worte nicht mehr nachzusprechen.

Die Einladung hatte Herr Ternedde geschrieben, »liebe neue Tochter, lieber Schwiegersohn«, und vermutlich lag es an seiner Fürsprache, daß der Großonkel Theodor Dankwart, ein zarter Greis, sehr aufrecht jedoch und mit erstaunlich sonorer Stimme, sie in der Villa an der Marcusallee beherbergte und Dora zur Begrüßung sichtlich gerührt in die Arme schloß. Er war verwitwet seit kurzem, so saß man zu dritt am Kamin, auf dem Sims die leise tickende Lyra-Uhr, und darüber ein goldgerahmter Herr im biedermeierlichen Habitus, Gotthold Philip Dankwart, Gründer des Handelshauses. »Er hat wohl ähnlich angefangen wie du, mein Lieber«, sagte sein Enkel zu Martin, »klein und zielstrebig. Ich war nicht recht im Bilde, was deine Person betrifft, dies muß ich bedauern«, und durch das gelbgraugetönte Jugendstilfenster fiel mildes Licht auf den Fußboden aus Mahagoni.

»Jetzt weißt du, worauf du verzichtet hast«, sagte Martin beim Zubettgehen. »Bereust du es?«

Dora legte ihr Kleid über den Stuhl. »Bei uns zu Hause haben auch so schöne alte Möbel gestanden.«

»Irgendwann bekommst du alles wieder«, sagte er, und sie sah sich am Zuschneidetisch stehen jahrein, jahraus, zwischen Bergen von Blusen, wohin war sie geraten. Seine Hand kam zu ihr herüber, das Gefühl verging.

Nach der Trauung traf man sich im Festsaal vom Parkhausrestaurant, von dem der Blick hinausging auf die weiten Rasenflächen und Baumgruppen, Rhododendrontupfer dazwischen. »Diner«, sagte die nunmehrige Frau Ternedde, in der Tat die richtige Bezeichnung für das prächtige Mahl mit Suppe, Fisch, Fleisch, Käse, Dessert. Sechzig Personen, der Himmel wußte, wie sich dergleichen bewerkstelligen ließ heutzutage, Onkel Theodor, meinte Martin, müsse auf Zentnern von Kaffeesäcken sitzen. Das Filet Wellington, in Blätterteig gewickelt und mit Gänseleberpastete gefüllt, ließ ihn und Dora jahrelang Legenden spinnen.

Neben Dora saß ein Neffe des Bräutigams, Dr. Hans Hammschulte aus Gelsenkirchen, Jurist bei der Stadtverwaltung und offensichtlich interessiert an der DoMa-Textil, eine so junge Firma und schon diese beachtliche Verbindung zu A & B Knopp.

»Hübsch hier«, sagte er beim Mokka auf der von Maisonne überfluteten Terrasse, davor das Oval des Hollersees, die Linden, die weißen Statuen, »eine Oase, wahrhaftig. Haben Sie eigentlich Perspektiven in Ihrem beschaulichen Wolfenbüttel?«

»Schwierig«, sagte Martin. »Dort, wo wir jetzt sind, wird es zu eng, und ich glaube nicht, daß man uns so bald noch mehr Platz zugesteht.«

Die Zeiten würden sich ändern, meinte Dr. Hammschulte, demnächst könne man sicher wieder bauen, und Martin wehrte ab. Bauen, das sage sich so leicht, zum Bauen müsse man Geld haben, und um Geld zu verdienen, brauche man mehr Kapazität, und mehr Kapazität sei nur mit mehr Platz zu erreichen, eine Schlange, die sich in den Schwanz beiße. Worauf Dr. Hammschulte von dem zukunftsträchtigen Gelsenkirchen erzählte, seiner Stadt, die wieder auf die Beine kommen müsse, möglichst auf festere als vor der Zerstörung. »Textilbetriebe zum Beispiel, die hatten wir nicht, aber jetzt sind wir dabei, sie anzusiedeln und tun auch etwas dafür. Die fünfte Säule gewissermaßen. Bergbau, Stahlwerke, Chemie, Glas, alles Männersache, nichts für Frauen dabei, und die werden auch Arbeit suchen. Allein die Flüchtlinge, Tausende sind das bei uns, kein Kleid, kein Kochtopf mehr, da müssen die Frauen mit ran, wenn die Leute wieder hochkommen wollen. Und bei uns im Ruhrgebiet ist was los, ein einziger großer Absatzmarkt, die Kundschaft gleich nebenan.«

»Ruhrgebiet?« sagte Martin vage, und Dr. Hammschulte lachte. »Das ist nicht nur Krupp, da gibt es sogar Bäume. Sehen Sie sich mal um bei uns, hiermit sind Sie eingeladen.«

Er hob sein Cognacglas. »Cousine Dora! Cousin Martin! Die Stadt der tausend Feuer ruft!«, und in der Tat merkwürdig, wie Martin daran vorbeihörte, ein Scherz, auf den er scherzhaft reagierte, und Dora, nichts als rauchende Schlote und schwarze Bergmannsgesichter vor Augen, hütete sich, dem Thema Gewicht zu geben.

Erst Monate nach der Währungsreform fiel Martin das Gespräch auf der Terrasse wieder ein, mitten im hektischen Neubeginn, für den sie sich gerüstet hatten zum Glück. Die gehortete Ware wurde ihnen aus der Hand gerissen, Aufträge flogen wie von selbst ins Haus, kaum daß man nachkam mit der Produktion. Arbeit Tag und Nacht beinahe, Dora am Zuschneidetisch, Martin unterwegs zu Kunden, Lieferanten, Banken, und die Frauen auf Hochtouren. Zwölf Maschinen standen jetzt im Nähsaal, viel zu dicht nebeneinander, aber Wohnungen und gewerbliche Räume waren noch nicht freigegeben, und Oberinspektor Müller hatte, wie vorauszusehen war, Martins Bitte um mehr Platz mit der Bemerkung abgewiesen, daß man Extrawürste für ihn nicht mehr braten könne. Ein deutlicher Hinweis, aber noch nicht deutlich genug, um das Maß voll zu machen. Es mußte erst ein Streit kommen und dann, als letztes, ein Tod.

Januar, sie saßen beim Abendessen in der Lessingstraße und sprachen über die Nöte des kleinen privaten Schloßtheaters, das während der Hungerjahre Inszenierung auf Inszenierung präsentiert hatte, sehr erfolgreich, jede Vorstellung ausverkauft, obwohl man zeitweise noch ein Brikett zum Eintrittsgeld legen mußte. Jetzt jedoch, da es auch anderes als Kultur zu kaufen gab, blieb der Saal leer, das Geld floß in Fleischer- statt in Theaterkassen, und Direktor Prestel konnte die Gagen nicht mehr bezahlen.

»Warum springt denn die Stadt nicht ein?« wollte Martin von Frau Beyfuhr wissen. »Oder der Kreis? Du bist doch im Kulturausschuß.«

»Allerdings.« Sie sah ihn an, dieser direkte Blick, der einen Richtungsstreit avisierte. »Man kann nur nicht alles der öffentlichen Hand zuschieben. Die Arbeiter würden sicher gern Theaterkarten kaufen, wenn sie es sich leisten könnten. Aber bei den lächerlichen Löhnen?«

Wieder dieses Thema. Martin wandte den Kopf zur Seite und schwieg wie immer bei ihren Versuchen, die Lohnfrage an den Eßtisch zu zerren, doch diesmal ging sie entschlossen zur Provokation über. »Die Frauen im Nähsaal, habe ich gehört, finden kaum Zeit zum Luftholen bei der Hetzerei. Kannst du fünfundfünfzig Pfennig Stundenlohn eigentlich noch vor deinem Gewissen verantworten?«

»Das hat etwas mit dem Tarif zu tun«, sagte er. »Nicht mit dem Gewissen.«

Frau Beyfuhr fing wieder an zu essen, Sauerkohl, Bratwurst, Erbsenpüree. Dr. Beyfuhr, dessen Magen so deftige Kost verweigerte, hatte Kartoffelbrei und gedünstetes Kalbfleisch auf dem Teller, doch selbst darin stocherte er nur herum, Hohn des Schicksals geradezu, nun, da es alles gab, schmeckte ihm nichts mehr. »Ich glaube«, sagte er, »wir sollten über etwas anderes reden als über Tarife und Gewissen«, vergeblich, seine Frau haßte Krieg mit Waffen, suchte aber den mit Argumenten. Ob Martins Menschlichkeit sich an Tarifen orientieren müsse, fragte sie also, und er verlor die Geduld.

»Wenn dein Fräulein Laquin sich unmenschlich behandelt fühlt, bitte, sie kann jederzeit aufhören.«

Fräulein Laquin, die ehemalige Arbeitsdienstführerin mit Hang zur SPD, arbeitete seit sechs Monaten im Nähsaal, Wartestellung vor dem Lehrerstudium, und Martin bereute schon lange, sie eingestellt zu haben.

»Ich werde es ihr morgen nahelegen«, sagte er, und Frau Beyfuhr ließ vor Zorn die Gabel, mit der sie sich gerade ein Stück Wurst in den Mund schieben wollte, fallen. »Eine typisch kapitalistische Erpressung! Wenn euch der Lohn nicht paßt, dann geht zum Teufel und verhungert.«

»Seid doch still!« riefen Dora und Dr. Beyfuhr fast gleichzeitig, und Frau Updieke, trotz einer gewissen Angst vor der Hausherrin, ergriff tapfer Partei. »Herr Martin arbeitet doppelt soviel wie alle andern, der schläft ja kaum noch«, ein Einwand, den Frau Beyfuhr als unsachlich beiseitewischte. Das sei seine private Angelegenheit, die Entlohnung der Arbeitnehmer dagegen eine öffentliche, und die Gewerkschaft werde sich schon noch darum kümmern.«

»Jetzt paß mal auf, Tante Martha.« Martin sah Dr. Beyfuhrs unglückliches Gesicht und versuchte, ihm zuliebe ruhig zu bleiben. »Du hast recht in einer Weise, natürlich hast du recht. Aber ich kann nicht über Tarif gehen, die Unkosten sind zu hoch, Miete, Zinsen, Material. Wir haben doch gerade erst angefangen und brauchen noch soviel, Knopflochmaschinen, Zickzackmaschinen, Dampfbügeleisen, mehr Nähmaschinen vor allem und mehr Platz, und die Kunden lassen sich Zeit beim Bezahlen. Man krebst von einem Tag zum andern, du siehst doch, wie Dora und ich leben. Ein einziges Zimmer und kein Möbelstück, das uns gehört.«

»Wieso sollen die Frauen das büßen?« fragte Frau Beyfuhr.

»Weil die Firma sonst kaputtgeht, und dann stehen sie tatsächlich auf der Straße.«

»Mit diesen Drohungen«, sagte sie, »sind die Unternehmer schon immer reich geworden«, womit sie recht hatte im allgemeinen und nicht ganz unrecht in Martins Fall. Übertrieben etwas, dieses angebliche Krebsen von Tag zu Tag, er wußte die Lieferanten zu nehmen, ein scharfer Verhandlungspartner und Kakulierer, und Dora ausgepicht, was die Schnitte betraf. Fünf Zentimeter weniger Material pro Bluse ergaben fünfzig Meter auf tausend Stück, bares Geld, und niemand verstand sich besser als sie darauf, mit Zentimetern zu geizen. »Sie tüfteln bis zum Gehtnichtmehr«, sagte Fräulein Frohmann bewundernd, wenn sie es schließlich doch noch schaffte, mit achtzig Stoffbreite auszukommen, wo eigentlich neunzig erforderlich war, »und das Schönste, niemand merkt was davon.«

Nein, niemand sah den gut verarbeiteten, flotten DoMa-Blusen die sparsame Machart an. Zwölf von den fünfzehn Entwürfen der neuen Kollektion hatten Herrn Hufnagels Beifall gefunden, ein großer Erfolg und ein Riesenauftrag, zu bewältigen nur mit Hilfe von

Zwischenmeistern, und auch für die bei A & B Knopp durchgefallenen Modelle gab es allemal Abnehmer. Die Firma war nicht in Gefahr, Lieferanten und Zinsen konnten bezahlt, sogar Rücklagen gebildet werden. Aber was wachsen sollte, brauchte Humus, und Tarif blieb Tarif.

»Ich nenne so etwas Ausbeutung«, sagte Frau Beyfuhr, und Martin schob seinen Stuhl zurück, »es schmeckt mir nicht mehr«. Auch Dora stand auf. »Schade«, sagte sie an der Tür und lief dann hinter ihm her, gut, daß sie ein Zimmer hatten, das ihnen gehörte.

»Sind wir wirklich solche Blutsauger?«

Er ließ sich in den Sessel fallen, großblumiger Chintz, schon etwas ausgeblichen von der Nachmittagssonne. Ein hübscher Raum mit der bunten Sitzecke, dem Bücherregal, dem kleinen Schreibtisch, wohnlich trotz Betten und Kleiderschrank. »Blutsauger? Ich habe eher das Gefühl, wir saugen uns selbst aus. Aber wenn du willst, können wir den Laden auch dichtmachen und studieren. Sollen wir?«

Ob er es getan hätte? Kaum anzunehmen, und selbstverständlich sagte Dora nicht »ja, wir sollen«. Sie sagte nur: »Geht das noch?«

Nein, es ging nicht mehr. Die DoMa, ihr Kind, aufgepäppelt und gehätschelt Tag und Nacht, man konnte ein Kind nicht einfach an der Mauer aussetzen, nicht einmal darüber nachdenken, nachdenken mußte man über die neue Kollektion.

Es klopfte, Frau Updieke brachte ihnen den Nachtisch, Vanillepudding mit eingemachten Kirschen. Sie stellte das Tablett ab, dann zog sie sich einen Stuhl heran und faltete die Hände auf der blaurotgemusterten Kittel-

schürze. »Wir sollten umziehen, Herr Martin. Ist doch
nicht mehr der wahre Jakob hier.«

»Meinen Sie?« Er verrührte Pudding und Kompott,
Kallamatsch hatte er das als Kind genannt. »Kennen
Sie eigentlich Gelsenkirchen?« Frau Updieke schüttelte den Kopf, nie gehört, und es war auch nur so
hingeworfen, ein Ball, der in die Luft fliegt und nicht
wieder aufgefangen wird, noch nicht.

Als Frau Beyfuhr zu einer ihrer vielen Sitzungen aufgebrochen war, ging er noch einmal ins Wohnzimmer,
wo Dr. Beyfuhr auf dem Sofa lag, eine Schnabeltasse
mit Kamillentee in der Hand.

»Es tut mir leid, Paulus«, sagte er. »Ich wollte keinen
Streit.«

»Tante Martha sicher auch nicht.« Dr. Beyfuhr stellte
die Tasse beiseite. »Nicht zu vereinbaren, die beiden
Standpunkte, jeder richtig, jeder falsch, ich stimme
beiden zu, das ist gewiß das Falscheste. Aber nun setz
dich zu mir«, und noch bevor er von Magengeschwü-
ren zu sprechen begann, von der Notwendigkeit einer
Operation und seinem schlechten Zustand, dem Risiko
dabei, spürte Martin die Gefahr. Er habe es seiner Frau
noch nicht mitgeteilt, sagte Dr. Beyfuhr, wozu sie vorzeitig beunruhigen. Morgen wolle er mit ihr reden und
dann ins Krankenhaus gehen, ganz gefaßt, jedem Menschen schlage einmal die Stunde, und wenn nun womöglich die seine komme, wolle er nicht hadern, er
habe Gutes und Schlechtes erlebt, Liebes und Leides,
und sei alles in allem lebenssatt. »Ein schönes Wort,
nicht wahr? Und Abraham starb, da er alt und lebenssatt war. Also, wenn Gott mich ruft, da bin ich.«

»Noch nicht, Paulus.« Ohne es zu merken, hatte Martin

nach den mageren Händen auf der Sofadecke gegriffen, und auch seine Frage formulierte sich von selbst. »Glaubst du denn an Gott?«

Er wisse es nicht, sagte Dr. Beyfuhr. Er habe lange Zeit an die Vernunft geglaubt, ein idealistischer Irrtum wohl, die Menschen seien nie vernünftig gewesen, das beste oder vielmehr schrecklichste Beispiel habe man ja gerade hinter sich, und seine beiden Söhne seien dieser Unvernunft geopfert worden. Aber wie gesagt, er wisse überhaupt nichts, errare humanum est, und vielleicht sei man auch viel zu hochmütig. Vielleicht gebe es eine Vernunft jenseits unseres Denkvermögens, fühlbar im ganz schlichten Glauben. So etwas wünsche er sich für seine letzten Stunden.

»Eine Vernunft jenseits unseres Denkvermögens«, wiederholte Martin.

»Ich hinterlasse es dir«, sagte Dr. Beyfuhr. »Und das Schachspiel. Du bist wie ein Sohn für mich. Der dritte.«

»Ich hatte so wenig Zeit im letzten Jahr«, sagte Martin, und Dr. Beyfuhr lächelte milde, das hätten Söhne so an sich, wenn sie erwachsen würden, und er hoffe nur, daß Martin mit seiner Zeit das Richtige mache. »Und kümmere dich um Tante Martha, falls ich nicht mehr zurückkehre. Jetzt ist sie noch stark, aber später braucht sie vielleicht Hilfe.«

Martin versprach es, und das war der Abschied, Paulus kehrte nicht zurück. Er starb während der Operation, eine Gnade angesichts dieses schweren Leidens, versuchte der Arzt seine Frau zu trösten.

Zur Beerdigung erschienen ganze Klassenstärken ehemaliger Schüler, auch solche, die ihn zeitweilig nicht gegrüßt hatten nach der Britannia-rule-the-waves-Affäre. Der Schulchor sang »Wir setzen uns mit Tränen nieder« aus der Matthäus Passion, und Giselher Hasse, auf Martins Drängen angereist, obwohl er Dora nicht mehr begegnen wollte, spielte die Chaconne d-Moll. Martin hörte wenig davon, alle Tode, die er zu betrauern hatte, flossen in diesem einen zusammen. Und mitten im Schmerz beschloß er, Wolfenbüttel zu verlassen, nur ein Gefühl zuerst, die Stadt war so leer geworden. Nach einem Besuch bei Dr. Hammschulte im Gelsenkirchener Rathaus konnte ihn nichts mehr hindern, nicht Doras Vorurteile gegen das Ruhrgebiet, nicht Frau Beyfuhrs Betrübnis, daß man sie jetzt, gerade jetzt allein lassen wollte, schon gar nicht die aufgeregten Bemühungen der Behörden, die DoMa-Textil der Stadt zu erhalten.

»Sie wissen doch, Herr Amtmann Müller, wer im Regen steht, kriegt nasse Füße«, sagte er genüßlich, »da begebe ich mich lieber unter ein festes Dach«, und genau das hatte man ihm zugesichert im Gelsenkirchener Dezernat für Wirtschaftsförderung, Dr. Hammschultes Ressort, nach eingehender Prüfung seiner Auftragsbücher und Bilanzen, Platz vor allem, dreimal soviel wie bisher. Ein Provisorium zunächst, der Festsaal vom »Westfälischen Hof« in Gelsenkirchen-Buer, der Martin bei der Besichtigung als durchaus geeignet erschienen war. Die Büglerei ließ sich durch eine Rigipswand abtrennen, das Büro auf der Bühne unterbringen, der Zuschneideraum im sogenannten Foyer, und die Stadt, hatte Dr. Hammschulte ihm zugesichert, würde sobald wie möglich für Baugrund und günstige Kredite sorgen. Wohlwollen rundherum, sogar eine passende Wohnung sollte bereitgestellt werden und als besonderer Anreiz zehntausend Mark zinsloses Wirtschaftsförderungsdarlehen sowie nochmals der gleiche Betrag als Flüchtlingsdarlehen. Viel Geld nach dem Währungsschnitt, der nur zehn Prozent vom Guthaben übriggelassen, die bestehenden Kredite freilich in gleicher Weise reduziert hatte, höhere Gerechtigkeit, fand Martin.

»So eine Chance kommt nie wieder«, versuchte er Dora klarzumachen, die Wolfenbüttel nicht verlassen wollte, den schönen, alten Stadtkern, die Kastanien am Wall, den Schloßplatz mit Lessinghaus und Bibliothek, und alles nur wegen der Firma. »Wenn wir noch zwanzigtausend zusätzlich aufnehmen, können wir auf elektrische Maschinen umstellen. Industrielle Fertigung, das bringt die vielfache Leistung, und bei so viel Kapazität lohnt sich auch das Bandmesser.« Ein elektrisches Bandmesser für den perfekten Zuschnitt, so daß Dora nur noch die Arbeit an den Kollektionen blieb, Planen, Entwerfen, Schnitte zurechttüfteln, Stoffmuster auswählen, die Modelle kalkulieren, vielleicht war es diese Aussicht, die ihren Widerstand milderte. Und es stimmte, Wolfenbüttel war leer geworden, Gernot studierte in Hamburg, Rüdiger arbeitete an einem Hannoverschen Krankenhaus, Horst Petrikat hatte sich in Frankfurt als Immobilienmakler installiert, das Geschäft der Zukunft, wie er behauptete. Dennoch, Ruhrgebiet?

Buer sei nicht typisch dafür, sagte Martin und begann, ihr die Vorzüge zu schildern, eine gemütliche Stadt, erst in den zwanziger Jahren mit Gelsenkirchen zusammengelegt und viel weniger zerstört. Nur Streubomben hier und da, ein paar kaputte Straßen, sonst alles intakt, auch die Luft besser, weil Buer nur drei Zechen habe und kein einziges Stahlwerk. Vor allem liege es ein ganzes Stück höher, schon halb im Münsterland, rundherum der Stadtwald und der Westerholder Wald und Wiesen und Felder. Und der Park von Schloß Berge natürlich, dort in der Nähe würden sie wohnen, nicht gleich, aber irgendwann, ganz bestimmt. »Stell dir unseren komischen Anfang vor, drei Blusen pro Woche! Jetzt haben wir bald fünfzehn elektrische Maschinen, und es werden noch mehr. DoMa-Textil, hunderttausend Blusen im Jahr!«

Ein Preislied auf Buer, was sollte sie tun, sie liebte ihn doch. »Ja«, sagte sie, dereinst wird sie es sich vorwerfen. »Wolfenbüttel oder Buer, das ist nicht die Frage«, wird sie Martin auseinandersetzen zu gegebener Zeit, »die Frage ist, ob es sich lohnt, hunderttausend Blusen hinterherzulaufen. Ich hätte nein sagen sollen.«

Ja also statt nein, Buer statt Wolfenbüttel. Im Juli, einen Monat vor der Wahl zum ersten deutschen Bundestag, fand der Umzug statt, und Dora war schwanger.

»Ein Kind?« Frau Beyfuhr hatte sie umarmt bei der Nachricht, außer sich vor Freude und trauernd zugleich, ein Kind für dich, dein Kind, deine Zeit, und meine vorbei, gewesen und dahin, die Spuren in Rußland begraben.

»Jetzt ist es an euch«, sagte sie, als der Gefühlssturm verebbte, »macht es besser als wir, paßt auf, daß euer Kind in Frieden leben kann« und beschwor beide, um Himmels willen richtig zu wählen im August, gegen Konzerne und Monopolkapital. »Das ist nicht nur ein wirtschaftliches Problem, das ist ein politisches! Wer das Geld hat, hat die Macht, laßt euer Kind nicht von denen regieren, die nur an ihre Profite denken.«

Martin legte die Arme um sie und Dora. »Zuerst müssen wir dafür sorgen, daß der Fratz satt wird«, zuviel an Naivität für Frau Beyfuhr, um gelassen zu reagieren. »Das ist nicht genug!« rief sie, »so haben wir damals auch gedacht, das war Hitlers Chance.« Und Dora, schon voller Angst um dieses Kind, von dem sie noch nichts spürte als morgendliche Übelkeit, sagte: »Du hast recht. Ich wünschte, ich hätte mehr Zeit, mich um Politik zu kümmern.«

Aber sie hatte keine Zeit, wie denn, erst das Tohuwabohu des Umzugs, und danach Monate voller Unruhe. Verzögerungen beim Umbau des Saales, morsche Dielen, defekte Stromleitungen, auch mußte ein Teil der neueingestellten Frauen erst mühsam angelernt werden, und fast alle hatten Schwierigkeiten mit dem elektrischen Nähen am Band. Statt endlich anzulaufen, geriet die Produktion ins Stocken, so daß Martin kurzerhand die alten, eigentlich schon an zwei Nonnenschulen verhökerten Tretmaschinen wieder aufstellen ließ und zur Überbrückung zehn der bewährten Kräfte aus Wolfenbüttel heranholte. Sie schliefen auf Matratzen im Zuschneideraum und bekamen Sonderlohn und hohe Prämien für Überstunden, zusätzliche Unkosten, mit denen niemand gerechnet hatte, aber die Termine konnten eingehalten werden.

Es dauerte bis Oktober, dann funktionierte der Betrieb: zwanzig Maschinen insgesamt und fünfunddreißig Leute im Nähsaal und Zuschneideraum, in der Büglerei, im Lager, im Büro. DoMa-Textil stand auf dem blanken Schild draußen neben der Eingangstür.

Wochenlang noch blieb Martin morgens, ehe er seine Fabrik betrat, vor dem Messingschild mit den schwarzen Buchstaben stehen.

»Ein Organisationsgenie, der Chef«, sagte Fräulein Frohmann, Direktrice, Vertrauensperson, Stütze der Firma und beim Personal bald genauso verhaßt wie zu Wolfenbütteler Zeiten. Sie war in der Immermannstraße untergekommen, nicht weit von der Goethestraße, wo Crammes Wohnung lag, eine Wohnung mit eigener Tür und drei Zimmern, eins davon Doras, ihre Werkstatt, in der sie die Kollektionen entwarf, die Schnitte erstellte und ein Muster von jedem Modell anfertigen ließ, Naht um Naht sorgsam berechnet für die Kalkulation.

An der Maschine saß Ilse Kulowski, dreiundzwanzig Jahre alt, gelernte Schneiderin und Tochter eines Kohlehauers auf der Zeche Graf Bismarck. Sie hatte ein teigiges Gesicht voller Pickel, dafür jedoch die perfekte Figur Größe vierzig, so daß die Musterblusen auf sie zugeschnitten und von ihr anprobiert werden konnten, eine endlose Prozedur, bei der sie starr wie eine Kleiderpuppe vor dem großen Spiegel stand und versunken in das eigene Gesicht sah.

»Bin ich eigentlich ein bißchen hübsch, Frau Chefin?« verlangte sie einmal zu wissen und seufzte so verzweifelt dabei, daß Dora »aber gewißt doch, Ilse, nicht bloß ein bißchen« gesagt hatte, ganz gegen ihre Überzeugung, doch das Glück auf dem Pickelgesicht machte aus dem Trost eine zumindest kleine Wahrheit. »Ihnen glaub ich das, Frau Chefin«, schrecklich, diese Anrede, doch Dora zuckte nicht mehr zusammen, ohnehin müßig, sie abzulehnen. Ilse Kulowski blieb dabei, und das,

sagte Frau Updieke, habe etwas mit Respekt zu tun.
»Der Respekt will Unterschiede, ist ganz richtig so, aber
ich möchte doch gern weiter Frau Dora sagen, wo wir ja
schon in einer Stube geschlafen haben, und der arme
Kußmund nebenan.«

Frau Updieke, selbstverständlich mit nach Buer gekommen und verantwortlich für Haushalt und Küche,
kochte auch das Essen für die Leute von DoMa-Textil,
kräftige Suppen nach wie vor, nur mit Fleisch jetzt,
Wurst oder Speck, zwei große Einwecktöpfe voll, die
zehn Minuten vor zwölf von einem der Lagerarbeiter
abgeholt und, dick in Stroh verpackt, per Handwagen
zum Betrieb in der Dorstenerstraße transportiert wurden. Sie hatte im selben Haus wie Crammes eine Dach-
stube bekommen, oben neben dem Speicher, geräumig,
hell und gut zu heizen, bloß ein bißchen weit weg, meinte
sie, und Dora hütete sich, ihre Freude darüber zu zeigen. Endlich allein mit Martin, eine Wohnung, die nur
ihnen gehörte, und sogar Kastanien vor dem Wohnzimmer. Sie hatte es mit Sachen aus Frau Beyfuhrs Beständen eingerichtet. Die Gründerzeitkommode, der ovale
Tisch, das Bücherregal stammten aus der Bodenkammer, aber auch die beiden Chintzsessel hatte Frau Beyfuhr ihnen mitgegeben, die Glasvitrine und den kleinen runden Tisch, ohne zu zögern, so leicht, wie sie sich
von allem trennte. Eine fanatische Wegwerferin, hatte
Dr. Beyfuhr sie seinerzeit beim Öffnen der großen
gewölbten Truhe genannt. Nur Martin war es zu verdanken, daß die Predigten aus der Paulskirche und
dem Halberstädter Dom jetzt nicht auf dem Müll lagen,
sondern im Magazin der Wolfenbütteler Bibliothek,
während die Truhe ihren Platz an der Längsseite des

Buerer Wohnzimmers gefunden hatte, neben dem Schachbrett mit den elfenbeinernen Figuren.

Ein Glücksfall, diese Wohnung, fast ließ sich schon von Luxus reden, wenn man den Mangel an menschenwürdigen Unterkünften in Gelsenkirchen bedachte. Fünf Jahre Frieden, und immer noch mußten Ausgebombte und Flüchtlinge in Baracken, Nissenhütten, Schuppen, feuchten Kellern der in vielen Teilen verwüsteten Stadt hausen, und überall Schichten aus abgelagertem Ruß, Zeichen des Ruhrgebiets wie die Fördertürme und Stahlskelette vor dem dunstigen Horizont.

Buer freilich, Martin hatte kaum übertrieben, sah anders aus, die Häuser nicht so schwarz und die Bombenschäden begrenzt. Hauptsächlich die Goldberg- und die Lindenstraße hatten bei den Angriffen auf das Scholwer Hydrierwerk gelitten, die Innenstadt jedoch ihr Gesicht behalten, und nach wie vor standen dreimal in der Woche die Münsterländer Bauern mit ihrem Geflügel und den vollen Eierkörben auf dem Markt, das altgewohnte bunte Bild, nur der Turm von St.Urbanus, den eine Luftmine abrasiert hatte, fehlte. Die Goethestraße mit ihren Vorgärten und Bäumen war ebenfalls heil geblieben, und überhaupt, hatte Dr. Hammschulte versichert, müßte es jetzt mit Riesenschritten aufwärts gehen, und er hoffe, Crammes würden CDU wählen, denn die unternehmensfreundlichen Impulse, von denen ja auch sie profitierten, kämen von der christlichen Partei. Die gleichen Verdienste allerdings nahm ein SPD-Dezernent für sich in Anspruch, der ebenfalls im Nähsaal auftauchte, um sich über Fortschritte wie auch eventuelle Wünsche zu informieren und mit großer Eindringlichkeit versprach, die Förderung neuer Unternehmen und damit neuer Arbeitsplätze weiterhin gegen jeden konservativen Widerstand durchzusetzen, ein Grund sicher für Herrn Cramme, dies am Wahltag zu bedenken. Martin und auf sein Drängen hin auch Dora entschieden sich schließlich für die Liberalen. Er hatte den ersten Ärger mit der Gewerkschaft hinter sich und, was die CDU betraf, vieles gegen eine Vermischung von Politik und Kirche einzuwenden. »Wir sind ein junges Unternehmen«, sagte er beim Frühstück, »wir können Bevormundung nicht gebrauchen, weder von Funktionären noch vom Pfarrer. Die sollen uns arbeiten lassen, dann können wir etwas aufbauen, das ist gut für die Allgemeinheit und gut für den Fratz.« Frau Updieke hörte zu, so gewann die FDP noch eine weitere Stimme.

Julian kam im Februar 1950 zur Welt, Kind der jungen Bundesrepublik. Er wurde im Marienhospital geboren, und Schwester Salaberga, eine Franziskanerin von rheinischer Fröhlichkeit, nannte ihn »e brav Bübche«, weil er, wenn die weißen Bündel um ihn herum ihr Unbehagen in die Welt schrien, nur leise vor sich hinjammerte, ganz anders als Verena ein knappes Jahr später, die so laut und ausdauernd zu brüllen pflegte, daß Schwester Salaberga sie mit den Worten, »uns liewe Herrjott hat jewollt, daß de auf de Welt kommst, jetzt kannste dem liewe Herrjott wat vorplärren, ab in die Kapelle«, vor den nur zwei Türen weit entfernten Altar bugsierte. Verena, von Anfang an vibrierend vor Energie, auch bei der Nahrungsaufnahme schnell und präzise, während Julian sogar seinen Hunger mit einer gewissen Trägheit stillte. Langsam und von Pausen, manchmal vom Schlaf unterbrochen, nuckelte er vor sich hin, so daß Dora ihr Kind zwar länger als üblich bei sich behalten konnte, der geregelte Tagesablauf in Schwester Salabergas Station jedoch durcheinandergeriet.

»Hoffentlich wird der Fratz kein Faulpelz«, sagte Martin besorgt, als er bei einem seiner Besuche Zeuge der Prozedur wurde. »Er soll doch mal die Firma übernehmen.«

Dora lachte, »du redest wie dein eigener Großvater«, und plötzlich merkte sie, daß er nicht mehr der Junge war, mit dem sie unter dem Apfelbaum gesessen hatte. Eine neue, von ihr bisher nicht wahrgenommene Festigkeit sprach aus jeder Bewegung, auch im Gesicht schien alles Vage gelöscht, und dazu der graue Anzug, einer von denen, die er sich auf Empfehlung von Dr. Hammschulte bei dem renommierten Schneider Braukamp hatte machen lassen, beste Maßarbeit, die Schultern wirkten breiter darin, die Hüften schmaler. Seitdem der Betrieb voll angelaufen war, zeigte er sich nur noch formell gekleidet, Chefanzüge, der alte aus Wolfenbüttel war längst abgewetzt.

Er spürte ihren Blick und griff nach der Hand auf Julians Rücken. »Was ist denn?«

»Ich habe Sehnsucht nach dir«, sagte sie, etwas in den Augen, das ihn angesichts des Säuglings verlegen machte, »laß doch, der Fratz«. Sie errötete heftig, ärgerte sich darüber und vermied es, ihn nochmals anzusehen. Ohnehin ging er bald, die Firma rief, die Firma rief immer, und ihr fiel ein, wie er kurz vor der Geburt, das Ohr an ihrem Bauch, voll Entzücken »der Fratz ist ja ein kleiner Berserker!« gerufen hatte, um gleich

176

darauf, fast im selben Atemzug, auf die Gewerkschaft zu schimpfen, wo man neuerdings die Dreiundvierzigstundenwoche anpeilte, ein Gedankensprung, über den sie damals beide lachen mußten. Jetzt, während ihre Lippen Julians dunklen Haarflaum berührten, fand sie es nicht mehr komisch. »Du brauchst die Firma nicht zu übernehmen, wenn du nicht willst«, flüsterte sie, »du sollst bloß glücklich sein«, und dachte dabei an das andere Kind, ein Junge, ein Mädchen, was immer es geworden wäre, die erste Schwangerschaft kurz nach der Geldreform, Hochbetrieb im Nähsaal, jede Störung von Schaden.

Martin war mit ihr zu Rüdiger Hasse gefahren, der vorsorglich seine Dienste angeboten hatte für solche Fälle, weil ihm, wie er sagte, nach seinen Erfahrungen in den Kriegslazaretten ohnehin jedes neue Leben leid tue. »Bist du ganz sicher?« hatte er dennoch vor dem Eingriff gefragt, »hält deine Seele es aus?« Sie hatte genickt, noch ohne Beziehung zu den Eskapaden ihres Körpers, so wie auch Julian erst durch das Trommeln der Fäuste und Füße im Leib zum Kind für sie geworden war und nun mit seinen kleinen stumpfnasigen Zügen wehmütige Neugier auf die des Ungeborenen weckte. Eine seltsame Trauer, Teil der sentimentalen, sich gelegentlich ins Hysterische steigernden und von Schwester Salaberga Wochenbettkoller genannten Dünnhäutigkeit. Das gleiche geschah nach Verenas Geburt, nur schlimmer noch, und sie machte Martin, der zwei Kinder für angemessen hielt, verantwortlich für die künftige Einhaltung der Familienplanung. »Mich jedenfalls«, so ihr Gelöbnis, »wird man nicht ein zweites Mal zu Rüdiger bringen.«

Aber Martin, so zuverlässig sonst, konnte sich an diese Absprache nicht halten, und den leisen, fast wortlosen Kämpfen war auch Dora nicht gewachsen. Also fuhr sie wieder nach Hannover, wo Rüdiger Hasse, statt in Lambarene seinem Idol Albert Schweitzer nachzueifern, sich jetzt eine Praxis hatte einrichten lassen für teure Kredite, zusammen mit seiner Frau, der Gynäkologe neben der Kinderärztin.

»Zwingt er dich?«, wollte Rüdiger Hasse wissen.

Nein, das nicht, auch Dora wehrte sich gegen ein drittes Kind, kaum daß Zeit übrig blieb für die anderen zwei zwischen Morgen und Abend, von Kollektion zu Kollektion. Und Schuldgefühle habe sie höchstens Julian und Verena gegenüber, sagte sie und begann, aus der Fassung zu geraten. Was würde auf die Kinder zukommen, knapp zehn Jahre Frieden, trotzdem schon wieder deutsche Soldaten und Atombomben bald so normal wie Schießgewehre. »Aber du weißt ja, ich weine so leicht.«

Ein Vorgriff dies alles in die Zukunft hinein, noch ist gerade erst Julian geboren, sie stillt ihn im Marienhospital, und Schwester Salaberga fragt mit heiterem Vorwurf, ob das Bübchen denn recht fleißig trinke. »Er schläft schon wieder«, sagte Dora schuldbewußt, worauf Schwester Salaberga ihn resolut an sich nahm, satt oder nicht, jetzt sei Schluß, den Rest müsse man abpumpen, und ihr tröstlich gemeinter Hinweis, daß aus den faulsten Trinkern manchmal die tüchtigsten Männer würden, führte zu einem neuerlichen Wochenbettkoller. Dieses winzige Bündel, fünfundfünfzig Zentimeter, nicht mal eine Blusenlänge, und schon schien jeder auf den Mann darin zu warten, einen tüchtigen

natürlich, tüchtig vor allem in der Kunst, sich durchzusetzen gegen die lauernde Tüchtigkeit der Konkurrenten. Mein armes Kind, dachte sie, was wird man dir
antun, wollte ins Säuglingszimmer stürzen zu seinem
Schutz, blieb aber auf der Bettkante sitzen, unfähig,
sich aus dem Gestrüpp der schwarzen Gedanken zu
lösen, bis Ilse Kulowski die Tür öffnete.

»Entschuldigung, Frau Chefin, ich habe ganz laut ge-
klopft.« Unschlüssig stand sie da mit ihrem schleifen-
geschmückten Paket, kam erst nach dreifacher Auffor-
derung näher und starrte erschrocken in die verquolle-
nen Augen.

»Ich bin ein bißchen mit den Nerven runter, ganz normal nach einer Geburt«, sagte Dora. »Wie nett, daß Sie
mich besuchen.«

»Ich weiß nicht.« In ihrer Verlegenheit fing sie an, das
Geschenk auszupacken, ein Kindermantel, dunkelblau
mit Samtkragen und Goldknöpfen. Genau wie der von
dem englischen Prinzen, erklärte sie, der kleine Julian
solle ihn anziehen, wenn er mit seiner Mutter im Berger Park spazierengehe, und ihr breites Gesicht lief rot
an vor Freude über das Lob der Chefin. Ein Gesicht
ohne Pickel seit kurzem, Doras Verdienst. Sie hatte auf
der regelmäßigen Behandlung mit Sulfodermpuder
und medizinischen Tinkturen bestanden, jeden Morgen vor Arbeitsbeginn, hin und wieder sogar eine Pak-
kung aus Quark, Zitronensaft, Honig draußen in der
Küche, und nun das Wunder nach der langen Akne-
qual. Ilse Kulowski vergalt es mit Ergebenheit, etwas
zuviel für Doras Geschmack, Frau Updieke mußte sie
vor der Sünde des Hochmuts warnen. Dankbarkeit sei
etwas Schönes, und so ein Mädchen, nicht hübsch und

ein Leben lang Pickel, wer kümmere sich denn sonst
um die.

Jetzt jedoch, und dieses Ereignis war, wie sich zeigte,
der eigentliche Grund für den Besuch, schien es jemanden zu geben, einen Mann namens Mulitz, Hauer
auf der Zeche Bismarck wie Ilse Kulowskis Vater.

»Er will mich heiraten. Können Sie sich das vorstellen?«
Kerzengerade saß sie da in ihrem grauen Wintermantel, die Handtasche gegen den Bauch gedrückt. »Mich
hat noch nie einer gewollt, und nun geht es nicht.«

Ob er ihr denn nicht gefalle, erkundigte sich Dora, und
in heftiger Aufwallung rief Ilse Kulowski, daß er ihr
sehr gut gefalle, groß und immer sauber und so ein
freundlicher Mensch, bloß ihr Vater erlaube es nicht,
weil Bruno Mulitz Flüchtling sei, einer von denen, die
das Gedinge kaputtmachen. »Die schuften wie die Wilden, weil sie nichts haben, keine Bank und kein Bett,
Scharfmacher, sagt mein Vater, die malochen alles kaputt im Pütt, so einen soll ich nicht heiraten, und dabei
ist er doch selber von der Pollackei nach hier gekommen als kleines Kind. Was tu ich denn bloß?«

»Sie werden vierundzwanzig«, sagte Dora. »Sie müssen
selbst über Ihr Leben entscheiden«, viel zu große
Worte gemessen an der Tatsache, daß der alte Kulowski seine Tochter grün und blau zu prügeln drohte,
falls sie nicht parierte, und vielleicht war es falsch, sich
einzumischen, sie aus der gewohnten Ordnung fortzu-
reden ins Ungewisse. Doch Ilse Kulowskis blaßblaue
Augen bettelten um eine Antwort, und so fügte sie
hinzu: »Wenn man etwas will und richtig findet, sollte
man es durchsetzen, auch gegen Widerstand, sonst
machen die anderen mit einem, was sie wollen.«

Ilse Kulowski faltete die Hände. »Das ist gut, das tue ich«, sagte sie, ein Versprechen, sie hielt sich daran und nicht nur, auch die Firma sollte es zu spüren bekommen, im Kampf um das sogenannte Glück. Vorerst aber profitierte Dora ebenfalls von dieser neuen Entschlossenheit, die selbst den hartgesottenen Vater bezwang. Bruno Mulitz nämlich, der eines Abends in der Goethestraße erschien, um Ilse abzuholen, eigentlich aber seinen Dank bekunden wollte, vielleicht sogar schon gewisse Pläne hegte, gab sich als gelernter Schlosser zu erkennen, und wenn im Haus etwas zu reparieren sei, er könne so ziemlich alles. Frau Updieke nahm ihn ohne Umschweife beim Wort. Julians Taufe stand bevor, und die Stühle aus Beyfuhrs Bodenkammer wackelten gefährlich.

Julian, der Täufling. Er war acht Wochen alt am Tag seiner Aufnahme in den Kreis evangelischer Steuerzahler, wie Martin sich mokierte zu Doras Verdruß, was sollte der Spott, es ging doch um den Sohn. Der Sohn, ein feierliches Wort. In seinen Korb gebettet, der Spitzenbesatz des Taufkleides mit blauem Band durchzogen, nahm er schlafend an dem Mahl ihm zu Ehren teil, nach wie vor das brave Bübchen, doch trank er schon viel schneller als im Marienhospital. Die Zeremonie in der Apostelkirche, wo ihn erst Frau Beyfuhr, dann Rüdiger Hasse über das Taufbecken hielt, hatte er ohne Protest hingenommen, unheimlich manchmal, diese Geduld, und beruhigend geradezu sein kurzes Geschrei während der Rückfahrt im neuen Auto seines Vaters. Die lebhaften Augen indessen sprachen gegen irgendwelche psychischen Schäden, auch Rüdigers Frau Ingrid, die Kinderärztin, bestätigte es, und das unterlassene Brüllen, prophezeite sie, werde er nachholen. Nicht zu exzessiv, hoffte Dora, ihrer Mutter gedenkend, deren dunkle Haare er geerbt hatte. Sonst aber war er kein Velber zum Glück, obwohl die jetzige Frau Ternedde es sich so dringend wünschte, allerdings nur brieflich, an der Feier konnte sie nicht teilnehmen, da ihr Mann sie auf einer Geschäftsreise nach Amerika benötigte. Gottes Segen also und ein silberner Becher, geschmückt mit Julians verschlungenen Initalien, darüber die Wappen der Suymes und Velbers.

Onkel Theodor Dankwart nahm es tadelnd zur Kenntnis bei seinem überraschenden Besuch drei Tage vor der Taufe. Zu mühsam für einen alten Mann wie ihn, so ein Fest unter lauter fremden Menschen, sagte er entschuldigend, als er früh um zehn an der Tür stand, zart und aufrecht, neben sich den Chauffeur mit einem Paket: die Lyra-Uhr vom Kaminsims in Bremen. »Ich glaube, sie hat dir gefallen, und nun würde ich gern meinen Urgroßneffen sehen.«

Dora schob einen Stuhl neben das Körbchen, dort saß er und betrachtete das schlafende Kind, ließ auch nicht von ihm ab, als es eifrig glucksend an der Flasche saugte, sah dann nochmals lange auf das kleine Gesicht herunter, in die blauen, schon etwas grünlich schimmernden Augen, und holte erst jetzt eine verblichene Fotografie aus der Rocktasche, zwei Kinder Hand in Hand, mit kurzen Kitteln und Knöpfstiefeln. »Mein Bruder und ich«, sagte er. »Julian ist ein Dankwart, liebe Dora, Dankwartaugen genau wie du«, und gab ihr ein Etui, rosa schimmernde Perlen auf blauem Samt, »schon deine Urgroßmutter hat sie getragen.« Zwischen Julians spielende Finger legte er einen Lederbeutel, der zwanzig Goldstücke enthielt, Krügerrands, auszuhändigen am Tage der Volljährigkeit, Gold könne den Weg mitunter gangbarer machen, Worte, wie sie auch Jakob Loew gebrauchte seinerzeit in Hannoversch Münden, Fäden, die sich kreuzen, niemand weiß davon.

Dora sah auf das Bild, die beiden Brüder in den Knöpfstiefelchen. »In unserem Dorf haben die Leute schreckliche Dinge erzählt«, sagte sie. »Stimmt es, daß mein Großvater so jähzornig war?«

Die Antwort klang endgültig und gab keine Auskunft: »Er war ein Mann ohne Tadel.«

Der Besuch dauerte nicht lange. Ein Blick in Doras Arbeitsraum, ein Gang durch die Fabrik, wo Martin erklärte, was entstanden und weiterhin geplant war, und nach Frau Updiekes trotz der Eile vorzüglichem Mittagessen rollte der schwarze Daimler wieder davon. Man sei früh aufgebrochen, die Mittagsmüdigkeit stelle sich ein, erholsam, der Schlaf im Auto, und Gott möge sie alle schützen, sie und das Kind.

»Ein vornehmer Herr, der Herr Onkel«, seufzte Frau Updieke ehrfürchtig und dankbar, denn ein Zwanzigmarkschein war für sie hinterlassen worden, »schade, daß er nicht zur Taufe bleiben konnte, aber wir haben ja die Uhr«.

Die Uhr, schwarzer Marmor, vergoldete Bronze und zwischen der sich kelchartig öffnenden Lyra ein Vogelkopf mit Onyxaugen, fand ihren Platz auf der Kommode und begleitete das Taufmahl mit leisem Ticken. Die zwölf harten Schläge zwischen Suppe und Braten weckten Julian. Er gab ein paar Seufzer von sich, Grund zur Heiterkeit, denn Frau Beyfuhr hatte fast

183

gleichzeitig ihren Toast ausgebracht, »für Julian«, eine Rede von mahnender Herzlichkeit. »Julian ist eine Art Enkel für mich«, sagte sie, »und ich teile nicht Ihre Meinung, lieber Rüdiger, daß es besser ist, ein Kind gar nicht erst in diese Welt kommen zu lassen. Ich bin optimistisch, trotz allem, warum sollte es nicht gelingen, eine Welt zu schaffen, in der Kinder leben, aufwachsen und wieder Kinder haben können. Laßt es uns gemeinsam versuchen, für Julian!« Beklommene Stille am Tisch, gut, daß die Uhr schlug und der Täufling mit seinen niedlichen Seufzern Gernot Hasse den Übergang erleichterte.

Gernot, dessen Ansprache Rückblicke gab und Erfolgsbilanzen – »deine Eltern, kleiner Julian, haben vor fünf Jahren noch trockenes Brot gekaut, und du bist schon wieder mit einem silbernen Löffel im Mund geboren« – hatte gerade das dritte Hamburger Semester hinter sich, spekulierte nebenbei jedoch ein wenig an der Börse, umsichtig genug, um weiterhin seine Eltern unterstützen zu können. Nicht mehr lange, war zu hoffen, ein Gesetz über die Versorgung von Beamten und Berufssoldaten des Dritten Reiches befand sich in Vorbereitung, objektiv, meinte er, eine Schweinerei angesichts so mancher alter Nazis, subjektiv dagegen ganz hervorragend, denn der Admiral würde endlich seine Pension erhalten. Giselher brauchte die Hilfe der Brüder schon nicht mehr. Erste Erfolge stellten sich ein, sein Renommée wuchs, auch von der Taufe hielt es ihn fern. Der Brüsseler Concours Reine Elisabeth für Geiger stehe an, hatte er geschrieben, nur ein Vorwand, vermutete Dora. Sie irrte sich, er gewann den ersten Preis, Beginn seiner großen Karriere.

»Auf den Stammhalter des Hauses Cramme!« rief Gernot. Man hob die Gläser, Frau Updieke wurde aus der Küche geholt, wo schon der Braten wartete, und noch während sie anstießen, begann Martin zu sprechen. Nicht zu seinem Sohn, sagte er, der würde ohnehin noch genug vom Vater zu hören bekommen, nein, jetzt sei Dora an der Reihe, die am Weg gestanden habe damals in dem schlimmen Sommer, »und ohne dich hätte ich kein Zuhause, keinen Sohn, keine Fabrik, nichts«. Klingende Worte, etwas zu schön vielleicht, aber das Hochgefühl trug ihn davon. Alles schien ihm schön an diesem Tag und Dora schöner denn je in dem lavendelfarbenen Seidenkleid, die Taille wieder so schmal wie vor der Geburt, das Haar funkelnd geradezu, seit sie es nicht mehr mit der lehmigen Kriegsseife zu waschen brauchte. Seine Frau, sein Sohn, seine Wohnung, seine Freunde. Bin ich das? dachte er, und abends beim Wein, auch Dr. Hammschulte mit Gattin waren geladen, erzählte er zum ersten Mal die Kellergeschichte: das Lager zwischen Holz und Briketts, der härene Schutzengel Hertha Oelschläger und oben die Schmundt, schon ziemlich verschoben ins Komische, eine erste Variation.

Dora lachte, wenn auch nicht ganz so herzhaft wie die anderen. Martin streichelte ihre Hand, sanfte Kreise auf der Haut. In dieser Nacht zeugten sie Verena, etwas früh eigentlich. Julian lag noch in den Windeln bei ihrer Geburt. Doch es hatte auch seine Vorteile, ein Aufwaschen sozusagen, meinte Frau Updieke.

Frau Updieke, nun noch wichtiger im Haus als vorher, Uppi für Julian und Verena, Uppi, die sie anzog, ihnen zu essen gab, für das Notwendige und nicht so Notwendige sorgte von Tag zu Tag. Das Angebot, ihr eine Putzhilfe zur Seite zu stellen, wies sie weit von sich, warum, Kinder würden nebenbei groß, Hauptsache, jemand sei da, der sie liebhabe, ein Stich mitten in Doras Herz.

Sie selbst war nur selten da, abends allenfalls oder bei den Mahlzeiten, eine immer eilige Mutter, die gelegentlich für längere Zeit verschwand, zu irgendwelchen Modeschauen und Messen. Um auf dem Laufenden zu bleiben, hatte Julian vernommen, seitdem glaubte er, daß sie sich bei ihren Abwesenheiten im Schnellschritt immer weiter von ihm entfernte, Bilder, die auch nicht verschwinden wollten, als sein Kopf es besser wußte, weder die Bilder noch die Erinnerung an den Schmerz, den er dabei empfunden hatte, ganz anders als Verena mit ihrem unbekümmerten »Mama weg«. Vielleicht lag es an seiner engeren Gemeinschaft mit Dora während der ersten Jahre, immer wieder ihre Augen über ihm, und später dann die Stunden in ihrer Werkstatt, wo er versunken mit Stoffresten spielte, lange Geschichten vor sich hinmurmelte und, wenn er Nähe brauchte, an die Beine seiner Mutter kroch. Eine Zeit vollständiger Harmonie, bis die laute, zielstrebige Schwester, zuerst krabbelnd, dann auf stämmigen Beinen, dazwischenfuhr, sich an Entwürfen und Mustern vergriff und mit ihrer Vehemenz die Ruhe zerstörte. Sogar Ilse Mulitz, früher Kulowski, geriet aus der Konzentration dabei. Eine glückliche Fügung unter diesen Umständen, daß Doras Werkstatt, die jetzt Modellabteilung hieß, im Frühsommer dreiundfünfzig – »fünf Jahre nach der Währungsreform«, sagte Martin bei der Grundsteinlegung, »man könnte von einem Wunder reden« – in den

Neubau am Nordring verlegt wurde, wo auf der grünen Wiese, nicht weit vom Buerer Bahnhof, das neue Gelsenkirchener Textilzentrum wuchs.

Dr. Hammschulte hatte letztlich nicht zuviel versprochen. Zwar war es zu Auseinandersetzungen mit der Stadt gekommen wegen des Grundstücks, der Pläne, der zugesagten Finanzhilfe, sogar zu Drohungen von Martins Seite, nach Essen abzuwandern, doch nun standen die tausend Quadratmeter bereit, ein langgestrecktes Gebäude aus roten Klinkern, alles auf Wachstum berechnet, von dem großen, luftigen Nähsaal bis zu den Lagerräumen und der Kantine. Viel Platz auch in der Modellabteilung und für Dora endlich ein eigenes Zimmer, abseits von den Zuschneidern und Musternäherinnen. Die Fenster gingen zum Hof mit dem Liefer- und Ladebetrieb, doch eine Kastanie, von Martin vor dem Bagger gerettet, fing den Blick auf. »Dein Ideenbaum«, sagte er, Doras Ideen, wichtiger denn je unter dem Druck der zwar sehr günstigen, aber erheblichen Kredite. Gut, daß sie sich einigeln konnte beim Entwerfen und Tüfteln, ein Glück für sie, ein Glück für die Firma, nur nicht für Julian.

»Man weiß anfangs so wenig vom Wesen seiner Kinder«, meinte Dora einmal beim Gespräch unter Müttern, »und wenn man endlich dahinterkommt, ist es meistens zu spät.« Womit sie recht hatte im allgemeinen, nicht aber, soweit es den kleinen Julian betraf. Diese zwei Jahre mit ihm in der Werkstatt, sie kannte ihren Sohn, kein Grund, überrascht zu werden von den Tränen an jedem Morgen, wenn sie das Haus verließ, dem leisen, verzweifelten Weinen, als gelte der Abschied für die Ewigkeit. »Ich komme doch wieder«, sagte sie, und während Verena in Frau Updiekes Küche Blechschüsseln, Töpfe, Kuchenformen durcheinanderschmiß, harrte er am Fenster aus, schmal, federleicht, das dunkle Haar seidig geringelt. Sie ging und sie kam, und immer sein Gesicht hinter der Scheibe, »wie ein Vogel im Käfig«, sagte sie zu Martin.

»Käfig!« Er brachte keine Geduld auf, sich zwischen Neubau, Umzug und Expansion mit Julians Seele zu befassen. Dreißig Maschinen im Nähsaal, der Umsatz erreichte die Millionengrenze. Julians zarte Seele, wer habe jemals von seiner Seele geredet, der Junge müsse sich stabilisieren. Uppi sei so gut wie drei Großmütter, und ob sie in Zukunft etwa die Kinder auf den Topf setzen wolle, statt sich um die Kollektionen zu kümmern.

Ein Kompromiß, sagte Dora, vielleicht gäbe es einen Kompromiß, doch für Halbheiten, sie wußte es so gut wie er, war es zu spät. Sechzig Leute hingen von ihren Entwürfen ab, bald schon mehr, es war noch Platz im Saal, auch anbauen könne man bei Bedarf, sagte Martin, und der Bedarf käme ganz bestimmt.

»Genügt es denn immer noch nicht?« fragte sie, und er wiederholte das Hufnagelsche Glaubensbekenntnis, Herr Hufnagel von A & B Knopp, der Hauptkunde nach wie vor, daß Stillstand Rückschritt bedeute, möglicherweise sogar das Ende. Die goldenen Zeiten nach der Währungsreform waren vorüber, alle Kleiderschränke gefüllt, jetzt drängte auch noch das Ausland auf den Markt, nur wer modernisierte und expandierte, konnte der Konkurrenz standhalten. »Du wirst schon sehen, wie die Pleiten purzeln«, sagte Martin, »auch hier bei uns am Nordring. Aber wir nicht. Ich lasse mir das nicht kaputtmachen.«

Sie lagen im Bett, wann sonst fand sich Gelegenheit zum Reden. Nebenan, wo bis vor kurzem der Zuschneidetisch gestanden hatte, schliefen Julian und Verena, reichlich Platz seit dem Umzug, doch Martins Gedanken kreisten schon um ein eigenes Haus, das Haus am Park. »Das schaffen wir auch noch«, sagte er, »mit dir zusammen schaffe ich alles, du bist die Beste. Irgendwann, in fünf Jahren spätestens, nehmen wir Kleider ins Programm, dann kannst du ins Volle gehen. Kein Billiggenre mehr. Spitzenmodelle, eine Nobelmarke, ›Dorothy‹ vielleicht oder ›Komteß‹.« Er lachte, »stell dir unsere erste Modenschau vor«. Und während Dora sich noch weit weg wünschte, nur die Kinder und sie, ein Platz zum Kuscheln und Geschichten erzählen, bunte Drachen steigen in die Luft, Schiffchen dümpeln, der Geruch von Brataäpfeln zur Dämmerstunde, fing sie schon an, mit Seide und Pailetten zu hantieren, saß am Zeichenbrett, der Stift glitt übers Papier. »Die Fratzen haben es doch gut«, sagte Martin. »Was wir tun, tun wir für uns alle, es wird ihnen gefallen, daß wir keine Buchhalterfamilie sind mit einem Achtstundentag. Möchtest du wirklich aussteigen?« Nein, sie stieg nicht aus, Interesse gegen Interesse, Brataäpfel konnte auch Frau Updieke ins Rohr schieben, und was Julians Käfig anbelangte: Der Wuwu kam und öffnete ihn.

Der Wuwu, wer oder was immer hinter diesem Namen steckte, erschien erstmalig beim Osterfrühstück. Wie sich herausstellte, saß er auf dem Kissen neben Julians Stuhl und verweigerte ein Schokoladenei, das Julian eine Weile hin- und herpendeln ließ und dann in den eigenen Mund steckte.

»Der Wuwu mag das nicht«, sagte er.

»Wauwau?« Martin blickte unter den Tisch. »Wo ist hier ein Wauwau?«

»Wuwu«, verbesserte Julian und begann, Kuchenkrümel auf das Kissen zu streuen.

»Laß das, Jungchen«, wies Frau Updieke ihn zurecht, vergeblich, Bienenstich und Streuselkuchen, erklärte er, möge der Wuwu gern, Schinken auch, außerordentlich irritierend dies alles für Martin. Sein Sohn, sagte er, als Dora ihm etwas von Phantasie zuflüsterte, solle kein Spinner werden, weg mit dem Kissen.

Julian gehorchte, er hatte stets gehorcht, bis zu diesem Punkt jedenfalls. Denn jetzt blieb er, das Kissen im Arm, auf dem Sofa sitzen, der Wuwu könne nicht alleinbleiben, und weigerte sich unter ungewohnt lautem Schluchzen, diesen Platz zu verlassen. Ein erster Aufstand, ein erster Sieg. Da sowohl Dora als auch Frau Updieke seine Partei ergriffen, vor allem aber Verena in ihr durchdringendes Geschrei ausbrach, durfte er schließlich an den Tisch zurückkehren mitsamt Wuwu, sein Gefährte nun bei Tag und bei Nacht, fast zwei Jahre lang. Er führte Gespräche mit ihm in seltsam verschrobenen Lauten, sie bauten Häuser zusammen, gingen auf Tigerjagd, fuhren über die Meere und zu den Sternen, ein fröhlich-besinnliches Paar voller Geschichten und phantastischer Unternehmungen, denen sich Verena bisweilen anschloß, ohne Überzeugung indessen. Sie glaubte nicht daran, nur ein Spiel, und gab dem Kissen neben Julians Stuhl heimliche Tritte, worauf Dora einmal allen Ernstes »laß doch den Wuwu in Ruhe« rief. Sogar Martin blieb an einem Sonntag im Berger Park, weil Julian atemlos meldete,

190

der Wuwu könne nicht schritthalten, genau wie die anderen stehen, tippte sich freilich an den Kopf bei Frau Updiekes »Wuwu, du Trödelheini« und schimpfte über den Klub von Spinnern, ganz so, als sei er nie ein Träumer gewesen, nie Martin Memme, der lieber dem Weg der Wolken folgte als hinter der Fahne herzumarschieren, nie liegengeblieben im Wald von Hannoversch Münden. Zugegeben allerdings, das Phantom tat Julian gut. Die Melancholie löste sich auf, vorbei auch das geduldige Hinnehmen, selbst Verena bekam es zu spüren. »Der Wuwu will das«, sagte er, der Wuwu, aus dem das Ich wurde, so gerüstet ging er zum ersten Mal in den Kindergarten, fünf Jahre alt, zart und leicht neben seiner robusten Schwester, das Gesicht aber von gesammelter Ernsthaftigkeit.

»Bekommt der Wuwu auch ein Brot?« fragte er, als Dora ihm die Frühstückstasche umhängte. Sie hätte gern gesagt, daß es besser sei, ihn zu Hause zu lassen, schwieg jedoch, zwecklos, Julians Welt ordnen zu wollen, unnötig im übrigen, er tat es auch diesmal wieder auf seine Weise, schnell und gründlich.

Schon beim Mittagessen, auch Martin nahm daran teil des außergewöhnlichen Tages wegen, griff er plötzlich nach dem Kissen, warf es aufs Sofa und wandte sich dann wieder seinem Teller zu.

»Der Wuwu ist weggegangen«, sagte er.

»Wohin denn?« fragte Dora erschrocken.

»Nach Hause«, sagte Julian, »zu seinen anderen Wuwus«, mehr nicht, kein weiteres Wort über den verschwundenen Freund, weder Frau Updiekes Bohren noch augenzwinkernde Witze seines Vaters konnten ihn dazu bringen. Nur am Abend, als Dora sich beim

191

Gutenachtkuß über ihn beugte, nannte er noch einmal den Namen.

»Ob der Wuwu traurig ist?«

»Warum?«

»Weil ich jetzt groß bin.« Er hatte Tränen in den Augen, und Dora suchte nach einem Trost, der Wuwu sei doch auch groß geworden, aber vielleicht komme er irgendwann zu Besuch. »Soll er nicht«, sagte Julian, und weil er nun richtig weinte, nahm sie ihn zu sich ins Bett, so verging der Schmerz, spurlos, wie es schien. Er braucht keine Barriere mehr zwischen sich und der Realität, dachte sie.

Julian und die Realität, man sollte sich noch wundern. Er hatte seine eigene Art, gegen Wände anzurennen, ein Velber zumindest in dieser Beziehung, nur daß seine Großmutter wenig davon bemerkte. Hin und wieder war sie aufgetaucht, das letzte Mal zu Doras dreißigstem Geburtstag, Mißstimmung verbreitend wie eh und je über den Crammeschen Lebensstil, Kleine-Leute-Wohnung, und so etwas müsse ihre Tochter sich bieten lassen. Dann, als die Verhältnisse sich änderten, war die Trennung bereits vollzogen. Das neue Haus bekam sie nie zu Gesicht, und Julian mußte ohne ihre Teilnahme aufwachsen.

Der Streit begann bereits nach der Auszahlung des Lastenausgleichs, sechsundvierzigtausend Mark Entschädigung für das verlorene Gut in der Lausitz. Als Enkelin der Gräfin waren Dora zwei Drittel der Gesamtsumme zugefallen, trotz der Erbitterung ihrer Mutter, die allen Gesetzen zuwider laut nach der Hälfte schrie. Doch Dora hatte gelernt, sich gegen sie zu wappnen, und der endgültige Bruch stand schon im Raum.

192

Suymegeld, zur rechten Zeit eingetroffen. Es ermöglichte die Modernisierung der Fließbandanlage, so daß wieder effektiver produziert werden konnte nach heftigen Querelen um den Akkord, der ersten wirklichen Kraftprobe mit der bislang bei DoMa-Textil kaum präsenten Gewerkschaft. Der Vorsitzende des Betriebsrats, ein willfähriger, auch bestechlicher Mann aus dem Zuschneiderraum, hatte die Frauen mit Hinweisen auf das gute, verbilligte Kantinenessen und die großzügigen Prämien bei Laune gehalten, und wo sonst gäbe es extra Urlaubsgeld und so fortschrittliche Absaugsysteme in der Büglerei, Luft zum Atmen für die Kollegen bei der dämpfigen Hitze. Martins Stolz, die freiwilligen Leistungen. Seine Leute, sagte er, pfiffen auf Gewerkschaftsbonzen, und er fiel aus allen Wolken, als Ilse Mulitz, von den Näherinnen neu in den Betriebsrat gewählt, diese Extras Sozialklimbim nannte und den Akkord unter Aufsicht Fräulein Frohmanns Schinderei und Ausbeutung.

»Ausgerechnet Sie, Ilse!« sagte Dora.

Ilse Mulitz, nach wie vor pickelfrei seit der Behandlung in der Goethestraße, senkte den Kopf. Sie nahm, obwohl es inzwischen mehrere Modellnäherinnen gab, eine Sonderstellung in der Abteilung ein, erhielt Geschenke und Anerkennung, und ihr vielseitiger Bruno hatte sein Ziel erreicht, die Hausmeisterstelle bei DoMa-Textil. Schluß mit der Maloche im Pütt, Schluß vor allem mit dem Kuschen unter der Fuchtel des alten Kulowski. Zu dem Posten gehörte eine Werkswohnung oben in der Fabrik, ein Glücksfall angesichts der Verhältnisse. Dora hatte Ilse Mulitz, der bald nach der Hochzeit eine Gürtelrose zu schaffen machte, in der

193

Zechensiedlung Graf Bismarck besucht, wo sie und ihr Mann bei den Eltern untergekommen waren, auf kaum zumutbare Weise, denn auch einige ihrer zahlreichen Geschwister wohnten noch dort. Ein grau verputztes Bergmannshaus mit drei Stuben und Küche insgesamt, dahinter der kleine Garten, der Stall für die Ziegen und das Schwein, der Taubenschlag, »richtig gemütlich sonst«, wie sie Dora in dem nur durch einen Vorhang vom übrigen Familienleben abgeschirmten Ehebett beschämt erklärte, »und so gute Nachbarschaft hier in der Wilhelmstraße, bloß ein bißchen eng alles«. Bei der Besichtigung ihrer neuen Wohnung am Nordring waren ihr die Freudentränen heruntergelaufen, und nun sprach sie von Ausbeutung.

»Tut mir leid, Frau Chefin.« In ihren Augen lag die gleiche Ergebenheit wie sonst auch. »Und Bruno will mich rausschmeißen, wenn ich Ihnen Ärger mache. Aber die Kolleginnen haben mich nun mal gewählt, und stimmt ja, das mit der Ausbeutung.«

Ob sie sich etwa ausgebeutet fühle, fragte Martin, was sie verneinte, aber sie säße auch nicht im Nähsaal, und Fräulein Frohmann habe das Band schon wieder schneller gestellt. Die Frohmann richte sich immer bloß nach den Fixen, die kassierten dann hundert Prozent, und bei den andern würden die Lohntüten dünner, und die Nerven gingen kaputt von der Hetzerei und die Solidarität auch, und das sei Ausbeutung.

»Wir beide arbeiten schon so lange zusammen«, sagte Dora. »Sie wissen doch, wie genau kalkuliert wird, jedes Stück Stoff, jeder Stich, und daß wir konkurrenzfähig bleiben müssen. Woanders wird ebenso schnell gearbeitet, noch schneller manchmal.«

Ilse Mulitz nickte, ja, so sei es, überall Ausbeutung, darum müsse die Gewerkschaft endlich etwas tun, und Martin meinte, die Frauen sollten ihr Geld doch bei der Gewerkschaft verdienen, viel Vergnügen.

Sie schwieg eine Weile, bevor sie antwortete. »Dann ist aber niemand mehr im Nähsaal, und Sie müssen den Betrieb zumachen, Herr Chef«, eine Drohung, sie fing an zu weinen, als es heraus war. Die Frau Chefin sei immer so gut zu ihr gewesen, und nun denke sie sicher schlecht von ihr. Aber sie habe es doch selber gesagt damals im Marienhospital.

»Was denn?« fragte Martin.

Wenn man etwas richtig finde, müsse man es auch tun, sagte Ilse Mulitz, und nachdem Martin sie wegge-schickt hatte, verlor er die Beherrschung, nicht wegen dieser Frau, ganz gewiß nicht, die wisse, wo sie hinge-höre und täte das ihre, wogegen Dora ebendieses nicht zu wissen scheine und auf den falschen Markt liefe mit ihren Weisheiten. »Fabelhaft! Werde doch Obermotz im Betriebsrat!«

»Es ging damals um ihren Mann und ihren Vater«, sagte sie, doch er fegte den Einwand beiseite, egal, worum es gegangen sei, jede Art von Vertraulichkeit sei von Schaden und nur Munition für die andere Seite, zwei Fronten, und wenn man sich nicht daran halte, könne man zumachen, und sie sagte, lieber das, als kein Mensch mehr sein. Ein Streit, der sich nicht so schnell wieder weglieben ließ in der Nacht.

»Bin ich ein Unmensch, wenn ich für achtzig Leute die Arbeit erhalten will?« fragte er.

»Wir verdienen sehr gut dabei«, sagte Dora.

»Sollen wir schlecht verdienen bei einem Vierundzwanzigstundentag?« Sie kannte alle seine Argumente. Er hatte recht und unrecht, wie die andere Seite auch, es kam auf den Standort an, und ihr Platz war neben ihm, nicht im Nähsaal. Dora, die Chefin von DoMa-Textil. Wie lange war es her, daß sie in der Krummen Straße an Wally Kußmunds Maschine gesessen hatte? Zehn Jahre erst? »Schläfst du schon?« fragte Martin, nein, sie schlief noch nicht, zehn Jahre, das war keine Zeit, Vergangenes abschütteln, wie machte man das?

Die Auseinandersetzung mit Ilse Mulitz hatte Folgen. Schon am Tag danach begann das Arbeitstempo zu stocken, ein wilder Bummelstreik, der die Produktion um nahezu die Hälfte reduzierte. Das Reservoir an Näherinnen, erfuhr Martin beim Arbeitsamt, sei erschöpft, so ließ er das Band langsamer laufen, strich aber zwanzig Pfennig vom Essenszuschuß sowie die kostenlose Tasse Kaffee. Ilse Mulitz, als Angehörige des Betriebsrats unkündbar, wurde in den Saal versetzt. Man fand eine andere Modellnäherin, sogar mit vierziger Figur, und nur Dora war es zuzuschreiben, daß Martin den Hausmeister, ihren Mann, nicht stellvertretend feuerte.

»So was kann ich nur einmal tun«, sagte sie, »denken Sie an die Wohnung.« Aber Ilse Mulitz, Dora wußte es schon, war nicht erpreßbar, zumindest nicht mit Dingen, die man kaufen konnte.

»Von der Maloche«, wird Dora Jahre später nach dem großen Streik um Arbeitszeitverkürzung und Lohnerhöhung von ihr vernehmen, »sollen alle was haben. Mein Vater hat sich seine Staublunge im Pütt für'n Appel und 'n Ei geholt, ist doch nicht gerecht.«

Vorerst jedoch beruhigte sich der Aufruhr. Die Produktion kam durch Modernisierung und Rationalisierung, zu der auch die gründliche Überprüfung des gesamten Fertigungsprozesses gehörte, wieder ins Lot, letzteres ein Verdienst von Fräulein Frohmann, die sich in Abendkursen zur REFA-Spezialistin hatte ausbilden lassen und unermüdlich aufs Gas trat, wie Martin es nannte, nur ihr Mund, fand Dora, wurde immer verkniffener dabei. Schon im Sommer verließen mehr Blusen den Saal als zu Zeiten des alten Bandes, und Martin konnte nicht verstehen, warum seine Frau sich weigerte, ihr nächstes Erbe, das Dankwartgeld, ebenfalls der Firma zu überlassen.

Ein gutes Erbjahr offensichtlich. Kaum war die im März angekündigte Entschädigung von der Lastenausgleichsbank eingetroffen, als ein Schreiben des Bremer Nachlaßgerichts Kenntnis vom Tode des Herrn Theodor Dankwart gab. Dora wurde zur Testamentseröffnung geladen, und tags darauf kam ein zweiter Brief, diesmal von dem Notar Dr. Brügge, der darum bat, ihn eine Stunde vor der Amtshandlung aufzusuchen.

Das fände er ja nahezu peinlich, sagte Martin, er sei doch kein Prinzgemahl, begann jedoch schon mit dem Erbe, dieser noch dunklen und seine unternehmerische Phantasie beflügelnden Größe zu jonglieren, ein Anbau vielleicht für die Fabrik oder wenigstens das Grundstück am Berger Park, gerade entdeckt und gleich wieder abgeschrieben, privater Luxus schien noch nicht geboten.

Die Kanzlei von Dr. Brügge lag in der Contrescarpe, dunkel getäfelt, vor den Fenstern wieder Rhododendronblüten, und erinnerte Dora mit den Mahagonischränken, den hochlehnigen Ledersesseln, Regalen und Folianten an das Interieur englischer Filme, James Mason, dachte sie, müsse jetzt erscheinen oder der sardonisch lächelnde Charles Laughton. Am Schreibtisch indessen stand ein alter Herr, das Double fast von Onkel Theodor, und sprach ernste Begrüßungsworte, traurig, dieser Anlaß, der Verstorbene, sein hochgeschätzter Freund, habe liebevoll von ihr gesprochen, wie bedauerlich, sie nicht beim Begräbnis gesehen zu haben.

Sie sei nicht verständigt worden, sagt Dora. Er hob die Augenbrauen über der Goldrandbrille, ein Blick zu Frau Ternedde, die, witwenschwarz und von unverändert glatter Schönheit, seinen Tadel ignorierte, worauf er die Anwesenden bat, einem Wunsch des teuren Toten zu folgen und sich, bevor der Besitz in alle Winde verstreut werde, noch einmal an ihn zu erinnern, bei einem Schluck seines besten Portweins. Die Gläser wurden kredenzt und schweigend geleert. Sodann machte man sich auf den Weg zum Nachlaßgericht.

Dora hatte im Hotel übernachtet, jedoch bei Terneddes gefrühstückt, ihr erster Besuch seit der Heirat ihrer Mutter. Die Villa in der Schwachhauser Landstraße glich der Dankwartschen, ein Bau aus der Jahrhundertwende, teilweise neu eingerichtet, sehr elegant, Dora erkannte die Handschrift. »Deine Mama, meine Liebe«, sagte Herr Ternedde, »hat einen ganz einfachen Geschmack, immer nur das Teuerste.« In der Bemerkung lag, wie Dora beklommen spürte, nichts Scherzhaftes, überhaupt saß man auf einem Pulverfaß, das bei ihrer Frage, warum man sie nicht vom Tod des Onkels unterrichtet habe, zu explodieren drohte.

Ihre Mutter trug noch das Begrüßungslächeln. »Wir waren verreist.«

»Du hättest anrufen können«, sagte Dora. »Er war immer sehr freundlich zu uns.«

»Du bist ihm ja auch genug um den Bart gegangen.« Das Lächeln war brüchig geworden. Nun saßen sie in dem kahlen Gerichtszimmer, Dora, Frau Ternedde, Dr. Brügge nebst vier entfernten Verwandten des Erblassers, dazu die Wirtschafterin sowie je ein Vertreter des Bürgerparkvereins und der Freien und Hansestadt Bremen, und warteten auf die Testamentseröffnung.

Das Testament, ein Vermächtnis eher, in welchem Theodor Dankwart zunächst Gott für seine Segnungen dankte, dann den Menschen, unter denen er so lange weilen durfte, für ihre gütige Nachsicht, ferner jedem, dem er Unrecht zugefügt haben könnte, um Vergebung bat, seinerseits Kränkungen verzieh und alle, samt seiner geliebten Vaterstadt, dem Schutz des Höchsten anempfahl. Erst nach dieser Präambel wurde bekanntgegeben, worauf jeder mit Spannung wartete: Aktien, Beteiligungen, Liegenschaften, mit Ausnahme des Besitzes in der Marcusallee, sollten verkauft werden, aus dem Erlös die Haushälterin eine monatliche Rente erhalten und jeder der anwesenden Verwandten zehntausend Mark, eingeschlossen Frau Ternedde, die, wie eine Anmerkung besagte, dem Namen Dankwart zu geringe Bedeutung beigemessen habe, um in noch größerem Maße bedacht zu werden. Die Hälfte des restlichen Vermögens fiel zu gleichen Teilen dem Bürgerparkverein und der Stadt Bremen zu. »Meiner Großnichte Frau Dora Cramme, geborene Dankwart«, hieß es weiter, »einzige Enkelin mei-

nes frühverstorbenen Bruders, durch die zwar nicht
unser Name, wohl aber das Dankwartsche Wesen wei-
terlebt, vermache ich die andere Hälfte sowie meinen
Besitz in der Marcusallee, Grundstück und Haus mit
dem gesamten Inventar, ausgenommen der Inhalt
meines Weinkellers, den mein Freund und Anwalt Dr.
Arthur Brügge erhalten soll.«

Die etwas leiernde Stimme des Rechtspflegers verstummte, Stille im Raum für einen Moment, dann
folgte ein Aufschrei, Frau Ternedde, die Dora vorwarf, durch erbschleicherische Praktiken an sich gebracht zu haben, was von rechts wegen ihr zustehe,
Dankwartsches Wesen, da könne sie nur lachen, und
ebendies, während man sie hinausführte, geschah
auch, noch durch die Wände war es zu hören. Der
endgültige Bruch zwischen Dora und ihrer Mutter war
vollzogen.

Am Nachmittag wurde das amtliche Siegel entfernt,
zum zweiten Mal betrat Dora das fremde Haus, ihr
Eigentum. Seltsam, so die Räume zu durchstreifen, mit
Dingen zu hantieren, die noch Spuren und Zeichen
eines anderen trugen. Sie betrauerte Onkel Theodor
nicht, zwei kurze Begegnungen nur, zu wenig für Liebe
und Trauer. Sein zerbrechliches Altersbild war ihr wie
stellvertretend für das ihres Großvaters erschienen,
diese späte Milde, was hätte sie seinen Opfern genützt,
der Komteß, dem Sohn, der Enkelin. Auf dem Kaminsims stand die Fotografie der Kinder mit den Knöpfstiefelchen. Dora löste es aus dem Rahmen und warf es
fort, keine Dankwarts mehr. Schränke und Schubladen
wurden geleert, die von Generationen zusammenge-
tragenen Möbel vorerst in einem Speicher unterge-

stellt, Porzellan, Silberzeug und andere Kostbarkeiten schon nach Buer geschickt. Dann übergab sie das Haus einem Makler, nackte Wände, der alte Herr, schluchzte die Wirtschafterin, würde sich im Grabe umdrehen. Ich bin ein Racheengel, dachte Dora, als sie im Zug saß, um wieder nach Hause zu fahren.

Mit dieser Erbschaft sah Martin keinerlei Anlaß mehr, auf das Grundstück am Berger Park zu verzichten. So etwas Schönes, sagte er, bekäme man nie wieder, erst recht nicht so günstig, und in zwei, drei Jahren könne man an das eigene Haus denken.

»Warum nicht gleich, wir haben das Geld und sogar schon die Möbel«, sagte Dora, obwohl sie wußte, was er plante, Anbauen, den Betrieb und die Kapazität erweitern. Zahlreiche Textilfabriken, vom Boom hochgetragen, waren schon wieder Pleite gegangen, eine Lücke, in die man springen sollte, genau der richtige Zeitpunkt zum Expandieren. »Unser Kreditrahmen ist erschöpft«, sagte er, »ohne dieses Geld können wir nichts unternehmen.« Und dennoch, Dora wollte ihr Erbe zu einem Haus machen, ein Stück Sicherheit inmitten des sich immer schneller drehenden Wirbels.

»Die Firma ist vollkommen gesund«, protestierte er. »Du bist nicht mit einem Hasardeur verheiratet.«

Auch das wußte sie. Aber die Pleiten, hatte er einmal gesagt, würden purzeln am Nordring, und so wiederholte sie: »Mein Geld soll ein Haus werden.«

»Dein Geld, dein Haus, hoffentlich gibst du mir wenigstens Wohnrecht«, schon wieder ein Streit. Er warf ihr Egoismus vor, Mangel an Solidarität, an Liebe sogar, während sie mit der Konstruktion der Firma operierte, alles sein Eigentum, nur er stehe im Handelsregister, nichts von ihr, und wo denn wenigstens ihr Gehalt bliebe, überhaupt, wo bliebe ihr Gehalt, Abteilungsleiterin und kein Gehalt. »Ich bin ein Bilanzposten«, rief sie, »niemand wird so ausgebeutet wie ich.« Und dann, mitten in den Anklagen, schwieg sie, es war, als habe sie die Stimme ihrer Mutter gehört.

»Nur weiter«, sagte Martin. »Mach alles kaputt.«

Sie schüttelte den Kopf, »nimm das Geld«, und plötzlich rührte es ihn, wie sie dastand, das Mädchen vom Zeughaus, zart und schutzbedürftig. Irgendwann bekommst du alles wieder, hatte er versprochen damals in Bremen. Sie sollte das Haus haben.

»Ach Gott ja«, wird Dora später sagen, »du hast mich in die Arme genommen und mir das Haus geschenkt.« Doch Frieden vorerst, gemeinsames Planen, Bauen, Einrichten von einem Sommer zum nächsten, und schon 1957 konnte man einziehen, wenn auch noch nicht im Juli, wie der Architekt versprochen hatte. Niemand, weder Maurer, Maler, Klempner, hielt sich an die Termine, schon gar nicht der vielbegehrte Fliesenleger, Bauboom allerorten, und Handwerker so rar wie die Butter in den früheren Tagen der Not. Gleichsam über Nacht schienen sich die leergebombten Flächen im Raum Gelsenkirchen wieder zu füllen, Geschäfte, Bürohäuser, Wohnungen, alles im Schnellverfahren hochgezogen, Schönheit zählte noch nicht.

»Die gehen mal wieder in die Vollen«, hieß es bei den einigermaßen glimpflich durch den Krieg gekommenen Bueranern, die sich, von der ungeliebten großen Schwesterstadt durch Emscher- und Rhein-Herne-Kanal für jeden sichtbar getrennt, auch nach dreißigjähriger Gemeinschaft noch nicht mit dem Verlust ihrer

Eigenständigkeit abfinden mochten und allenthalben Benachteiligung witterten. Dennoch, die Blöcke vom sozialen Wohnungsbau drüben auf der anderen Seite waren den heimischen Handwerkern lieber als ein Einfamilienhaus in Buer, nicht zu reden von den Großaufträgen bei den Zechen und Stahlwerken, wo man ebenfalls auf den Trümmern in die Zukunft hineinbaute, undenkbar mitten in der Konjunktur eine Krise im Ruhrgebiet. Seit dem Beitritt der Bundesrepublik zur NATO florierte die Wirtschaft mehr denn je, Rüstung, der große Reibach, Geld wurde verdient und ausgegeben, und nur Miesmacher sprachen davon, daß Deutschland sich an die Amerikaner verkaufe mit Haut und Haar.

»Ein Riesenauftrag von Zeche Hugo«, sagte der treulose Fliesenleger, als Martin ihn endlich beim Feierabendbier erwischte, »neue Waschkauen für die Kumpels, Herr Cramme, alles aufs Feinste, Kacheln von oben bis unten, das sind gut zwanzig Elefanten gegen ihre Mücke, können Sie mir doch nicht übelnehmen als Geschäftsmann.« Waschkauen, Martin konnte das Wort nicht mehr hören. Jeder Fliesenleger rief es ihm entgegen, und nur dank eines fast achtzigjährigen Meisters aus Dorsten, der morgens abgeholt und abends zurückgebracht werden mußte und, von Frau Updieke leiblich versorgt, in so genußvoller Ruhe vor sich hinmörtelte, daß man ihn schon für den Rest seines Lebens nicht mehr weichen sah, konnte wenigstens der zehnte Hochzeitstag in dem neuen Haus gefeiert werden.

Ziemlich unmodern, fanden die Spaziergänger, wenn sie sonntags zur Besichtigung des Neubaus in die Erlestraße pilgerten, an das stille grüne Ende mit den

Gründerzeitvillen, von denen jetzt eine nach der anderen niedergerissen wurde, um Zeitgemäßerem Platz zu machen, Bungalows, der letzte Schrei. Martin hatte fünfzehnhundert Quadratmeter unmittelbar an der Grenze zum Park kaufen können, dort stand es nun, das Cramme-Haus, weiß verputzt, die Sprossenfenster hoch und schmal, eine Fassade von ausgewogener Schlichtheit wie manche preußische Herrenhäuser in Doras Lausitz. Der Architekt hatte es nach ihren Wünschen entworfen, drei große, durch Flügeltüren verbundene Räume im Parterre, eine Diele mit schön geschwungener Treppe, oben die Schlafzimmer, die Kinderzimmer, die Bäder. Zwei Bäder, was für ein Luxus, und in der Mansarde Frau Updiekes kleine Wohnung, sogar eine Küche dabei, die sie jedoch umgehend zur Rumpelkammer degradierte, mit der Bemerkung, daß sich ihre Küche unten befinde, oder ob man sie etwa nicht mehr zur Familie zähle. Martin gefiel das Haus, es gefiel ihm außen und innen, und als er zum ersten Mal die dunkle Eichentür hinter sich schloß, war sein Glücksgefühl noch größer als bei der Einweihung des Fabrikbaus am Nordring. Ein Haus, ein Recht auf Bleibe, mein Haus. Er korrigierte sich, aber nur die Lippen sagen »unser« statt »mein«, und nur sein Kopf wollte anerkennen, daß es mit Doras Geld errichtet worden war, ihr Name im Grundbuch stand.

»Glücklich?« fragte er, als sie zum ersten Mal in dem neuen französischen Bett miteinander schliefen, ein Bett wie das in Paris, wo sie sich vor einer Frühlingsmodenschau, bei der Dora heimlich die Modelle skizzieren wollte, geliebt hatten wie bisher noch nie, und nie wieder würde es so sein, doch das wußten sie noch nicht.

Unausgesprochene Erinnerungen. Die Nächte blieben stumm, wohl auch zu spät, es zu ändern nach zehn Ehejahren. »Ja«, sagte Dora, »glücklich.«

Sie war fast schon eingeschlafen, da begann Julian zu weinen, leise wie es seine Art war, doch sie hörte es und lief ins Kinderzimmer. Die Augen weit aufgerissen, stand er neben dem Bett und zeigte zum Fenster, »das Gespenst«. Jede Nacht der Alptraum, sein Protest gegen die Veränderung. In der Goethestraße hatte er sich an das Treppengeländer geklammert, »ich will hierbleiben«, und während Verena ihr neues Zimmer vehement in Besitz nahm, war er wieder vor die alte Wohnungstür geflüchtet. Dort fand man ihn am Abend, hingekauert wie ein Embryo. Und nun war wieder das Gespenst gekommen.

Dora legte sich neben ihn, der Trost noch aus Wuwu-Zeiten, und als er endlich schlief, das Gesicht so weich und arglos, spürte sie wieder die drückende Angst. Warum eigentlich, Julian war zugänglich, in der Schule gab es keine Schwierigkeiten, und die Goethestraßenkinder hatten, obwohl er sich weder laut noch rabiat verhielt, auf ihn gehört, ein Anführer, der seine Rolle nicht wahrzunehmen schien. Er wird sich an das Haus gewöhnen, dachte Dora. Doch noch manches Mal sollte das Gespenst im Fenster sitzen, bis er in dem neuen Haus zu Hause war.

Martin hörte es nicht, als sie zurückkam, ein guter Schläfer, hellwach nach sechs Stunden und sogleich auf dem Sprung. »Wie unsere Jagdhunde früher«, sagte Dora, ein Vergleich, zu dem auch seine Fähigkeit paßte, erfolgversprechende Spuren zu wittern, die Engpässe etwa bei einem Lieferanten. Wittern, auf der

Lauer liegen, vorpreschen im richtigen Moment und den Preis nach unten drücken, nur so konnte man billiger produzieren als die Konkurrenz und die Maschinen in Gang halten. Seine cleveren Coups. Nicht, daß er es angenehm fand, nein, das nicht. Kein Triumph hinterher, eher Scham, ähnlich wie bei seinem ersten Geschäft mit dem Polen hinter der Trinitatiskirche. Was zählte indessen, war der Erfolg.

Auch der Fabrikanbau, für den Dora ihm das Dankwartgeld verweigert hatte, kam knapp zwei Jahre später auf solche Weise zustande, und zwar durch den Ankauf eines großen Postens Rayon, in Farben und Mustern an der Mode vorbeiproduziert und, da außer DoMa-Textil niemand Interesse bekundete, für einen Pfifferling zu haben. Martin ließ im Eilverfahren Billigstblusen daraus zusammenschustern für fliegende Händler auf Märkten und Messen, weit unter dem sonstigen Niveau seiner Firma. Der Verdienst pro Stück war minimal, die Gesamtsumme jedoch rechtfertigte einen neuen Kredit, es konnte gebaut werden.

Fast wie ehedem am Schachbrett, dieses Ausspähen, Abwägen, Nutzen jedweder Möglichkeiten. Er war ein guter Spieler, auch auf dem Tennisplatz zeigte sich, wie er mit sicherem Kalkül aus schwachen Bällen des Gegners Punkte zu machen verstand.

»Mehr Bewegung in frischer Luft, Herr Cramme«, hatte der Arzt geraten, als sich nach der Vollendung des Anbaus eine Grippe unverhältnismäßig lange hinzog. Bisher hatte er sich kaum Entspannung gegönnt, sonntägliche Spaziergänge mit der Familie bestenfalls, in den Berger Park etwa, wo man auf dem See rudern oder an einem der wenigen klaren Tage von der Höhe des Ehrenmals über die Emscherniederungen und das Panorama Gelsenkirchens bis zu den beginnenden Ruhrhöhen blicken konnte, dieses seltsame Gefüge von Industrie, Stadt, Dorf, das wie der Himmel meistens von rußigem Dunst verschluckt wurde. Und manchmal machten sie auch eine Radtour durch den Westerholter Wald ins bäuerliche Münsterland, Verena neben Martin, der ihr in immer neue Variationen vom Beginn und Aufstieg der DoMa-Textil erzählen mußte, während Julian von seiner Mutter Auskunft über Bäume und Pflanzen verlangte, auch über ihre Kindheit auf dem Gut, die Menschen, die Tiere, die Großmutter mit den hundert Abendkleidern, aus der sie schamvoll eine gütige Fee machte. Doch nun, da das bißchen Sonntagsluft nicht mehr zu reichen schien, waren sie einem Tennisklub beigetreten, und zwar, wieder eine Empfehlung Dr. Hammschultes, nicht dem Grünweiß von Buer, sondern dem Alt-Gelsenkirchener im Stadtgarten, weil sich dort, wie er sagte, alles tummelte, was gut und teuer war. Ein Trainer, mit dessen Hilfe Martin jeden Morgen zwischen sieben und acht seine in der Schulzeit erworbenen minimalen Fähigkeiten verbesserte, immer wieder Aufschlag, Vorhand, Rückhand, machte aus ihm bald einen begehrten Partner auf dem Platz, und Dora suchte verwundert nach dem Jungen aus Magdeburg, der lieber in die Wolken geblickt hatte, als hinter einem Ball herzujagen.

Sie selbst, wenngleich von Haus aus die bessere Spielerin, schob erste Anflüge von sportlichem Ehrgeiz schnell wieder beiseite, schon deshalb, weil ihr Gewissen es nicht zulassen wollte, daß sich außer der Arbeit noch mehr zwischen sie und die Kinder drängte. »Andere Mütter haben immer Zeit«, hatte Julian anklagend gesagt, als sie eines Abends, statt mit ihm lateinische Deklinationen zu üben, in den Klub gegangen war, und daraufhin prompt die schlechteste Note seines Schülerlebens geschrieben, absichtlich, wie Dora vermutete, denn er brauchte keine Hilfe beim Lernen. Dennoch blieb sie fortan möglichst zu Hause.

Es rührte sie, wie er auf seine stille Art versuchte, sie in seinen Alltag einzubinden, ganz im Gegensatz zu der betriebsamen Verena, die ständig unterwegs war, bei Freundinnen oder auch im Ballettstudio des Fräulein Kraskaja, einer ehemaligen, von den Kriegswirren nach Buer geschwemmten Tänzerin des Leningrader Opernhauses, bei Bedarf jedoch keinerlei Hemmungen zeigte, in die Modellabteilung ihrer Mutter einzufallen, hier bin ich, nimm mich gefälligst zur Kenntnis. Obwohl sie, immer noch Martins Tochter, am liebsten zu ihm kam mit ihren Kleinmädchensensationen oder neuen Pirouetten, Pliés, Tendus, die sie, ungeachtet ihrer sonstigen lautstarken Existenzäußerungen, ruhig und gesammelt zu produzieren vermochte. Aber gerade weil Dora zwischen sich und der Tochter nicht jenes Band spürte, das sie und Julian zusammenkoppelte, unendlich dehnbar, so kam es ihr vor, tat sie ihr Bestes, Verena nicht abzuweisen. Schwierig also unter diesen Umständen, wie die anderen, nur ihrem Haushalt verpflichteten Klubdamen regelmäßig das Racket zu schwingen. Bestenfalls gelang es ihr, an den abendlichen Geselligkeiten teilzunehmen, bei warmem Wetter draußen auf der Klubhausterrasse, wo bunte Glühbirnen und Kübel mit Oleander einen Hauch italienischer

Nächte in den Gelsenkirchener Stadtgarten brachten, besonders, wenn aus der Musiktruhe »O mia bella Napoli« ertönte. Ein gern gesehenes Paar, die Crammes, amüsant, gute Manieren, Flüchtlinge zwar, aber aus dem richtigen Stall. Im Herbst, als der Platz geschlossen wurde, begann man sie einzuladen, und bei einem Abendessen, das Martin und Dora vor Weihnachten gaben, festigte das Haus mit dem kostbaren Bremer Inventar, aber auch Frau Updiekes Stettiner Küche ihr Renommee.

Konservative Leute, die Klubmitglieder, schon aus eigenem Interesse meistens der CDU oder FDP zugeneigt und vielfach von der Sorge geplagt, daß die Sozialdemokraten, seit Jahren unangefochten im Besitz der Rathausmehrheit, bei den kommenden Landtagswahlen wieder ans Ruder kommen könnten. SPD und Kommunisten, wo sei da eigentlich der Unterschied, fragte man sich, die Kommunisten würden Gott sei Dank ja endlich ausgeschaltet, doch die roten Sozis dürften weiterhin gegen Staat und Unternehmer hetzen. Töne, die Dora nicht behagten, wenn sie an Wolfenbüttel dachte. Sie begann, Frau Beyfuhr zu verstehen, die sich an Julians zehntem Geburtstag im Januar geradezu verzweifelt gezeigt hatte über die Restauration im Land und die allgemeine Intoleranz. Wahrhaftig nicht ihre Freunde, die Kommunisten, im Gegenteil. Aber politische Gegner verfolgen und einkerkern, das hätte auch Hitler gemacht, und nun würden sie schon wieder scharenweise verurteilt, mehr beinahe als Kriegsverbrecher und alte Nazis, obwohl noch genug davon herumliefen, sogar als Minister in Bonn, und ihre Söhne seien wohl doch umsonst gestorben.

Frau Beyfuhrs Kampf für die toten Söhne. Sie war zusammengefallen seit ihrem letzten Besuch, das Herz, sagte sie, brauche mehr Ruhe. Dennoch jagte sie von Podium zu Podium, vor Wahlen besonders, eine Rednerin, die die Frauen anzog. Eigentlich hielt sie nur noch Reden, auch im privaten Kreis, flammende Plädoyers gegen die kalten Krieger, gegen Unternehmer, die sich an der Aufrüstung schon wieder goldene Nasen verdienten, gegen die Ausbeutung der Arbeiter für solche Zwecke, »und die Opfer werden wieder unsere Kinder sein«. Bei dem Geburtstag wäre deswegen fast wieder der alte Streit mit Martin ausgebrochen. Sie sitze im Haus eines Unternehmers, hatte er gesagt, da solle sie die Tiraden doch bitte für sich behalten, das Wort Ausbeutung vor allem, er wolle in Frieden seinen Kaffee trinken.

Dora befaßte sich wenig mit Politik, Ruhe im Nähsaal, darauf kam es an. Doch bei der Abendgesellschaft in der Erlestraße, als Dr. Hammschulte unter allgemeiner Zustimmung behauptete, daß die SPD längst von der Zone unterwandert sei und die Geschäfte des Ostens besorge, wollte sie um Frau Beyfuhrs willen diese Verunglimpfung nicht hinnehmen und sagte unvorsichtigerweise: »Dafür sitzen bei der CDU die alten Nazis sogar in der Regierung.«

Ein peinlicher Moment. Man war gerade dabei, die köstliche Weincreme zu loben, und es schien, als erstarre die Bewegung am Tisch zu einem Tableau festlich gekleideter Menschen mit Dessertlöffeln in den erhobenen Händen. Dr. Hammschulte rettete zum Glück die Situation. Er prostete Dora zu, »unsere Kämpferin für Gerechtigkeit«. Es fiel ihr schwer, zu-

rückzulächeln, und als Martin ihr später vorwarf, sie
würde die Firma noch ins Verderben reden, sagte sie
zornig: »Das ist es! Tante Martha hat recht!« Doch in
Zukunft war sie still, es stimmte ja, sie mußten ihre
Blusen verkaufen.

Ohnehin fanden die Debatten meistens in der Herren-
runde statt, ein nützliches Gewebe aus Politik und Geschäft. Die Damen hielten sich an Unverfängliches,
Mode zum Beispiel, und bedrängten Dora, die einmal
im Jahr nach Paris fuhr und dann ihre Kleider, von den
Einfällen Diors oder Chanels inspiriert, in der DoMa-
Modellabteilung anfertigen ließ, mit der Frage, woher
sie solche Sachen bekomme. »Von mir«, sagte sie und
versuchte, ihre Tätigkeit im Betrieb zu schildern, doch
daß es sich um ernsthafte Arbeit handelte, schien kaum
jemand zur Kenntnis zu nehmen. Blusen für A & B
Knopp, ob man so was überhaupt entwerfen müsse,
hatte bei einer Einladung die Gastgeberin wissen wollen und Dora damit fast um die Beherrschung gebracht. Während der Heimfahrt zur Erlestraße, den
Buerschen Berg hinauf und im Rücken das bizarre
Gelsenkirchen bei Nacht, lodernde Feuer über einer
Silhouette aus Fördertürmen, Strebengerüsten, Schlo-
ten, weigerte sie sich nicht nur, das Gewäsch länger zu
ertragen, sondern ebenso, den bevorstehenden Ball
des Klubs im Prachtsaal von Schloß Berge zu besuchen,
ein gesellschaftliches Ereignis für die gesamte Region.
Etwas hart, wie sie reagierte, es gab auch vernünftige
Frauen in dem Kreis, nur daß die Zeit nicht reichte,
durch den allgemeinen Smalltalk ins Individuelle vor-
zustoßen. Und was den Ball betraf, so nahm sie selbstverständlich daran teil, in einem von Balmain abgekup-

ferten lindgrünen Chiffonkleid, die Dankwartperlen am Dekolleté und von der Presse als eleganteste Dame des Abends gefeiert.

Beim Frühstück las Martin es ihr vor, an dem kleinen Beyfuhrtisch in seiner sogenannten Bibliothek, deren Regale sich nach und nach mit alten Klassikerausgaben und moderner Literatur füllten, Bücher, sein Steckenpferd, dem er sich vorerst allerdings ausschließlich als Sammler widmen konnte. Durch die geöffnete Flügeltür sah man ins Eßzimmer mit den englischen Möbeln, und immer noch konnte es vorkommen, daß Dora für den Bruchteil einer Sekunde zusammenschreckte, wenn ihr Blick unvermittelt die hohen weißen Fenster, die polierte Tischplatte, die Anrichte mit den silbernden Leuchtern streifte, ein Gefühl von Unwirklichkeit, ähnlich wie gestern nach dem Ball, als sie aus dem Auto gestiegen waren und vor dem verschneiten Grundstück standen. Der Garten, das Haus, die Garage mit dem Wagen, ein Mann und eine Frau in Abendkleidern, sind wir das? Der Himmel war klar, Nordostwind, gute Münsterländer Luft. Die Rußschwaden aus den Industriekaminen und den zahllosen, mit billiger Deputatskohle gefütterten Bergmannsöfen wurden nach Süden gefegt, auch die Abgase, deren bittere Schärfe auf der Zunge ihr das Eingewöhnen so schwer gemacht hatte. Man konnte den Orion sehen, die Sterne des großen Bären, das Milchstraßenband, und der Schnee leuchtete im Laternenlicht. »Sind wir das?«

Martin hatte den Arm um sie gelegt, »wer sonst«, und sie konnte nicht verstehen, daß er alles so fraglos hinzunehmen schien. Sie spürte seine Lippen am Ohr, »du

und ich, darüber muß man doch nicht mehr nachdenken«, und hatte, bevor sie auf das Signal antwortete,
halb scherzhaft gemurmelt, daß er sowieso nur noch
ans Expandieren denke. Doch jetzt, mit der Zeitung in
der Hand, war sie es, die daran dachte. Die eleganteste
Frau des Abends! Kein Kunststück bei so kümmerlicher Konkurrenz, sagte sie, und warum in aller Welt
man nicht endlich mit den Kleidern anfange, hochwertige, elegante Kleider, da biete sich wahrhaftig eine
Marktlücke.

Draußen wirbelten Flockenschleier, der Wind hatte gedreht, und der Schneemann vor den Fenstern zerfloß
so schnell zu grauem Matsch, als heize die unterirdi-
sche Stadt, über der man wohnte, mit ihren Stollen und
Förderwegen, ihren Menschen und Maschinen den
Boden auf. Ein später Morgen, die Kinder waren
längst in der Schule, und Frau Updieke, die frischen
Kaffee brachte, fragte wie jeden Tag, was sie kochen
solle.

»Ihnen fällt schon etwas ein«, erwiderte Dora ebenso
stereotyp und hielt ihr die Zeitung hin. Nichts Überra-
schendes für Frau Updieke. Sie hatte seit eh und je
gewußt, was dort zu lesen stand, warnte aber vor noch
mehr Arbeit, das mache eine Frau bekanntlich nicht
schöner, erst recht nicht, wenn sie sich dem fünfund-
dreißigsten nähere.

»Sie sollen nicht immer so genau hinhören, Uppi«,
sagte Dora, ebenfalls nur ein Ritual, man konnte Frau
Updieke nicht davon abhalten, zu hören, was es zu
hören gab und danach Ratschläge zu erteilen, obwohl
sie selbst, siebzig inzwischen und von Arthrose im
Hüftgelenk geplagt, sich Ermahnungen gegenüber so

bockig zeigte, daß sie eine ihr aufgezwungene Putzhilfe nur ans Grobe ließ. Den Feinkram, wie sie es nannte, behielt sie in der Hand, auch die Küche, von den Kindern gar nicht zu reden, eine allgegenwärtige, unentbehrliche und manchmal lästige Großmutter.

»Passen Sie ein bißchen besser auf sich selbst auf«, rief Dora hinter ihr her und suchte in ihrem Spiegelbild über dem Sofa nach Spuren von Alter und Arbeit. Fünfunddreißig Jahre, die Zahl bekam Gewicht. Aber Unzufriedenheit war dem Aussehen sicher auch nicht förderlich, und die Blusen, sagte sie zu Martin, machten sie allmählich krank. Um die Entwürfe würde sie sich weiterhin kümmern, bloße Routine, das ginge im Schlaf, und wenn man die Ausführung einer guten Musterdirektrice überlasse, bleibe ihr genügend Zeit für die Kleiderkollektion.

Die Intensität in ihren Augen irritierte ihn. Wieso sie plötzlich aufs Expandieren dränge, wollte er wissen, noch die nächtliche Bemerkung im Ohr, und außerdem, was hieß Routine. Die DoMa-Blusen, der gemeinsame große Erfolg, kein Grund, es abzutun. Und was die Kleider betraf: Billiggenre und Spitzenqualität paßten nicht zusammen, eigene Räumlichkeiten mußten beschafft werden, Maschinen und Arbeitskräfte. Der Anbau hatte viel Geld gekostet, hundertachtzig Leute warteten jede Woche auf ihren Lohn, bloß nichts überdrehen. »Langsamer treten«, sagte er, »sich Zeit lassen, drei oder vier Jahre etwa«, vernünftige Bedenken, doch die Ereignisse gingen darüber hinweg. Doras Kleider, die sie den Damen vom Tennisklub um die Ohren hauen wollte: Nur noch der Streik in der Textilbranche, und die Produktion kann beginnen, Lady C.,

ihre Nobelmarke. »Selbstverwirklichung mit Luxusfetzen«, wird Julian es auf seinen ganz speziellen Nenner
bringen, wenn der Tag kommt.

Immer sind es die Anfänge. Dora hatte der Fallschirmseide mißtraut auf den ersten Blick, vielleicht, weil sie
spürte, daß damit die falsche Geschichte begann. Und
dennoch, kein Halten mehr, eine Fortsetzung holt die
andere, bis zu Julians endgültigem Nein. »Wir sind
schuld«, wird sie sagen bei dem Versuch, es für Martin
faßbar zu machen, umsonst, er weist jeden Vorwurf
zurück. »Wir haben etwas Neues geschaffen, unser
Sohn tritt es mit Füßen, das macht es nicht schlechter.
Warum falsch? Wärst du lieber im Zeughaus geblieben?« Aber das gehört schon zum letzten Kapitel, und
auch das hat wieder einen Anfang.
Falls man nach der Datierung sucht: Eingeleitet wurde
es im Herbst 1961, als die Firma Jaeckel und Hollmann, unmittelbarer Nachbar von DoMa-Textil,
durch den Streik in der Textilindustrie dicht an die
Pleite geriet. Ein längst fälliger Arbeitskampf vom ge-
werkschaftlichen Standpunkt aus, die Löhne der Näherinnen immer noch unter zwei Mark bei dreiund-
vierzig Wochenstunden, wer wollte so leben. Mehr
Wohlstand auch für Arbeiter, lautete die Forderung,
während die Gegenseite von Rentabilität sprach. Bei
verminderter Arbeitszeit, argumentierte man, müßten
die Bänder schneller laufen, und schon die jetzige Ge-
schwindigkeit führe zu Klagen. Eine Stunde weniger
jedoch bei gleichem Tempo und höherem Lohn ge-
fährde Produktion, Preise und Absatz und damit auch
die Arbeitnehmer, vor allem, weil es genügend Im-

porte gebe aus Billigpreisländern, in denen die Leute
für weniger Geld länger an den Maschinen säßen, acht-
undvierzig Stunden etwa in Italien, wie solle ein deutscher Betrieb da noch konkurrieren. Die Fronten ver-
härteten sich, Schlagworte wie Profithaie und Bonzen
flogen hin und her, und am 2. Oktober standen in drei
Gelsenkirchener Betrieben die Bänder still.
Niemand wußte, warum es gerade diese Firmen, in
denen weder bessere noch schlechtere Bedingungen
herrschten als anderswo auch, getroffen hatte. Eine
von ihnen lag mit den Löhnen sogar an der Spitze,
Schikane, hieß es im Unternehmerverband, Machtde-
monstration, die Gewerkschaft wolle nicht verhandeln,
sondern diktieren. Jeder könne das nächste Opfer sein,
doch in der Gemeinsamkeit liege die Stärke.
Martin, der erfuhr, daß seine Belegschaft fast einstim-
mig für Streik gestimmt hatte, obwohl er längst wieder
über Tarif zahlte und mit Essenszuschüssen, Prämien,
Urlaubs- und Weihnachtsgeld die finanziellen Forderungen bereits erfüllte, ließ Ilse Mulitz kommen.
»Bei einem Streik hier im Haus«, sagte er, »wird die
Lieferung für A & B Knopp nicht fertig. Unser wichtig-
ster Kunde!«
Sie stand vor ihm mit gesenktem Kopf, genau wie damals, als es um das zu schnelle Band gegangen war, nur
schwanger jetzt im achten Monat, das erste Kind mit
vierunddreißig Jahren. Dora hatte nach ihrer Verset-
zung in den Nähsaal kaum mehr das Wort an sie gerichtet, sich vor einer Woche jedoch bei ihr erkundigt,
wann es soweit sei. »Im November. Ich gehe ins Marienhospital«, hatte Ilse Mulitz geantwortet, heftig er-
rötend und in den Augen die alte Ergebenheit.

»Wollen Sie nicht noch einmal mit den Frauen reden?«
fragte Martin. »Die hören doch auf Sie.«

Ilse Mulitz schüttelte den Kopf. »Wenn wir nicht einig
sind, geht es uns in hundert Jahren auch noch nicht
besser.«

»Wenn Sie streiken, wird es Ihnen sehr bald schlechter
gehen«, sagte er.

»Aber Ihnen auch, Herr Chef.« Sie zögerte. »Schließen
Sie doch einen Haustarif ab. Möglichst bald.«

»Soll es etwa losgehen bei uns?« fragte er.

Sie schwieg.

»Heißt das ja?«

»Das heißt gar nichts«, sagte sie. »Ich darf nicht drüber
reden. Aber die Gewerkschaft hat doch Haustarife angeboten.«

»Verschwinden Sie«, sagte er aufgebracht.

Sie verließ das Zimmer, ging über den Flur und an der
Modellabteilung vorbei. Dort kam ihr, noch im Mantel,
Dora entgegen, und als sie fragte, was das Kind mache,
fing Ilse Mulitz an zu weinen, leise zuerst, dann heftiger, und wurde auch noch von solchem Schluckauf
ergriffen, daß Dora sie in die Hausmeisterwohnung
hinaufbrachte und aufs Sofa legte.

»Sie dürfen sich nicht aufregen, das ist schlecht für das
Kind«, sagte sie, griff nach ihrer Hand und wollte
wissen, was denn los sei, wodurch Ilse Mulitz noch
mehr aus der Fassung geriet.

Dora feuchtete in der Küche ein Handtuch an. Sie
füllte einen Becher, wischte Ilse Mulitz das Gesicht ab
und gab ihr zu trinken, und allmählich beruhigten sich
die Gefühle.

Ob sie ihren Mann holen solle, fragte Dora.

»Nicht nötig.« Ilse Mulitz richtete sich auf. »Geht schon. Und übermorgen. Sagen Sie das dem Herrn Chef, übermorgen. Er weiß Bescheid.«

Noch am selben Tag schloß Martin den Haustarif ab, zweiundzwanzig Pfennig Lohnerhöhung, Zweiundvierzigstundenwoche bei Erhalt aller freiwilligen Leistungen, der erste, der die Solidarität der Arbeitgeber durchbrach. Man nahm es ihm übel, nicht lange indessen, Unternehmer lebten nicht von Solidarität, sondern vom Konkurrieren. An dieses Prinzip hatte er sich gehalten, und ohnehin einigte man sich zwei Wochen später zu ebendiesen Bedingungen. Keinerlei Nachteile also für DoMa-Textil. Jaeckel & Hollmann hingegen, einer von den vierzehn Tage lang bestreikten Betrieben, erlitt so starke Einbußen, daß die erst kürzlich angebaute Abteilung für Strand- und Gartenkleider wieder stillgelegt werden mußte.

Der Anbau, unmittelbar an die Crammesche Fabrik grenzend, war komplett eingerichtet, dreißig Maschinen im Nähsaal, modernste Band-, Zuschneide- und Kontrollanlagen. Nur Büglerei, Büro- und Lagerräume befanden sich im Haupthaus des Werkes, was sich als Manko bei dem Notverkauf erwies. Eine einmalige Gelegenheit für Martin, der diese Einrichtungen selbst auf dem Gelände hatte. Er griff zu, und da Jaeckel, dem alleinigen Inhaber der Firma, Konkurs drohte, gelang es ihm, den Preis um zwanzigtausend Mark unter den realen Wert zu drücken. »Zehntausend mehr«, hatte Jaeckel vor dem Abschluß gefleht, ein großer, eleganter Mann und schikanöser Chef. Nun hing er zusammengesunken im Sessel, und Martin sagte: »Entweder so, oder wir lassen es sein«, und

218

die Frage ist, ob er diesen Deal überhaupt in Erwägung gezogen hätte ohne Doras Kleideridee. So viele Vorbehalte bei ihm gegen ihr Projekt, langsamer treten, abwarten, nichts übereilen, und dennoch diese kleine Zündung in seiner Phantasie, eine Hellhörigkeit für Hinweise und Tips. Er fing sie auf, einmal hier, einmal da, so auch an seinem Geburtstag im Herbst, einige Wochen vor dem Streik.

Der fünfunddreißigste, fast eine runde Zahl. Dora hatte nur die alten Freunde eingeladen, Rüdiger und Gernot Hasse mit ihren Frauen, dazu noch den gerade zum zweiten Mal geschiedenen Horst Petrikat aus Frankfurt, solo im Moment. Er war hager geworden, hagerer als in der Hungerszeit, so daß die schwarze Augenklappe ihm etwas Verwegenes gab. Vorteilhaft im Fasching, sagte er, mit Kopftuch und Ohrring sei der Pirat komplett, die Frauen flögen darauf. Etwas laut, seine Erfolgsmeldungen, privat wie beruflich, aber vielleicht ging es ihm wirklich so gut. Giselher, man hatte es vorher gewußt, konnte nicht kommen. Er trieb durch die Welt mit seiner Geige, immer noch allein, und zu so banalen Unternehmungen wie Brautschau, Hochzeit und Geburtstagsfeiern, spotteten die Brüder, habe der Maestro keine Zeit. Jedoch war eine Schallplatte eingetroffen, Bachs Violinkonzert a-Moll, Giselher Hasse und das Edinburgh Chamber Orchestra. »Weißt du noch?« stand in großer, kindlicher Schrift quer über der Hülle.

Acht also am Tisch, beinahe der Kreis aus »Linnes Garten«, neu nur Gernots junge Frau, die in zwei Monaten ihr erstes Kind erwartete, laut Rüdiger doppelt so schwanger wie andere Frauen. Sie stammte aus eben den Kreisen, in denen Gernot sich zielstrebig nach oben bewegte, nicht weit entfernt mittlerweile von der Chefetage einer großen Hamburger Privatbank. Äußerlich sehr maßgeschneidert, besaß er immer noch die gleiche agile Lässigkeit, mit der er sich durch die schwarzen Märkte zwischen Braunschweig und Hannover geschlängelt hatte.

Rüdiger dagegen, der Älteste und über vierzig bereits, war in die Breite gegangen, verschwunden der welsche Charme, doch die melancholische Güte in dem aufgedunsenen Gesicht schien Vertrauen zu wecken, die Patientinnen strömten ihm zu. Vor vier Jahren etwa hatte er eines Abends ohne ersichtlichen Grund zwei Flaschen Wein schnell hintereinander geleert, seitdem trank er und fiel, wenn seine Frau nicht rechtzeitig eingriff, gegen Mitternacht buchstäblich um. Mein Freizeitlaster, nannte er den nächtlichen Alkoholkonsum, tagsüber sei er glasklar, da erledige er die Praxis mit links, fünf Minuten für jeden Krankenschein, Höschen runter, rauf auf den Stuhl, alles in Ordnung, Frau Müller oder auch nicht, und meistens stimme die Diagnose ja auch, nur manchmal übersehe er etwas, und dann sei Frau Müller in einem Jahr vielleicht tot. Zu viele Frau Müllers, daran liege es, doch falls er eine von ihnen nicht hereinlasse, spräche es sich herum, sein Wartezimmer bliebe leer, und er könne die Zinsen für die vielen schönen neuen Apparate und das schöne neue Haus und den schönen neuen Swimmingpool nicht mehr bezahlen. Um es also klarzustellen, er sei kein schlechter Arzt, weil er saufe, sondern er saufe, weil er ein lausiger Arzt sei. Dora hoffte nur, daß er diesen Abend einigermaßen überstehen würde.

Noch war es weit vor Mitternacht, und Gernot hatte gerade eine seiner witzigen Reden gehalten, etwas abgewitzt allerdings, meinte er selbstkritisch, man solle wohl rechtzeitig aufhören, den Clown zu machen, möglichst bevor das Sabbern beginne. Einen Blick seiner Frau auffangend, fügte er vergnügt hinzu: »Cornelie will einen Hanseaten aus mir machen, bringt ihr doch mal bei, daß ich hier Mensch sein darf« und schwelgte angesichts des kalten Büfetts von Feinkost-Tiemann, das Frau Updieke gekränkt ignorierte, in Erinnerungen an die Abiturfete oben im Schloß mit dem von Vikar Hay auf heuchlerische Weise erschlichenen Leipziger Allerlei.

»Das war doch Betrug«, sagte seine Frau. »So etwas darfst du nie dem Kind erzählen«, worauf er Martins Kondome zur Sprache bringen wollte, von Rüdiger jedoch rechtzeitig mit dem Perlentausch unterbrochen wurde, Perlen gegen Penicillin, Doras teuer bezahltes Leben.

»Und dann eure Blusen!« Horst Petrikat schlug sich auf die Schenkel vor Amüsement. »Drei pro Woche! Wieviel sind es jetzt?«

»Etwas mehr schon«, sagte Martin, ein Anstoß für Gernot, sich seinem Fachgebiet zuzuwenden, der sich hoffentlich nicht überhitzenden Konjunktur, zu viel Bares im Umlauf, das könne auf die Dauer nicht gut gehen. »Sachwerte«, sagte er. »Nicht mehr Geld als nötig in der Hand behalten, kluge Leute wissen das.« Horst Petrikat konnte es nur bestätigen. Die Immobilienpreise stiegen, Grundbesitz sei gefragt wie noch nie, und das waren die Worte, die Martin auffing in seiner Hellhörigkeit, Inflation, Rezession, seine geheimen Ängste ohnehin. Die Geschäfte wurden noch schwieriger mit den steigenden Importen, schlecht verarbeitetes Zeug vorerst noch, doch auch im Ausland lernten die Leute dazu.

Hochwertige Ware, überlegte er, während das Gespräch hin- und hersprang, Rüdiger Hasse allmählich in Schweigen verfiel und Gernot so menschlich wurde, daß seine schwangere Cornelie sich entfernte. Exquisite Mode für den deutschen Markt, ein bißchen Paris, ein bißchen Berlin, Dora liegt genau richtig. Unklare Vorstellungen noch, Sandkastenspiele, nicht einmal mit ihr sprach er darüber, bis der Streik seine Spuren hinterließ und ihm der Jaeckeltip zuflog.

Zwanzigtausend Mark gespart, ein guter Kauf und völlig legal, wenngleich er Dora, die den Jaeckelanbau als Produktionsstätte für ihre Kleider sozusagen zu Weihnachten bekam, diese Seite des Handels verschwieg. Sie schäme sich, sagte sie, als sie es schließlich doch erfuhr. Auch er mußte seine übliche Gewissensphase hinter sich bringen, und diesmal nicht nur das. Bei einem Unternehmertreffen verweigerte Jaeckel ihm die Hand, ostentativ und vor aller Augen. Ein Geschäft mit Hautgout, die Branche rümpfte die Nase, doch wieder reinigte der Erfolg die Atmosphäre, Doras Erfolg. Nur in der Familie blieb etwas davon hängen. Es lag an Julian.

Schwierig, dieser fast zwölfjährige Sohn, immer noch das Gegenteil seiner Schwester, deren unkomplizierte Reaktionen und Forderungen jeder verstand. Sie kannte alle Ecken im Betrieb, den Zuschneideraum so gut wie Büglerei und Lager, und im Nähsaal, wo sie kerzengerade und voll kritischer Aufmerksamkeit die

Handgriffe der Frauen verfolgte, manchmal auch mit
schriller Kleinmädchenstimme kommentierte, sprach
man von ihr als Fräulein Junior. Martin hatte seine
Freude daran, Freude an der Tochter, Sorge dagegen
um den Sohn, der, in Büchern und Bildern beheima-
tet, keinerlei Interesse an seinem künftigen Wirkungs-
kreis zeigte. Die Neuauflage der alten Geschichte. »Bist
du überhaupt ein Mann?« hatte vor Jahren ein anderer
Vater gefragt, seltsam, daß Martin die Worte vom Breiten Weg nicht im Ohr klangen, wenn Julian seine Be-
lehrungen mit zusammenzogenen Schultern über sich
ergehen ließ.

Andererseits konnte Julian, während Verena an den
Kapriolen der deutschen Rechtschreibung litt, leider
auch am Einmaleins, bereits nach der dritten Klasse ins
Alte Buersche Gymnasium hinüberwechseln, ein Ergebnis zweifellos seiner Leselust. Nichts also gegen die
Bücher einzuwenden, abgesehen davon, daß er ihre
gedruckten Botschaften so völlig als bare Münze nahm,
Gerechtigkeit, Wahrheits- und Nächstenliebe, Selbstlo-
sigkeit, all diese wunderbaren Utopien, die auch am
Crammeschen Familientisch hoch in Ehren gehalten
wurden.

Martin sah das, was er Julians Verstiegenheit nannte,
mit Sorge und fing vorsichtig an, die moralischen Ma-
ximen zu relativieren. Denn nicht nur, daß Julian,
durch Frau Updieke und seine Bilderbibel im Neuen
Testament bewandert, alles, was er besaß, mit ärmeren
Kindern teilen wollte und das gleiche von Verena verlangte, auch der elterliche Wohlstand beunruhigte ihn,
vor allem die Fabrik, in der Mütter von Mitschülern
arbeiteten. Mühevoll, ihm das Gefälle plausibel zu ma-

chen und nicht ganz klar, ob es gelang, aber er werde, meinte Martin, von selbst auf die Grenze zwischen Ideal und Leben stoßen.

Seine erste Lehre hatte er schon gleich im Gymnasium hinnehmen müssen, als er, um den Prügelknaben der Klasse von ständigen Quälereien zu erlösen, den Lehrer informierte, mit dem Ergebnis, daß sein Schützling sich der rachsüchtigen Mehrheit anschloß und alle gemeinsam über Julian herfielen. Verdreckt, aus der Nase blutend und weinend vor Enttäuschung erschien er in der Erlestraße. Frau Updieke, die ihn mit Kakao und Schlagsahne zu trösten suchte, gab ihm den Rat, beim nächsten Mal als erster loszuschlagen, nichts für Julian, und auch die abendliche Lektion seiner Eltern zum Thema Kompromisse und Überlebensstrategien schien ihn nur noch mehr zu verwirren.

»Sind die Menschen denn so schlecht?« wollte er am Ende wissen. Was sollte man darauf sagen? Keiner ganz gut, Kind, keiner ganz schlecht, im Durchschnitt jedenfalls, erwarte nicht zuviel, sei nicht zu enttäuscht, richte dich ein, und bei der nächsten Frage, ob man die Schlechten denn nicht bekämpfen müsse, zuckte Dora vollends zurück. Welche Antwort hatten Mütter den Opfern in diesem Kampf gegeben? Und wie wollte sie ihren Sohn auf den Weg schicken? Als Ritter gegen Tod und Teufel? Als einen, der durchkam?

»Du mußt versuchen, ein anständiger Mensch zu werden«, sagte sie hilflos. Er hatte genickt, doch in seinem Gesicht stand zu lesen, daß diese Auskunft noch nicht genügte.

»Ihr beide seid doch auch anständige Menschen?« fragte er. Sie nahm ihn in den Arm, die letzte Rettung immer, wenn gemeinsame Furcht sie verband. »Ich hoffe, Julian.«

»Ehrenwort?« Sie nickte, und er glaubte ihr. Warum sonst hätte seine Welt zusammenfallen sollen bei dem Jaeckel-Deal.

Eigentlich brauchte man sich nicht darüber zu wundern. Zeichen hatte es genug gegeben, auch ein Vorspiel, überraschend in Szene gesetzt von dem ehemaligen Major Crowler-Smith, der eines Morgens vor Martins Schreibtisch stand, makellos in Flanell und Tweed, einen Burberry über den Arm und, von grauen Strähnen abgesehen, ziemlich unverändert.

»Hallo!« sagte er, auch das Lächeln so mokant wie ehedem in Wolfenbüttel.

»Well«, murmelte Martin. Sein Mund wurde trocken, eine Schrecksekunde, dann zeigte er auf den Sessel, wortlos, er wartete. Mr. Crowler-Smith zündete sich eine Zigarette an, schlug die Beine übereinander und ließ die Blicke wandern, von den Büromöbeln aus Nußbaum zu den Lastwagen draußen im Hof.

»Sehr eindrucksvoll das alles«, sagte er, um sogleich ohne Umschweife den Grund seines Besuchs darzulegen, die kümmerlichen Zahlungen nämlich auf sein Konto, drei bisher, die letzte vor sechs Jahren, ein Witz geradezu, wenn man die Fabrik hier betrachte.

»DoMa-Textil!« Er nickte anerkennend. »Sie sind ein tüchtiger Mann, Martin, darum habe ich in Sie investiert. Aber halten Sie mich bitte nicht für einfältig. Ich habe Ihnen Zeit gelassen, jetzt will ich mein Geld.«

Martin lehnte sich zurück, die Arme verschränkt wie früher der Major hinter seinem Schreibtisch, ein Vergnügen, ihm die Tür weisen zu können.

»Ich habe auch investiert. Jeder Pfennig steckt im Betrieb, Mr. Crowler-Smith.«

»Nennen Sie mich Dennis.« Es klang wie die Konversation in einem Boulevardstück. »Und wirklich, Ihr Haus ist bezaubernd. Ich bin ein bißchen herumgefahren und habe es mir angesehen. Sehr geschmackvoll. Entschuldigen Sie die indiskrete Frage, aber wer hat das bezahlt?«

»Meine Frau«, sagte Martin. »Von ihrem Erbe. Alles nachweisbar, Dennis.«

»Eine Erbin, die Dame?« fragte Crowler-Smith spöttisch, und Martin, im gleichen Ton: »Ja, in der Tat. Sie gehört zum Haus Suyme. Die Grafen Suyme. Nachweisbar, aber ich weise nichts nach, und Sie bekommen keinen Pfennig mehr. Sie haben schon viel zu viel bekommen.«

Es gebe einen Vertrag, sagte Crowler-Smith etwas schärfer, worauf Martin das Wort Erpessung gebrauchte, er habe einen Zeugen, den ehemaligen Dolmetscher Petrikat, der jederzeit beschwören könne, wie ein Major der Militärregierung seine Position mißbraucht habe. Ob man sich in London darüber freue, sei dahingestellt.

Er stand auf, doch Crowler-Smith machte keine Anstalten, das Gespräch zu beenden. »Immer noch der naughty boy, wie? Ich habe damit gerechnet. Also gut, geben Sie mir zwanzigtausend, dann ist die Sache erledigt.« Er griff in die Tasche und hielt ihm ein Blatt Papier hin, der Vertrag, Martin erkannte seine Unterschrift. »Seien Sie fair. Hätten Sie dies alles hier ohne mich?«

Er machte eine etwas theatralische Handbewegung,

und Martin mußte lachen. So absurd das ganze. Ein englischer Major, ein Junge in abgerissener Wehrmachtsuniform, ein bißchen Fallschirmseide, und als Ergebnis die Fabrik mit hundertachtzig Leuten. Glück, er hatte Glück gehabt, er wollte dafür bezahlen.

»Zehntausend«, sagte er, »und tausend Mark Spesen«, ein zusätzlicher Affront, doch Crowler-Smith überhörte ihn. Ein kleiner Witz über Geld und Moral, ein Gang zur Buchhaltung, und mit dem Scheck in der Hand bedauerte er, Dora nicht wiedergesehen zu haben bei dieser Gelegenheit, die reizende Miß Dankwart. Könne man nicht irgendwo einen Drink zusammen nehmen? Er bliebe ohnehin über Nacht in der Stadt.

»Essen Sie mit uns zu Abend«, sagte Martin, der Himmel wußte warum, aus Erleichterung möglicherweise, vielleicht auch, weil er ihm vorführen wollte, wie der Bittsteller von einst jetzt lebte. Ein Fehler jedenfalls, wie sich zeigen sollte, obwohl der Abend amüsant verlief mit Crowler-Smiths englischen Jokes und den skurrilen Figuren seiner Schul- und Militärschwänke, in überraschend gutem Deutsch dargeboten, so daß auch die Kinder lachen konnten. Außerdem verstand er zu zaubern, Münzen, Spielkarten, Taschentücher tauchten auf und verschwanden, nur das angekündigte Kaninchen wollte nicht erscheinen. Julian hing an seinen Lippen, und bevor man ihn und Verena zu Bett schickte, fragte er den Gast, wann er wiederkomme.

»Niemals«, sagte Crowler-Smith. »Ich wohne in England.«

»Und warum sind Sie diesmal hergekommen?«

Crowler-Smith lächelte. »Dein Vater hatte mir etwas versprochen, und das wollte ich mir holen.«

»Und jetzt nehmen Sie es mit nach England?« fragte Julian.

»Nein«, sagte Crowler-Smith, »er hat sein Versprechen nicht gehalten.«

»Seien Sie still!« rief Martin.

»Aber warum denn? Ein empfindsamer Junge, gut, wenn er Bescheid weiß.« Damit stand er auf, bedankte sich für das Essen, köstlich, die deutsche Küche, und wünschte eine gute Nacht.

»Sie sind ein schlechter Mensch«, sagte Dora auf deutsch, weil Julian es verstehen sollte. Es nützte so wenig wie der Versuch, ihm die dubiosen Balanceakte jener Jahre in Wolfenbüttel nahezubringen, die Nichtigkeit der erpreßten Unterschrift. Er sah nur das gebrochene Versprechen und seinen Vater mit der gespaltenen Zunge.

Dieses verschlossene Kindergesicht, kein Zutritt, nicht für dich. Bisher hatte Martin das, was er Doras Julian-Syndrom nannte, als Marotte belächelt, die Glucke und ihr Küken, daß sich der Hut entwinden und eigene gefährliche Wege gehen wird. Doch jetzt spürte er die gleiche Angst. Verena war ihm immer entgegengelaufen, Julian wartete, daß man ihn rief. Vielleicht hätte er ihn öfter rufen sollen. »Wenn du groß bist«, sagte er, »wirst du verstehen, warum ich dieses Versprechen nicht gehalten habe, ganz bestimmt.«

Etwas in der Stimme schien Julian erreicht zu haben. Er hob den Kopf, plötzlich schlang er die Arme um Martins Hals. Eine Chance für ihn, für beide. In den Sommerferien auf Sylt, dem ersten großen Familienurlaub,

versuchte Martin, ihm etwas von dem zu geben, was er
schuldig geblieben war während der hektischen Auf-
baujahre, nicht nur an Zeit. Frühmorgens, Dora und
Verena schliefen noch, suchten sie Muscheln an der
Flutkante zwischen Westerland und dem Roten Kliff
oder fuhren mit ihren Leihrädern zur Ostseite, um die
Sonne hochsteigen zu sehen, und wenn sie auf einer
angeschwemmten Kiste saßen, Mövenschwärme in der
Luft, darunter die glitzernde Weite des Watts, konnte
es vorkommen, daß die Vatermaske abfiel. Das Kind
von früher stand da, Martin Memme, wurde in die
kalte Brandung gezwungen, mußte vom Dreimeterbrett springen, allein durch den dunklen Oderbruch
laufen, und die Angst wurde noch größer.

»Das warst du?«

»Ein weiter Weg von damals nach heute«, sagte Martin,
und Julian wartete auf das übliche »du wirst es auch
noch merken, mein Sohn«. Doch diesmal, spürte er,
meinte sein Vater nur sich selbst. Und dann der Regen-
tag, an dem er ihm unten in der Hotelhalle zeigte, was
Läufer, Springer, Türme vermögen im Kampf um den
König, dabei aber anfing, von Dr. Beyfuhr zu sprechen, von seiner weltfremden Güte, und wie er für ihn,
den schlechten Futterverwerter, beim Bauern in
Adersheim Brot und Kartoffeln beschafft hatte.

»Du?« fragte Julian wieder.

Doch, es war eine Chance, und sie wurde vertan.

Der Gedanke, daß die Kinder nichts von dem Jaeckel-
deal erfahren würden, war illusorisch bei den Buerschen Verflechtungen quer durch Fabriken, Zechen,
Geschäfte und Ämter, dem Klatsch und Tratsch, der ir-

gendwann auch in die Erlestraße zu gelangen pflegte, durch Frau Updieke meistens, die sich auf ihre zutunliche Art in dem Gespinst eingenistet hatte. Und diesmal gab es sogar einen direkten Weg, von Sohn zu Sohn gewissermaßen. In Julians Parallelklasse nämlich saß Bernhard Jaeckel, klein geraten, etwas mickrig, jemand, der Kontroversen lieber mied. Doch eines Tages nach Schulschluß, als Julian nach Hause fuhr, zwang er ihn durch Rempeleien vom Rad.

»Dein Vater ist ein Lump«, sagte er, so kam es heraus. Mittagsstille in der Cranger Straße, der Winterhimmel schwer von Schneewolken, die kahlen Äste bogen sich im Wind.

Jaeckels Sohn forderte zum Duell im Park, doch Julian bestand darauf, erst seinen Vater zu hören.

»Morgen«, sagte er, entschlossen, die Diffamierung zu rächen. Es wurde ihm verwehrt. Am Abend erfuhr er, daß Bernhard Jaeckel ein Recht auf das Schimpfwort besaß.

Ausgerechnet an diesem Abend. Martin hatte eine Flasche Henkell trocken entkorkt und sogar die Gläser der Kinder zur Hälfte gefüllt, um auch mit ihnen auf den guten Ausgang der Kubakrise anzustoßen, den Abtransport der russischen Raketen, das Ende der amerikanischen Blockade und der Angst vor einem neuen Krieg. »Die machen bei uns Hiroshima, und wir kriegen nicht mal ein Grab«, hatte Frau Updieke prophezeit, dessen ungeachtet aber große Mengen Lebensmittel gehamstert, Speckseiten, Kanister mit Öl, Haferflocken, Zucker, Konserven, ein Vorrat, der sich gegebenenfalls auch ungekocht verzehren ließe und nun, seines Zwecks beraubt, ein neues Problem bildete.

»Jetzt müssen wir Müsli essen«, jammerte sie, »aber ist
ja immer noch besser als Krieg«, und alle lachten, Müsli
statt Krieg, die Zukunft hatte ihren Schrecken verloren. Nur Julian nahm nicht teil an der Fröhlichkeit.
Stumm saß er da und wartete, bis der Tisch abgeräumt
und Frau Updieke verschwunden war. Bettzeit eigentlich, doch erst noch mußte er die notwendige Frage
stellen und die Antwort hören: Ein ganz normales Geschäft, das könne er dem jungen Jaeckel ausrichten.
Julian sah Dora an, krampfhaft bemüht, die Tränen
zurückzudrängen. »Warum habt ihr so was getan?«
»Laß deine Mutter aus dem Spiel, sie hat nichts damit
zu tun«, rief Martin irritiert und gab ihm den Rat, erst
einmal trocken zu werden hinter den Ohren, bevor er
sich in solche Dinge einmische, und was Jaeckel be-
träfe, diesen Leuteschinder, der hätte ihm im umge-
kehrten Fall das letzte Hemd ausgezogen, und Schluß
jetzt.
»Du bist auch ein schlechter Mensch«, sagte Julian. Er
sah Doras Gesicht vor dem bunten Sesselbezug und
Verena, die ihre Arme um Martin warf. Das Kamin-
feuer brannte, die Lyra-Uhr schlug neun. Alles war wie
immer, doch nichts würde je wieder so sein, und am
nächsten Tag ließ er sich von Jaeckels Sohn verprü-
geln, ohne die Hand zu heben.
Dora hatte noch lange an seinem Bett gesessen, in dem
Zimmer mit den vielen Schiffen an der Wand, Fotos,
Plakate, Zeichnungen, Schiffe, seine Liebe, seitdem er
im Hamburger Hafen gewesen war und draußen an
der Elbe, wo die mächtigen metallenen Leiber vorbei-
zogen, langsam und stetig auf ihrem Weg in eine ufer-
lose Weite, die auch er schon befahren hatte mit den

Schiffen der Phantasie. Er war fast so groß wie Dora inzwischen, ein magerer, hochgeschossener Junge, doch das Gesicht begann die kindlichen Rundungen zu verlieren. Bald würden die Schiffe von der Wand verschwinden, die Tröstungen seiner Mutter ihm nicht mehr weiterhelfen.

»Vaterpflichten!« sagte Martin, als sie später neben ihm lag. »Soll ich vor jedem Abschluß erst mit meinem Sohn verhandeln? Aber er wird sich noch ändern.«

»Vielleicht auch nicht«, sagte Dora.

Er richtete sich auf und wollte wissen, was man denn machen solle. Als heiliger Martin könne er keine Fabrik leiten heutzutage, dann hätte er auch damals in Wolfenbüttel keinen Kaffee verkungeln dürfen, und Paulus mit seinem reinen Herzen wäre verhungert. »Ich bin doch nicht schlecht«, sagte er, trostbedürftig wie Julian, »versteh mich doch.« Sie nahm ihn in die Arme, zu Wohlstand kommen und gut bleiben, hatte Frau Updieke ihr schon vor Jahren gesagt, passe nicht zusammen, und auf die Nacht folgte der Tag, die Arbeit am Nordring drängte, man lebte nicht in Wolkenkuckucksheimen.

Die erste Lady C.-Kollektion, schon im März nächsten Jahres bei der Düsseldorfer IGEDO präsentiert, wurde der Messeschlager. »Dora Crammes raffiniert geschnittene Futteralkleider«, schrieb eine prominente Kolumnistin, »haben jenes Flair, das wir bei der deutschen Mode bisher vermissen mußten, Eleganz und Sexappeal. Ihre Kleinen Schwarzen, am Bügel schlicht wie Gewänder für Klosterschülerinnen, könnten in braven Muttis Femmes-fatale-Gefühle erwecken, und auch die sündhaft teuren Cocktailträume aus Lamé,

Seidenbrokat und schwingendem Chiffon sind ihren Preis wert, wer zahlt nicht gern für eine schöne Illusion.« Journalistische Übertreibung sicherlich, doch der Artikel, allenthalben nachgedruckt, trieb die Aufträge schon während der Messe weit über die Kapazität von Doras Abteilung hinaus.

Ein Glücksfall zu diesem Zeitpunkt, Befreiung von Ungewißheit und Zukunftsängsten. Beim letzten abendlichen Weg vom Ausstellungsgelände zum Hotel griff sie nach Martins Arm und zog ihn in den Weihrauchduft einer Kirche, durch deren geöffnetes Portal das Murmeln der Spätmesse nach draußen drang. »Was soll das?« fragte er. »Bist du katholisch geworden?« Sie ließ ihn stehen und zündete am Tisch neben dem Altar zehn Kerzen an, »mein Opfer für die Götter«.

»Für das goldene Telefon des Papstes«, sagte Martin mit protestantischem Trotz, doch wie auch immer, es gab Gründe, Kerzen anzuzünden, im Gedenken etwa an Herrn Hufnagel, den Mentor und Förderer, der innerhalb schrecklich kurzer Frist durch eine Erkrankung der Bauchspeicheldrüse aus seiner schwadronierenden Lebensfülle geholt worden war, vor allem aber, weil die geschäftlichen Folgen dieses Verlustes nun durch Lady C. ausgeglichen werden konnten.

Sein Nachfolger nämlich bei A & B Knopp, ein kühl rechnender Anhänger von Billigimporten, hatte Do-Ma-Textil von einem Tag zum andern die Zusammenarbeit gekündigt, der schlimmste Schlag seit Bestehen der Firma. Aufs Gesicht gefallen, hieß dergleichen im Branchenjargon, Cramme ist endlich mal aufs Gesicht gefallen. Die Konkurrenz, es ließ sich nicht leugnen, frohlockte, und Martin sah in schlaflosen Nächten stillstehende Bänder vor sich, einen leeren Nähsaal, den Gang zum Konkursgericht. Alles zu früh, Schadenfreude wie Panik. Mit den Kleidern ließen sich die Ausfälle zumindest notdürftig überbrücken, solange, bis Martin neue Kunden herangeholt hatte. Die Sache ging zwar nicht ohne Verluste ab, doch niemand mehr brauchte um seine Arbeit zu bangen, »unser Chef«, ermahnte Fräulein Frohmann die erleichterten Näherinnen, »läßt uns nicht im Stich, daran sollten Sie auch manchmal denken«.

In der Kleiderabteilung mußten, nachdem die Blusenproduktion wieder auf vollen Touren lief, die Maschinen so eng wie möglich zusammengerückt werden, und die Zuschneiderei wanderte, um Platz für die Fertigung zu schaffen, ins Haupthaus hinüber. Lady C., der Renner des Modewinters, auch dank der Illustrierten, die sich nach dem Pressewirbel bei der IGEDO auf Dora gestürzt hatten, Dora am Zeichentisch, beim Abstecken und Anprobieren, inmitten ihrer Kollektion oder auch zu Hause am Kamin, und darüber so törichte Titel wie »Eine Frau, die Paris zum Zittern bringt.« Daß im November, anschließend an die Herbstmesse, sogar der Repräsentant einer Kaufhauskette in Buer erschien, um über künftige Lieferungen zu verhandeln – größere Posten unter eigenem Markennamen und zu Sonderkonditionen doch ohne Abstriche an der Qualität –, setzte ein Zeichen für das Ende der Nachkriegsphase.

»Seit achtzehn Jahren Frieden, gnädige Frau«, sagte er beim gemeinsamen Mittagessen im Restaurant von Schloß Berge. »Die Leute sind satt, haben ihre Blößen bedeckt und ein Dach über dem Kopf. Jetzt müssen wir ihnen zeigen, daß es auch noch etwas anderes gibt. Das Schöne, das Edle, den Luxus.« Herrn Hufnagels einstige Prophezeiung, nun von der Wirklichkeit eingeholt in Gestalt des Herrn Wiebersdorf aus Köln. Werner Wiebersdorf, WW für die Kollegen, wie man zwischen Suppe und Rehrücken erfuhr, mit Abkürzungen müsse er leben, nichts dagegen zu machen, und WW sei immer noch besser als das schreckliche WWchen zu Schülerzeiten. Ein verhältnismäßig junger Mann für diesen Posten, Jahrgang 34, so berichtete er freimütig, in einer westfälischen Kleinstadt aufgewachsen und nahrhafte Großeltern im Nachbardorf, also nicht viel mitbekommen vom Krieg undsoweiter, daher auch der schnelle berufliche Aufstieg.

»Ich soll den Muff aus den Regalen bringen«, sagte er. »Die älteren Kollegen schaffen das nicht, die stehen immer noch mit einem Bein in der Vergangenheit und halten Lachs statt Bückling für Sünde. Anwesende natürlich ausgeschlossen, gnädige Frau, deswegen bin ich ja hergekommen.« Er besaß eine angenehme Stimme, sogar etwas Ironie darin, die sich aber wohl eher dem kleinen heiseren Unterton zuschreiben ließ als irgendwelchen Vorbehalten seinem Auftrag gegenüber. Mit dem dunkelblauen Cheviotanzug, der blaugelb-gestreiften Krawatte nebst den farblich darauf abgestimmten Socken wirkte er wie eine leibhaftige Verkörperung der Luxustheorie, und offensichtlich liebte er, was er kaufen und verkaufen sollte. Die Art zumindest, wie er nach dem Essen noch einmal die Kleider zu sehen verlangte, sie vom Bügel nahm, den Stoff durch die Hände gleiten ließ, sprach dafür. »Wenn man Sie kennt, versteht man, warum Sie so schöne Dinge pro-

235

duzieren«, hatte er zum Abschied gesagt, und Dora war tatsächlich rot geworden.

Jedenfalls sehr ergiebig, der Besuch. »Natürlich ist er ein kleiner Fatzke«, sagte Martin, dem es gelungen war, auch seine Blusen in die neue Partnerschaft einzubringen. »Aber Recht hat er. Luxuswelle, und DoMa-Textil mal wieder ganz vorn.« Er saß in Doras Zimmer, Spätnachmittag, Manöverkritik, und die Selbstverständlichkeit, mit der er sich den Erfolg einverleibte, ärgerte sie. Was nützte das beste Design ohne eine kompetente Geschäftsführung, hatte er dem anfänglich mehr Dora zugewandten Wiebersdorf erklärt, ein Hinweis darauf, wo die Entscheidungen fielen. Während die Herren sich Zahlen und Terminvorschläge zuwarfen, hatte sie in stummer Erbitterung das Dessert gelöffelt, und nun, zwischen ihren Entwürfen, Stoffmustern, Modellen schwappte der Ärger über.

»Bis wann könnte die Kaufhauskollektion fertig sein?« fragte Martin.

Sie zuckte mit den Schultern.

»Irgendwann«, sagte er, »müssen wir wohl anbauen bei Lady C., nächstes Jahr vielleicht. Bis dahin müssen wir Spätschichten fahren. Rede mit den Frauen, es gibt Sonderprämien, dafür sind sie ja immer zu haben.«

»Ich auch«, sagte Dora, den Blick auf einem roten Cocktailkleid, das Herrn Wiebersdorf endgültig überzeugt hatte, reinseidener Chiffon, der Tellerrock strahlenförmig mit schwarzen Pailetten besetzt, »und ich will endlich mein Gehalt bekommen, ab nächstem Monat, sonst bleibe ich zu Hause.«

Mein Gehalt, ein Reizwort für beide, seit Jahren immer wieder auf den Tisch gebracht und weggeredet.

»Wozu?« fragte er auch diesmal. »Lasse ich mir etwa ein Gehalt auszahlen? Ich entnehme aus der Firma, was nötig ist, Schluß, basta.«

»Deine Sache«, sagte sie.

»Und du kannst dir ebenfalls alles kaufen, vom Strumpf bis zum Auto, wozu also die Formalitäten.« Das alte Argument, noch nie hatte er ihre Ausgaben kritisiert oder auch nur erwähnt. Sie wußte es und fand sich ungerecht, doch es lag etwas in der Luft an diesem Tag, irgendein Keim, der Aufsässigkeit provozierte. Ob er sich etwa großzügig vorkäme, wollte sie wissen. Gelegentlich schon, sagte er, prompt in die Falle tappend, und sie konterte wie seinerzeit Ilse Mulitz: nicht Gnade, sondern Recht.

Die Debatte ging weiter, und keiner verstand den anderen. Schließlich gab Martin nach, diesmal er, nicht Dora. Ein Sieg? Doch, ein Sieg, aber janusköpfig.

Die erste Zahlung wurde noch im November überwiesen. Sie holte den Auszug selbst von der Bank und hob fünfhundert Mark ab, nicht aus Notwendigkeit, nur zum Spaß. Ein eigenes Konto, eigenes Geld. Albern geradezu, dieses Gefühl von Stolz bei der Chefin von DoMa-Textil.

»Das liegt uns im Blut«, behauptete Frau Updieke, die sie als einzige antraf in der Erlestraße. »Weil wir seit Adam und Eva immer alles umsonst machen. Früher in Stettin, mein Essen zu Hause, da konnte ich die schönsten Sachen hinstellen, hat kein Hahn nach gekräht, aufessen und weg. Aber wenn ich für Geld gekocht habe, war es was wert und ich auch. Arbeit ohne Lohn ist ein Dreck.«

Sie tranken Kaffee zusammen wie früher in der

Krumme Straße, nur daß die chromblitzende Einbauküche wenig zu tun hatte mit Wally Kußmunds zusammengewürfeltem Zeug. Martin führte Kunden aus und Julian war, wie häufig in letzter Zeit, bei einem Mitschüler zu Besuch, Uwe Madra, Bergmannssohn und Nachbar der alten Kulowskis in der Wilhelmstraße, wo man, wie Dora von Ilse Mulitz erfuhr, Julian nach anfänglichen Vorbehalten akzeptiert hatte, ein anständiger Junge sozusagen, trotz seiner Herkunft. Wenigstens sitzt die Mutter nicht bei uns am Band, dachte Martin, wenn Julian begeistert von den Ziegen und Kaninchen hinter dem Madrahaus erzählte, während Verena behauptete, Uwe rieche nach Stall.

An diesem Nachmittag steckte sie, Frau Updieke meldete es mit Besorgnis, schon wieder im Ballettstudio. Sie galt als Talent, zumindest unter Fräulein Kraskajas sonst eher schwerfälligen Schülerinnen, und wurde bereits zum dritten Mal für die jährliche Weihnachtsaufführung im Schauburgsaal gedrillt. Flausen jedoch brauchte man bei ihr kaum zu befürchten. Zwar streckte sie den Hals nach Ballerinenart, trug auch das blonde Haar, stilgerecht zum kleinen Dutt gedreht, mitten auf dem hocherhobenen Kopf und verstand es, beim Schlußapplaus so professionell zu knicksen, daß die Zuschauer noch lauter jubelten. Von einer künftigen Bühnenkarriere indessen war, nachdem Martin ihr die Gagen der Tänzerinnen am Gelsenkirchener Theater vorgerechnet hatte, nur noch selten und sehr vage die Rede, zur allgemeinen Erleichterung, obwohl soviel kindlicher Realismus nicht weniger geheuer schien als Julians bizarre Moral.

»Wächst sich alles zurecht«, sagte Frau Updieke, die,

was die Kinder betraf, erfreuliche Eigenschaften als verbrieft nahm, bei anfechtbaren hingegen auf die Entwicklung setzte. »Und verläppern Sie Ihr Gehalt bloß nicht im Haushalt, Frau Dora, das soll man alles schön Herr Martin bezahlen.«

»Er nimmt es mir übel«, sagte Dora.

Frau Updieke füllte ihr noch einmal die Tasse und goß einen kleinen Schuß Rum in den Kaffee. »Sie sehen so durchgefroren aus«, sagte sie. »Das hilft. Und viel hat er Ihnen bis jetzt ja nicht übelnehmen müssen.«

»Sie sind so ein Trost, Uppi.« Dora strich über den faltigen Handrücken mit den großen, braunen Altersflecken. »Das kann ich nie gutmachen.«

»Lassen Sie mich man nicht allein sterben«, sagte Frau Updieke, ihre ständige Redensart, seitdem sie siebzig geworden war.

Am nächsten Tag rief Dora Gernot Hasse an, richtete ein Konto bei ihm ein und überließ es seinem Geschick, das Beste aus ihrem Geld zu machen. Nicht, daß sie schon an Rücklagen dachte. Es freute sie nur, die Summe allmählich wachsen zu sehen, eine Art Beweis für das, was sie im Wechsel von Jahreszeiten und Moden aus ihrer Phantasie holte, in Kleider verwandelte und wieder aus den Augen verlor. Dennoch, Martins Instinkt hatte nicht ohne Grund gegen die finanzielle Unabhängigkeit seiner Frau rebelliert, und wann immer er nach den Quellen der Krise suchte, die Cramme-Krise, Gelsenkirchens so ergiebiger Skandal gegen Ende der sechziger Jahre, sah er Dora vor sich mit ihrer Forderung, die neue aufsässige Dora, nicht mehr das Mädchen aus dem Zeughaus, dessen Schutzbedürftigkeit ihn stark gemacht hatte. Jaeckels Rache, dachte er, diese verdammten Kleider, und möglich, daß sie ohne Rückendeckung durch Lady C. nie gewagt hätte, wieder das eigene Gesicht zu zeigen. Obwohl, schon der Pole auf dem Adersheimer Feldweg hatte sie eine Löwenfrau genannt, und wer kann dauernd unter einer Maske atmen.

Ein langsamer Prozeß im übrigen, weder Absicht noch Strategie dahinter, sie wollte ja glücklich sein, eine glückliche Frau in einer glücklichen Ehe, so wie auch Martin ohne Vorsatz und Plan handelte, als die Illusionen bröckelten, jeder verfangen in seiner Haut, es lief einfach ab.

Zuerst verstand sie nicht, was es bedeutete, diese Einmischung in ihr Ressort, die Auswahl der Stoffe zum Beispiel, bisher allein ihre Entscheidung. Jetzt jedoch, wenn sie bestimmte Farbnuancen und Qualitäten ordern wollte, setzte er die Preisvorteile anderer Fabrikanten dagegen, kalkulatorische Argumente gegen ihre ästhetischen, zum Schaden dieses oder jenes Modells, wie sich herausstellen sollte, und forderte, die Grenzen immer weiter steckend, auch noch Mitspracherecht in Fragen der Schnitte, Verarbeitung, Vielfalt der Kollektionen. Sie fügte sich, begehrte auf, gab wieder klein bei, ein tägliches Vor und Zurück, bis der Knöpfe- und Schlingenkrach ihm eine neue Niederlage brachte, jedenfalls sah er es so.

Es lohnte sich nicht in diesem Fall. Reißverschluß oder Knöpfe und Schlingen, beides hätte gepaßt zu dem aprikotfarbenen Seidenkleid, weder das eine noch das andere die Firma ruiniert. Doch bei Martins viel zu lautem Protest – »Knöpfe und Schlingen, so ein Unsinn!« – erkannte Dora plötzlich, was hinter dem Kleinkrieg in diesem Winter stand, und so wurde die Entscheidung ausgetragen.

Es wäre schöner, erklärte sie, eine Antwort, über die er lachen mußte, wieso bitte sehr Knöpfe und Schlingen schöner seien, kein vernünftiger Mensch arbeite heutzutage noch mit solchem Aufwand. Dior allenfalls, aber man müsse ja nicht unbedingt Dior spielen bei Lady C..

»Es gehört zu dem Modell«, sagte sie.

»Warum?« wollte er wissen. »Kannst du mir das erklären?«

»Ich habe es so entworfen«, sagte sie, und als er die Reißverschlüsse ins Feld führte, Reißverschlüsse, billig und praktisch zugleich, schlug sie zurück: Ihre Kleider seien weder billig noch praktisch, und falls das die Kalkulation störe, sollte man Lady C. abtrennen von DoMa-Textil. »Ich könnte den Betrieb ebensogut allein führen.«

Gesagt und bereut zugleich. Schon nachts versuchte sie es wieder gutzumachen. »Ich will dich nicht verletzen, ich will nur meine Arbeit tun, die Kleider stimmen, der Umsatz stimmt, warum mußt du mich ducken.«

»Du hast dich so verändert«, sagte er.

Es kam wie ein Hilferuf. Erschrocken griff sie nach seiner Hand. Er wandte sich ab, und nun geschah etwas, das gegen alle Ordnungen ihrer Nächte verstieß. Allein Martins Sache, den Anfang zu machen, ein festgefügtes Ritual, das rollende R zuerst, Dorrra, dann das Spiel mit ihrem Körper, den er beherrschte, aus der Reserve locken, zur Stille bringen konnte, und von ihr nur das Echo, leise, kein Wort zuviel, nicht die Grenzen verletzen. Doch nun war sie es, die sich an ihn drängte und die Signale gab, komm doch.

»Laß das.« Er schob ihre Hand weg, bevor sie den wahren Grund erkannt hatte, »du brauchst nicht auch hier noch das Kommando zu übernehmen«. Sie zuckte zurück, ein für allemal sozusagen, ein Mißverständnis auf beiden Seiten, aber wie sollte es auch anders sein, so wortlos, wie ihre Liebe immer gewesen war. Sie hat mich impotent gemacht, er will mich erpressen, Gedanken, die nebeneinander herliefen.

Am nächsten Morgen putzten sie sich die Zähne an dem doppelten Waschbecken, frühstückten mit den Kindern, besprachen die Erfordernisse des Tages, fuhren gemeinsam zum Nordring. Nichts mehr von den Gespenstern der Nacht, auch die Liebe fand wieder statt, irgendwann, seltener allerdings und hastig, keine Zeit mehr für lange Signale. Manchmal war es so, als tanze jeder in einem anderen Raum.

»Nun ja, Veränderungen, wir alle haben uns verändert, aber wenn du mich fragst, es liegt am Zahn der Zeit«, sagte Gernot Hasse. »Seit 1946 seid ihr am Werke, achtzehn Jahre, stell dir das vor! Was erwartest du nach rundgerechnet tausendmal? Doch wohl nicht mehr das große Juhu!«

Er wurde vierzig, ein imposantes Fest stand bevor. Martin war einen Tag früher angereist, um seine Meinung über neue Kredite für Doras Abteilung zu hören, Ratschläge, denen man vertrauen konnte, denn Gernot, so gewieft er sonst die Interessen seiner Bank hütete, vergaß nie das Gebot der Freundschaft.

Sie gingen am Alsterufer entlang, die Harvestehuder Seite mit den alten Villen hinter Büschen und Bäumen. Ein warmer Mainachmittag, rosarotes Blütengewölk auf den Rasenflächen, Zierkirschen, Rotdorn, Magno-

lien, und die ersten Minikleider, schön oder schrecklich, je nach ihren Trägerinnen, präsentierten sich dem
Publikum. Auch Lady C.'s Röcke waren in die Höhe
gerutscht, trotz Martins Widerstand, der von einer
Mode für Pipimädchen gesprochen hatte, völlig falsch
gesehen, er gab es zu.

»Da läuft einem doch das Wasser im Munde zusammen«, befand Gernot Hasse, dessen hanseatische Cornelie ihm bald nach der Geburt ihres Kindes wieder
davongelaufen war, Trennung ohne großes Geschrei,
überhaupt eine vernünftige Frau, nur zu etepetete für
ihn. Er habe sich, obwohl immerhin Sohn eines verita-
blen Admirals, in ihrer Gegenwart allmählich wie aus
dem Kohlenkasten entsprungen gefühlt, aber demnächst würde sie ja nun diesen Herrn von der Hansa-
bank ehelichen, ausgesprochen passend, und sein Geschmack wäre es ohnehin nicht, tausendmal mit dersel-
ben Dame zu schlafen.

»Wahrscheinlich würde es euch gut tun, ein bißchen
Abwechslung in die Chose zu bringen«, sagte er.

»Was heißt euch?« fragte Martin, bekam jedoch keine
Antwort, weil Gernot, die Augen an ein Minimädchen
geheftet, sich weigerte, das Thema länger zu erörtern.
Welche Empfehlung solle ein streunender Hund wie er
so grundsoliden Leuten schon geben. »Die meisten
Paare langweilen sich und sind ganz vergnügt dabei«,
sagte er, plötzlich sehr in Eile, »findet selbst heraus, was
gut für euch ist«, und Martin, in seine Sorgen und
Phantasien verwickelt, blieb die halbe Nacht bei Whisky
Soda hängen.

Am nächsten Tag erwartete er Dora auf dem Bahn-
steig. In einem grünen Jackenkleid stieg sie aus dem

Zug, schlank und anmutig wie früher, überhaupt kam sie ihm so unverändert vor, auch ihr Lachen wie damals, kaum, daß er es erwarten konnte, mit ihr allein zu sein. Aber dann, unter dem Zwang der üblichen Abläufe, löste die Euphorie sich auf, nur mühsam brachte er die Sache zu Ende, und danach, dies nun wieder gegen jede Gewohnheit, ging sie sofort ins Bad. Beim Rauschen des Duschwassers erst wurde es ihr bewußt. Martin dagegen hatte es sofort registriert. Die Hände unter dem Kopf verschränkt, lag er zwischen den fremden Wänden des Hotelzimmers, Schleiflackmöbel, zwei Sessel vor dem Fenster, auf der Alster draußen weiße Segel. Gernot hatte recht, tausendundeinmal, damit mußte man leben.

Abends bei dem Fest tauchte wie aus dem Boden gewachsen Giselher Hasse neben Dora auf und wollte wissen, ob sie glücklich sei. Kein Gruß, keine einzige Floskel nach so langer Zeit, »bist du glücklich?« Die Haare über seiner Stirn waren zurückgewichen, sie wirkte höher dadurch, das Gesicht länger und nicht mehr so kindlich verschlafen wie damals in Wolfenbüttel, vielleicht auch wegen der zwei Kerben, die sich von den Nasenflügeln zum Mund zogen.

»Du hast dich überhaupt nicht verändert«, sagte er, den Blick zusammen mit ihrem auf der Spiegelwand hinter dem kalten Büfett, da standen sie, ein Herr im Smoking, die Dame im schwarzen schulterfreien Abendkleid, Perlen am Hals, das Haar zum Chignon geknotet.

»Wir sind feine Leute geworden«, sagte sie.

»Also nicht glücklich?«

»Wieso?«

»Du hast mir nicht geantwortet.«

Dora beugte sich über die Fischplatten, nahm etwas Lachs und etwas Forelle. »Ich habe zwei Kinder, meine Arbeit, ein schönes Haus«, sagte sie und hielt ihm den Teller hin, doch er winkte ab. »Du sollst mir nicht erzählen, was du hast.«

»Natürlich bin ich glücklich«, sagte sie irritiert. »Und du?«

»Ich habe auch etwas, die Geige. Aber in meine Konzerte kommst du ja nicht.«

»Gib ein Konzert in Gelsenkirchen«, sagte sie.

»Manche fahren mir nach«, sagte er, und sie lachte. »Manche fahren auch nach Buer, um meine Kleider zu sehen. Warum bist du nie gekommen?«

»Warum kommt der Berg nicht zum Propheten?« fragte er und ließ sie stehen. Später spielte er zusammen mit einem Kölner Pianisten Mozarts Sonate G-Dur, sein Geburtstagsgeschenk für Gernot. Doch wie früher sah er Dora dabei an, und sie fiel zurück in die Erinnerung, trug das grünweiße Kleid aus dem Stoff von Herrn Ricke, saß unterm Schloßdach bei dem leiernden Grammophon, den Gesprächen bis in die Nacht hinein, roch den Flieder am Wall, hörte die Nachtigallen.

Am nächsten Morgen im Auto, als sie Martin von der kurzen Begegnung mit Giselher erzählte, unter Auslassung allerdings der Passage über das Glück, und er ihn einen hochnäsigen Spinner nannte, der sich und seine Geige für den Nabel der Welt halte, sagte sie: »Er hat nicht weggeworfen, was ihm wichtig war.«

»Falls das auf uns gemünzt sein soll«, sagte Martin, »wir haben eine ganze Menge bekommen statt dessen, und zweihundertfünfzig Menschen leben davon. Gilt das etwa nichts?«

Doch, es galt etwas und sollte weitergelten, die Arbeit, ihr gemeinsames Thema, ein Fehler freilich, ausgerechnet jetzt von Ilse Mulitz anzufangen. Obwohl, irgendwann mußte darüber gesprochen werden, zumal Ilse Mulitz schon wußte, daß Dora sie wieder in ihre Modellabteilung holen wollte. »Wenn ich Betriebsrätin bleiben darf«, hatte sie bei dem ersten noch inoffiziellen Gespräch zur Bedingung gemacht, oben an ihrem Küchentisch, denn im Wohnzimmer saß der schweigsam gewordene Bruno und sah fern, sein einziges Interesse, nachdem das Kind damals tot zur Welt gekommen war. »Nimmt er mir übel, die Enttäuschung«, sagte sie, »und ich nähe gern wieder bei Ihnen, Frau Chefin, dann hab ich doch was im Leben.«

»Kommt absolut nicht in Frage«, fuhr Martin auf. »Da sitzt ja die Gewerkschaft gleich neben dir«, Bedenken, denen sie ihren Termindruck entgegenstellte. Ilse Mulitz sei perfekt und ihre Loyalität bewiesen, er solle doch bitte sachlich urteilen.

Martin blickte auf das helle Band der Autobahn, die Hände so fest am Steuer, daß die Knöchel hervortraten. »Schaffst du es wirklich nicht, über deinen Schatten zu springen?« fragte sie, und damit endete der letzte Streit um ihre Domäne. »Mach, was du willst«, sagte er, wird es immer sagen von nun an, wenn Lady C. betroffen ist, nicht Organisation und Verkauf, aber die Fertigung, das Herz des Geschäfts.

Kein schlechtes Arrangement. Nachfrage und Gewinne stiegen, und Ilse Mulitz verstand es wie keine andere, Entwürfe und Ideen umzusetzen, bis in die Nacht hinein notfalls, was sich um so häufiger ergab, je weniger man zu Hause auf Doras Heimkehr wartete. Martin vor allem mit seiner rastlosen Aktivität – Vaters Expansionstrip, spottete Julian – fand nur selten Zeit für die abendliche Familienrunde. Zwei kleinere Textilbetriebe auf dem Gelände der ehemaligen Zeche Konsolidation, hastige Neugründungen aus der Zeit vor der Währungsreform, denen im Konkurrenzkampf die Luft auszugehen drohte, konnten DoMa-Textil einverleibt und die Blusenproduktion dadurch weiter gesteigert werden. Dann, nach sorgfältiger Beratung mit Gernot Hasse, gelang es ihm, noch den Rest von Jaeckels maroder Firma aufzukaufen. Endlich Platz also für die boomende Lady C., und weitere Übernahmen bahnten sich an, eine Fülle von Plänen, Verhandlungen, Abschlüssen.

Aber auch die Kinder, wie in einem Zeitraffer von Jahr zu Jahr eilend, gingen immer mehr ihre eigenen Wege, besonders Julian, der, seitdem bei ihm nicht mehr Schiffe, sondern Bilder von Bob Dylan, Jimi Hendrix, den Beatles an den Wänden hingen, abgetaucht schien in eine Welt aus dröhnender Musik und Protesten gegen jedwede Norm der Erwachsenen, ganz gleich, ob der Gebrauch von Messer und Gabel, die Straßenverkehrsordnung oder Paragraphen des bürgerlichen Gesetzbuches zur Debatte standen. Verschwunden das zärtliche Kind, ein anderer strich jetzt durchs Haus, stumm, allenfalls widerborstig, unerreichbar selbst für seine Mutter. Nur die endlosen Palaver mit Uwe Madra hinter der verschlossenen Zimmertür zeugten davon, daß er sich nicht in wortlosen Monologen verlor.

»Flegeljahre. Und dann dieses Bumbum im Radio, das muß die armen Kinder ja närrisch machen«, versuchte Frau Updieke Dora zu trösten, die einen Teil ihres Lebens von sich wegdriften sah, unfähig, den Schmerz in Zorn zu verwandeln wie Martin, obwohl auch er sich um Geduld bemühte, weil Julian seine Schulangelegenheiten trotz aller Aufsässigkeit einigermaßen in Ordnung hielt. Tausend kleine Reibereien, aber keine Explosionen, bis zu jenem legendären Auftritt der Rolling Stones im Februar 1966, bei dem ihr röhrendes »I can't get no satisfaction« auch die Ruhrgebietsjugend rebellisch machte, das Mobiliar der Essener Gruga-Halle zu Bruch ging und Julian von Zeugen als Randalierer benannt wurde.

Zwei Tage später gelangte die Sache über einen befreundeten Anwalt zu Martin. Um das, was er für einen Skandal hielt, möglichst schnell aus der Welt zu schaffen, zahlte er postwendend den geforderten Schadenersatz, eine unverhältnismäßig hohe Summe, und nahm sich dann Julian vor, nun seinerseits dermaßen in Rage, daß Frau Updieke ihn gerade noch davon abhalten konnte, seine Wut an einer fast zweihundert Jahre alten chinesischen Vase aus dem Dankwartschen Erbe auszutoben, »mein Sohn ein Rabauke«.

Februar 1966, wie gesagt, Mittwoch der neunte, um genau zu sein, und vielleicht, bei etwas gedämpfteren Emotionen, wäre ihm eingefallen, daß an dem fraglichen Montag, der so viele ordentliche Eltern aus der Fassung bringen sollte, ein Schreckgespenst durch die Stadt gegeistert war, das inzwischen bestätigte Gerücht nämlich vom Ende der Graf-Bismarck-Zechen noch vor dem Winter. »Siebentausend Bergleute, und jeder

mit Frau und zwei oder drei Kindern«, hatte Frau
Updieke mitten auf dem Buerer Marktplatz laut zu
rechnen angefangen, »das sind ja über fünfunddrei-
ßigtausend Menschen, geht doch gar nicht.«
Selbstverständlich hatte auch Martin davon gehört,
früher und ausführlicher als die meisten, und zwar
schon freitags beim Presseball, dem rauschenden Fest
der Revierprominenz im Foyer des Musiktheaters.
Lichterglanz, Kulissenzauber, und draußen vor der
gläsernen Fassade die Gesichter derer, die noch nicht
wußten, welche Neuigkeiten sich die Herrschaften unter dem Himmel aus blauer Seide und roten Nelken
zuflüsterten.
Dora, der Verena aus Ärger, daß man mit fünfzehn
noch zu Hause bleiben mußte, unterstellt hatte, sie
wolle in ihrem schwarzweißen Flamencokleid nur Re-
klame laufen für Lady C., verbrachte den Abend an
der Seite des gerade noch rechtzeitig aus Hamburg
herbeigeeilten Mitglieds irgendeines Aufsichtsrats. Er
sah blendend aus, tanzte fabelhaft und flüsterte ihr
unter anderem ins Ohr, wie froh er sei, daß die Hamburger Sitzung nicht noch länger gedauert habe,
»schrecklicher Gedanke, dieser Abend ohne Sie, nur
wegen Graf Bismarck«. Schäferspielchen am Rande
der Katastrophe. Erst am Montag, als Ilse Mulitz das
Gerücht mitbrachte, verstand sie, was hinter dieser Sitzung gesteckt hatte, und Uwe Madras Vater fiel ihr ein,
der Hauer war auf Zeche Bismarck. Was Uwe traf,
würde auch Julian treffen.
»Sicher bloß wieder so ein Gerede«, sagte sie beim
Abendbrot, bevor Julian und sein Freund zu den Rolling Stones nach Essen fuhren, nur fünfundvierzig Mi-

nuten mit der Linie eins. Ausnahmsweise saß die komplette Familie am Tisch, außerdem Uwe, der fast schon dazugehörte, ein ruhiger, intelligenter Junge, klein und stämmig und von milderndem Einfluß, wie Martin meinte, auf Julians Flausen, weil er wisse, daß die Mark aus hundert Pfennigen bestehe. Sein Vater rechne mit dem schlimmsten, hatte er erzählt, für ihn sei alles schon gelaufen, doch diesmal irre er sich ganz bestimmt.

»Die haben über sechzig Millionen in den Pütt gesteckt. Macht man so was denn dicht, Herr Cramme?«

Sein Blick hing an Martin, doch nur ein Schulterzucken kam zurück. »Das geht manchmal sehr schnell. Aktionäre sind nicht von der Caritas, sie wollen Geld sehen. Wenn die Zahlen nicht mehr stimmen, verkaufen sie lieber und investieren woanders.«

»Ganz eiskalt, was?« sagte Julian. »Und du findest das wohl auch noch gut so.«

Martin schüttelte den Kopf, nein, gar nicht gut, doch er sagte nur die halbe Wahrheit. Nicht gut für die Menschen, gut dagegen vom wirtschaftlichen Kalkül her nach allem, was durchgesickert war beim Presseball, wo man von Dividenden geredet hatte und Unternehmenspolitik, und daß man mit Sentimentalitäten keine Geschäfte machen könne, was nützten denn den Leuten in der Zone die ganzen schönen Ideale. »Nein, gar nicht gut«, wiederholte er, ohne Julian anzusehen, »aber wenn es tatsächlich soweit kommen sollte, kann dein Vater bei DoMa-Textil arbeiten, das verspreche ich dir«, und Uwe fragte erschrocken, ob er etwa auch an die Gerüchte glaube.

Wieder nur Schulterzucken, er glaubte es nicht, er

wußte Bescheid, und am Mittwoch wußten es alle, ein Beben im Gefüge Gelsenkirchens kreuz und quer über den unterirdischen Lebensadern der Stadt, in den Zechensiedlungen von Graf Bismarck, Hugo, Ewald und Bergmannsglück, in den alten und neuen Wohngebieten, den Geschäften, Kaufhäusern, Betrieben. Bei DoMa-Textil, wo viele Bismarck-Frauen am Band saßen, geriet der Akkord ins Stocken, wilde Streiks wurden erwogen, doch eine Maus, sagte Ilse Mulitz, könne keinen Elefanten anpinkeln, man solle abwarten, was die Gewerkschaft plane, bis dahin aber für Geld sorgen, das würde man bitter nötig haben im Herbst, worauf jemand zu beten begann hinten im Saal, und alle fielen ein, unser täglich Brot gib uns heute.

Eine Aufwallung des Gefühls, auch Martin vermochte sich ihm nicht zu entziehen, »gemeinsam«, sagte er, »wir wollen es gemeinsam durchstehen, der Betrieb läßt Sie nicht im Stich, liebe Mitarbeiterinnen«. Doch am Nachmittag, angesichts des störrischen Julian und von privaten Emotionen übermannt, zählte nur noch dies, mein Sohn, der Rabauke, so, als sei eine Stadt von ihm zerstört worden und nicht nur ein Stuhl.

Julian nahm den Ausbruch unbewegt hin, keine Rechtfertigung, keine Entschuldigung, was Martin vollends die Nerven verlieren ließ. »Schämst du dich nicht?« schrie er, heiser bereits, denn seine Stimme zeigte sich solchen Strapazen nicht gewachsen, »antworte gefälligst.«

Julian, längst größer als er und Dora ähnlich bis in die Bewegungen, sah ihn von seiner Höhe herab mit ihren Augen an, allein das schon eine Provokation. »Haben deine Eltern auch so ein Geschrei gemacht damals in

Magdeburg?« fragte er, »in der Kristallnacht, als ihr die jüdischen Geschäfte kaputtgehauen habt? Oder waren die nicht so viel wert wie das Zeug in der Gruga-Halle?«

»Ich habe keine jüdischen Geschäfte kaputt gehauen«, schrie Martin.

»Klar, keiner von euch hat was gemacht«, sagte Julian.

Sein Vater schlug ihm ins Gesicht, zum ersten Mal in sechzehn Jahren, und das Klatschen auf der Haut brachte ihn zur Besinnung.

»Tut mir leid«, murmelte er.

»Eure verdammte Scheinheiligkeit«, sagte Julian. »Und jetzt machen die alten Nazis Bismarck kaputt. Aber ihr könnt ja den Hals nicht voll kriegen.«

Martin, auf der Suche nach einem Sündenbock, schob das, was er Julians unqualifiziertes Gequatsche nannte, Phrasen eines grünen Wohlstandsknaben, Frau Beyfuhrs Einfluß zu. Sie hatte Weihnachten wie immer in Buer verbracht, am Ende ihrer Kräfte nach dem aufreibenden Bundestagswahlkampf und entnervt von der ewigen Erfolglosigkeit. Erst Adenauer, nun Erhard, nicht anzukommen gegen die CDU, eine Partei, die, wie sie verbittert klagte, von den Armen zum Wohle der Reichen gewählt werde, wo liege da noch die Vernunft, und ihrer SPD warf sie Lauheit vor, ängstlichen Opportunismus im Buhlen um die Macht.

Sie redete immer mehr, immer das gleiche, eine alte enttäuschte Frau, besessen von ihrem Auftrag. Jetzt wollte die Partei sie zur Ruhe setzen gegen ihren Widerstand, kein Wunder, daß äußerer und innerer Streß den Blutdruck in beängstigende Höhen trieb.

Martin hatte ihre Tiraden hingenommen um des Fe-

stes willen, Doras Fest nach alter Lausitzer Gutstradi-
tion, so, als müsse alle Jahre wieder die Kindheit aufer-
stehen mit Weihnachtsbaum, Weihnachtsgeschichte,
Weihnachtsliedern, mit Karpfen in Biersoße, Schoko-
ladencreme, duftendem Punsch, mit fünfzehn Sorten
Plätzchen, Stollen und der sagenhaften Prager Schloßtorte, ein Geheimrezept der Suymes, das nun allerdings dank Frau Updiekes Zutunlichkeit in Buer von
Haus zu Haus ging, von dort vermutlich in die Welt. Er
hatte gegessen und geschwiegen, und erst am zweiten
Feiertag, als sie bei den Resten der gefüllten Gans gegen den wachsenden Einfluß der Unternehmerlobby
zu wettern begann, dieser Rüstungsmafia mit Verteidigung im Mund und Krieg im Hinterkopf, genau wie
damals bei Hitler, war er aufgesprungen, nun reiche
es, er sei ebenfalls Unternehmer und brauche sich in
seinem eigenen Haus nicht beleidigen zu lassen. Krach
am zweiten Feiertag, nichts Neues, im Laufe des Jahres
wurde er üblicherweise wieder vergessen. Diesmal jedoch schwor Martin, Frau Beyfuhr nicht wieder einzuladen.

»Du weißt doch, warum sie so geworden ist«, versuchte
Dora ihn zu beschwichtigen. »Und Julian braucht
Tante Martha nicht, um seine Schlüsse zu ziehen. Er
hat Augen, Ohren und Verstand.«

»Stimmst du ihm etwa zu?« fragte er.

Sie zuckte mit den Schultern. »Zeche Bismarck liegt
gleich nebenan. Was dort passiert ist, darf einen jungen
Menschen doch eigentlich nicht kalt lassen.«

»Es wäre schön, wenn du mir auch mal recht geben
könntest«, sagte Martin, und da dies wohl nicht mehr
zu erhoffen war, hielt er sich an Verena, den Fixpunkt

im Wirbel der Veränderungen. Verena, die ihn liebte, bewunderte und weder seine Worte noch seine Taten in Zweifel zog. Seine hübsche, vernünftige Tochter. Sie nahm jetzt Tanzstunde, statt weiterhin in Fräulein Kraskajas Ballettstudio herumzuhüpfen, spielte recht annehmbar Tennis und schwärmte für Filmstars wie Cary Grant und die adrette Doris Day, kein Gedanke daran, daß Heulbojen bei ihr die geringste Chance hätten. Aber eine Tochter, so sehr sie sein Herz auch erwärmte, vermochte nicht, die leeren Nächte zu füllen, wenn Dora weltenweit von ihm entfernt atmete und das Rauschen der Parkbäume die Stunden wegtrieb, unwiederbringbar, kein Atemzug, kein Vogelschrei kam je zurück, Zeit für Linda Zimt.

Linda Zimt, eigentlich Sieglinde, »wie Zucker und Zimt«, pflegte sie zu sagen, wenn man den Namen nicht verstand. Zucker und Zimt, dachte auch Martin, als die Begegnung mit ihr ihn schlagartig in Turbulenzen versetzte, ein Vorgeschmack dessen, was sich noch zusammenbrauen sollte in diesem Jahr, das bald nach dem Aus für die Bismarckzechen zwei Todesfälle gebracht hatte: erst Fräulein Frohmann und dann, schwer, darüber zu sprechen, Frau Updieke, beide auf seltsame Weise ineinander verhakt und zudem die Ursache für Linda Zimts Eintritt in die Firma.

Daß Fräulein Frohmann sterben würde, wußte man schon länger bei diesem Leiden, das sich von der linken zur rechten Brust und unerbittlich weiterfraß, trotz Stahl und Strahl. Nur wenige Wochen hatte der Arzt vom Marienhospital ihr noch gegeben, und Mitte April war es soweit, ein friedlicher Tag ohne Schmerzen, die letzte Gnade. Dora saß an ihrem Bett, hielt die dünne feuchte Hand fest und nahm, bevor das strenge, nun aber von aller Verkniffenheit erlöste Gesicht abglitt ins Koma, zum ersten Mal wahr, daß Fräulein Frohmann schöne Augen hatte, braun und samtig. Warum nicht früher, dachte sie, was sonst noch haben wir übersehen.

Bei der Beerdigung goß es in Strömen, dazu ein Aprilsturm, der Kränze und Gebinde von den Gräbern riß und vor sich herpeitschte. Die Näherinnen, von Fräulein Frohmann zu ihren Lebzeiten eisern überwacht und drangsaliert, hatten in der Trauerhalle zwar ausgiebig geschluchzt, waren dann aber, statt sie bis an das irdische Ziel zu geleiten, schleunigst nach Hause gelaufen, so daß schließlich außer dem Pfarrer mit seinem flatternden Talar nur noch Martin, Dora und Frau Updieke, dazu Ilse Mulitz als Vertreterin des Betriebsrats und einige schlesische Landsleute sahen, wie der Sarg nicht in der Erde, sondern im Wasser verschwand, ein Anblick, den Frau Updieke nicht ertrug. Die Hände vors Gesicht geschlagen, wich sie entsetzt zurück, geriet, ohnehin nicht mehr gut zu Fuß, auf dem schlüpfrigen Boden ins Rutschen und schlug der Länge nach hin, wobei ihre Hüfte gegen die Einfriedung des Nachbargrabes prallte.

Martin und Dora kamen ihr als erste zu Hilfe, vergebens, es gelang nicht, sie wieder aufzurichten. Der Pastor telefonierte nach einem Krankenwagen, die Zeit verging, der Regen rauschte, und obwohl man sie mit allen verfügbaren Mänteln zudeckte, troff das Wasser aus ihren Kleidern, als sie endlich auf der Tragbahre lag. Schenkelhalsbruch, der Pastor, erfahren in solchen Dingen, hatte es bereits vermutet, doch sie starb an einer Lungenentzündung, die zwei Wochen später über sie herfiel und sich jedem Antibiotikum gewachsen zeigte. Schock, Unterkühlung, die lange Bettlägerigkeit, es war wohl so bestimmt, und Frau Updieke wußte es.

»Jetzt geht's dahin«, verkündete sie schon bei Doras erstem Besuch im Marienhospital, wo Martin den Chefarzt, seinen Tennispartner und Duzfreund, bewogen hatte, sie in einem Zweibettzimmer unterzubringen. »Kaum zu glauben, damals habe ich die arme Frohmann aus dem Dreck geholt, und jetzt nimmt sie mich mit ins Jenseits, hat wohl jeder seinen Todesengel, und lassen sie mich man nicht allein sterben, Frau Dora.«

»Wer soviel davon redet, stirbt noch lange nicht«, sagte Dora, ging aber an jedem Nachmittag für eine Stunde zu ihr. Die Herbstproduktion war angelaufen, die Arbeit an der neuen Kollektion noch nicht allzu dringlich, und so saß sie, wenige Türen entfernt von Fräulein Frohmanns Sterbezimmer, nun bei Frau Updieke, trank den dünnen Krankenhauskaffee und ließ sich von ihr die gemeinsamen Erinnerungen erzählen, das Zeughaus, die Krumme Straße, der Umzug nach Buer in allen Facetten, »und dann unser Jungchen mit seinem Wuwu«.

Julian, ihr Augapfel, der ebenfalls keinen Tag verstreichen ließ, ohne kurz vorbeizuschauen, »geht's besser, Uppi? Und schöne Grüße von Verena«, denn seine Schwester mit ihren vielfachen Beschäftigungen fand zu Doras Ärger kaum Zeit für einen Besuch. Sie sei trotzdem ein gutes Mädchen, sagte Frau Updieke besänftigend, aber das Jungchen habe mehr Herz, man wisse es ja, und Dora solle sich nicht so viele Sorgen um die Kinder machen, sie würden groß werden und alt und sei sowieso alles umsonst.

Dann der erste Husten, das erste, gnadenlos steigende Fieber. Lungenentzündung stelle sich bei alten Leuten nach Schenkelhalsbrüchen häufiger ein, erfuhr Dora von der Schwester draußen auf dem Flur, kein gutes Zeichen. Sie hatte Sandtorte ins Krankenhaus mitgebracht, gebacken von Ilse Mulitz' jüngster Schwester, die im Nähsaal von Lady C. arbeitete und nun vorübergehend den Haushalt versorgte. Stettiner Sandtorte, mehr Butter und Eier als Mehl, ganz gewiß also kein Pappendeckel mit Zuckerguß, wie Frau Updieke den Hospitalkuchen angewidert nannte. Überhaupt hatte sie alle Speisen vom ersten Tag an beiseitegeschoben, und auch die Sandtorte nach eigenem Rezept schmeckte ihr nicht.

»Abbeißen und runterschlucken«, drängte Dora, »Sie wollen doch wieder auf die Beine kommen.«

Frau Updieke winkte ab. »Lassen Sie man, für mich brauchen Sie nicht mehr extra zu backen, gibt auch so genug Arbeit im Haus, und sechsundsiebzig Jahre sind ganz schön, kann bloß noch schlechter werden.«

»Ach, Uppi«, sagte Dora und begann zu weinen, »ich wäre so allein ohne Sie«, worauf Frau Updieke die Stirn runzelte, Herr Martin und die Kinder, sie solle sich nur nicht versündigen. Dann jedoch griff sie nach ihrer Hand, eine Geste wie früher, und sagte: »Kann ja nicht alles Gold sein, was glänzt, und ein bißchen Glück ist immer noch besser als gar keins.«

»Glück?« fragte Dora.

»Ich hatte Glück«, sagte Frau Updieke. »Ich habe Sie

getroffen, so eine Fügung und nur, weil sie den Krawall gemacht haben damals bei Ihrer Lungenentzündung und auch schon auf der Schippe saßen. Aber sollte noch nicht sein Gott sei Dank, sonst wäre ich wohl vom Kirchturm gesprungen. Allein auf der Welt und kein Mensch und kein Dach und keine Hoffnung, das ist Unglück. Aber wenn ich jetzt sterbe, war das Leben nicht bloß ein leerer Sack. War was drin, Kindchen, und bei Ihnen ist auch was drin, glauben Sie der alten Updieke, und soll immer was drin sein, das wünsche ich Ihnen.«

Der Husten verstärkte sich, das Fieber stieg weiter, ein Rasseln in der Brust begleitete jeden Atemzug, und als Julian immer dringlicher wissen wollte, ob es ihr nicht wenigstens ein kleines bißchen besser gehe, schüttelte sie den Kopf. »Das mußt du mich nun nicht mehr fragen, Jungchen, brauchst auch nicht mehr herzukommen, aber wäre schön, wenn du deinen Kindern später mal was von mir erzählst, damit ich nicht ganz weg bin. Und du sollst ein schönes Leben haben, warst immer mein Bester.«

Dora war bei ihr, als der Tod kam, ein Seufzer, das war es, gerade noch rechtzeitig, bevor die Erstickungsanfälle nach ihr greifen konnten. »Das Herz«, sagte der Arzt. »Sie hatte Glück.«

In der Handtasche fand man ihr Sparbuch und ein offensichtlich im Bett geschriebenes Testament. »Dieses ganze gesparte Geld soll meinem lieben Julian Cramme gehören, damit soll er gleich machen können, was er will, nicht erst volljährig sein, so bestimme ich vor meinem Absterben. Johanne Updieke, geborene Menge, vormals Stettin.« Bei der Beerdigung schien die Sonne, weiß und lila wucherte der Flieder an den Friedhofsalleen, ein blühender Park, es hätte ihr gefallen, dachte Dora.

Die Stille im Haus nach diesem Verlust war unüberhörbar, die Lücke nicht zu schließen von der neuen Wirtschafterin, einer etwa fünfzigjährigen, gerade erst aus Leipzig zu ihrer Westverwandtschaft geflüchteten Klempnermeisterswitwe, namens Duvenow, »gurzentschlossen riebergemacht«, wie sie sagte, »weil mein Maachen so gnurrte inner TTR«. Sie konnte gut kochen, zeigte, auch darin Frau Updieke nicht unähnlich, große Zutunlichkeit, leider auf sächsisch, und wollte alles richtig machen, was freilich oft mißlang. Zusätzliche Belastungen für Dora, und dann die Blusenabteilung, wo sie immer noch letzte Hand an die Entwürfe und Schnitte legen mußte, ich will nicht mehr, dachte sie nach der zweifachen Begegnung mit dem Tod, der Eiseskälte von Frau Updiekes Gesicht, als sie es abschiednehmend noch einmal berührt hatte, und so, bei der Suche nach einer perfekten Musterdirektrice, die sie wenigstens von den Blusen erlösen sollte, entdeckte sie Linda Zimt.

Die Crammekrise, das zweite Kapitel, und sicher keine Fehleinschätzung, diese Affäre teilweise Doras Konto zuzuschieben. Immerhin hatte eine ganze Reihe von Bewerberinnen zur Wahl gestanden, einige unter ihnen von so mottenhafter Unauffälligkeit wie das arme Fräulein Frohmann, und Linda Zimt daneben ein prächtiger Schmetterling. Indessen, verführerische Frauen gab es zuhauf in der Modebranche, und wo stand geschrieben, daß Martins Magdeburger Tugend ausgerechnet hier und jetzt zusammenfallen sollte. Dora hatte die Tüchtigste genommen, Motte oder Pfauenauge, es spielte keine Rolle bei der Entscheidung, schon gar nicht die längst entglittene Erinnerung an eine Begegnung vor mehr als zwanzig Jahren, warum auch, so verborgen, wie Martins Maggiwürfel-Verhältnis ihr geblieben war.

Martin dagegen reagierte sofort und sehr real, als Linda Zimt im dunkelblauen Leinenkostüm, mit einer weißen Seidenschleife am Ausschnitt und genau proportioniertem Minirock sein Büro betrat, um den Vertrag auszuhandeln. Gut, daß sich wenigstens sein Gesicht im Zaum halten ließ bei ihrem Anblick, der zwar nicht eine Reinkarnation von Wally Kußmund bot, aber doch etwas von der Essenz ihrer lasziven, halb Lust, halb Widerwillen weckenden Leiblichkeit, gemäßigter nur in diesem Fall, nicht zu blond, nicht zu üppig, der Busen noch jenseits einer Provokation, die Haut gerade so rosa, daß sich kein Unbehagen in seine Erregung mischte.

»Fräulein Sieglinde Zimt?«

Er starrte auf ihre Papiere, Lebenslauf, Ausbildungsnachweise, Zeugnisse, sah aber nur das Geburtsdatum und begann zu rechnen, siebenundzwanzig, dreizehn Jahre jünger als er.

»Sieglinde eigentlich nur von Amts wegen«, sagte sie mit bayerischem Zungenschlag, münchnerisch vielmehr, was exotisch klang in dieser Region, ein wenig nach Operette. »Darf ich mich setzen?«

»Bitte sehr, natürlich, entschuldigen Sie.« Verwirrt sprang er auf und holte einen Stuhl an den Schreibtisch.

»Warum?« Sie zog fragend die Augenbrauen hoch, dunkle Brauen unter dem hellen Haar, schön geschwungen, nicht zu breit, nicht zu schmal.

»Warum Linda, meine ich, hier steht Sieglinde, nicht Linda.«

Er merkte, wie er den Faden verlor und rettete sich, ohne eine Antwort abzuwarten, auf sachliches Terrain, Antrittstermin, Gehalt, Urlaub, alles nun mit der gebotenen Kühle, zumal inzwischen auch Dora an dem Gespräch teilnahm, gestand aber der neuen Musterdirektrice, die ihre Qualitäten ohne Scheu in die Waagschale zu werfen wußte, weitaus bessere Bedingungen zu als irgendeiner ihrer Vorgängerinnen.

»Die Dame versteht zu pokern«, sagte Dora, nachdem Linda Zimt wieder gegangen war. »Sie bekommt fast genausoviel wie ich.«

»Du wolltest sie doch unbedingt haben.« Martin legte die Papiere übereinander, sorgfältig Kante auf Kante. »Und eigentlich, wenn sie die Abteilung selbständig leitet, tut sie ja das gleiche wie du.«

Die Blusen und Lady C., da gebe es ja wohl noch einen Unterschied, rief Dora empört und setzte umgehend die Aufstockung ihrer Bezüge durch, lächerlich, diese Eifersucht aufs Portemonnaie, aber vielleicht meinte sie schon die Frau.

Linda Zimt im übrigen, um es vorauszuschicken, wollte keineswegs, wie Dora behaupten wird im ersten Zorn, auf Biegen und Brechen den neuen Chef erobern. Was sie sich erhoffte von DoMa-Textil, war eine interessante Tätigkeit, ein gutes Gehalt und eine hübsche Wohnung. Außerdem Urlaub am Mittelmeer, möglichst allein nach zwei Enttäuschungen in München und auch durch das Schicksal ihrer Mutter vor den Tücken der Liebe gewarnt.

Diese nämlich, fromm katholisch von Haus aus, hatte gegen Gottes, des Pfarrers, der Eltern Gebot mit dem heidnischen Obersturmführer Zimt von der SS-Standarte Großdeutschland, der an den Führer, angeblich auch an Wotan und Walhall glaubte, eine Ehe ohne Sakrament und Segen geschlossen, worüber sie in Schwermut fiel. Und daß ihr Kind den vom Vater verfügten Namen in einer germanischen Weihehandlung erhielt, Sieglinde, weil es kurz vor Kriegsbeginn zur Welt kam, machte die Sache noch schlimmer. Sobald der Mann nach Rußland verschwand, nannte sie es Linda. Doch er kehrte zurück, verweigerte, obwohl geschlagen an Leib und Seele, weiterhin die kirchliche Trauung, beharrte auch trotzig auf Sieglinde, und als er sich zehn Jahre später, längst wieder in Amt und Würden, einer fröhlicheren Gefährtin zuwandte, räumte sie mit Hilfe von Schlaftabletten das Feld. Gesündigt aus Liebe, gestraft von der Liebe, so etwa lautete ihre Botschaft an die Tochter, und Lindas Erfahrungen gaben ihr recht.

Nochmals, Dora irrte sich, nicht durch Linda Zimts Schuld geriet die Crammekrise ins Gerede der Straßen und Märkte von Gelsenkirchen. Es war Martin, der die Grenzen einriß, getrieben von seinen Gefühlen, aber auch, weil es in der Luft lag zu dieser Zeit, die Fassaden aus penibler bürgerlicher Ordnung zu durchbrechen, hinter denen man sich neu eingerichtet hatte nach der Katastrophe, so schnell und ohne Skrupel, als sei mit den Kriegstrümmern auch die Vergangenheit weggeräumt worden.

Eure verdammte Scheinheiligkeit, nicht nur Julians zorniger Protest. Er fand sich überall im Rhythmus der Schlagzeuge und Gitarren, in Büchern und Bildern, auf der Straße, in Hörsälen und Kellerkneipen, ein Vorbote bereits für den Aufschrei der Achtundsechziger gegen alle Heucheleien und Verklemmungen dieser Welt. Martin stellte das Radio ab bei den provozierenden Klängen. Er spottete über Beatniks und Hippies und verfolgte mißtrauisch das Aufflackern dubioser Schlagworte wie antiautoritäre Erziehung, Emanzipation, Befreiung des Individuums von Zwängen jeglicher Art. Und dennoch, was in der Luft lag, erreichte auch ihn, kaum merklich zuerst, dann massiver, und zwar im Wartezimmer des Zahnarztes Dr. Wohlgemut. Dort nämlich, wo man ihn trotz Termins unverhältnismäßig lange sitzen ließ, gab es ein paar zerfledderte Nummern der »Neuen Revue« mit der Serie »Dein Mann, das unbekannte Wesen«, verfaßt von einem Psychologen namens Oswald Kolle, der sexuelle Tabus zum ersten Mal in Illustriertendeutsch beim Namen nannte, pädagogisch verbrämt und die gebotene Prüderie wahrend, aber immerhin klar genug. Und darin begann Martin zu lesen.

Eine aufregende Lektüre, noch dazu am Tag vor Frau Updiekes Beerdigung. Die Zeit drängte, er hatte unwirsch reagiert auf die Warterei, anfangs jedenfalls. Nun jedoch vergaß er sogar den schmerzenden Bakkenzahn und nahm die Hefte nach der Behandlung mit in sein Büro, um sich weiter hineinzuvertiefen. Der Mann und seine Phantasien, die geheimen Bedürfnisse, die prekären Folgen ihrer Unterdrückung: da stand es schwarz auf weiß, was ihn betraf in so vielfacher Weise. Nichts Neues zwar, aber öffentlich erörtert und unter dem Segen der Wissenschaft bekamen die schamhaft im Dunkel gehaltenen Wünsche eine andere Dimension jenseits aller Anrüchigkeit. Es war nicht abwegig, was er wollte, er war ganz normal, er hatte ein Recht auf seine Träume und Begierden.

An diesem Abend holte er Dora auf seine Seite des französischen Betts, Schluß mit den Verkrampfungen, ein neuer Anfang, noch war es nicht zu spät.

»Wir lieben uns doch«, sagte er, »ich brauche dich«, die erprobten Signale, Dorrra. Sie rückte näher, rieb den Kopf an seiner Schulter, auch das gehörte dazu, und Martin, nach zwanzig Jahren, wollte endlich anfangen zu reden, miteinander reden, hatte Oswald Kolle geschrieben, sei das Wichtigste bei ehelichen Schwierigkeiten.

»Ich habe heute etwas gelesen«, murmelte er.

»Gelesen?« fragte sie verwundert. Er glaubte ein ablehnendes »Wieso« herauszuhören, »was soll das jetzt, ich will etwas anderes, komm doch endlich«, und als sie »was denn?« hinzufügte, steckten die Worte schon wieder fest, zwanzig Jahre waren zuviel, nicht einmal der gewohnte Ablauf wollte gelingen.

»Es liegt sicher an der Spritze vom Zahnarzt«, sagte sie begütigend. Wie eine Krankenschwester, dachte er und stellte sich Wally Kußmund vor mit ihren vielfachen Remedien. Nein, kein neuer Anfang, nicht in dem französischen Bett. Doch Linda Zimt stand schon vor der Tür.

Wie ausgemacht, trat sie ihre neue Stelle am 1. Juni an, termingerecht für die Frühjahrskollektion, und kein Zweifel, man hatte richtig gewählt. Die Entwürfe stimmten, die Schnitte, alles unverkennbar DoMa-Stil, etwas verspielter zwar in den modischen Akzenten, aber einfallsreich und pfiffig, gut verkäufliches Billiggenre. »Sie schafft es allein«, sagte Dora und zog die Tür ihres alten Arbeitszimmers endgültig hinter sich zu, nicht ganz schmerzlos wider Erwarten. Die Blusen, ihr und Martins gemeinsames Kind, genährt mit so vielen Hoffnungen in so vielen Jahren – als sie zu der ehemaligen Jäckelfabrik hinüberging, wo mittlerweile achtzig Näherinnen an der Lady C.-Produktion stichelten, weinte sie, nach wie vor dicht am Wasser gebaut, wie bei einer Beerdigung. Noch wußte sie nicht, daß es nur der Anfang vom Ende war. »Aber vermutlich«, wird sie eines Tages sagen, wenn alles hinter ihr liegt, die Tränen, die Abschiede, »habe ich es so gewollt.«

Daß der Chef von DoMa-Textil ein Verhältnis mit Fräulein Zimt unterhielt, kam seiner Ehefrau erst erheblich später zu Ohren als der Mitwelt, die das, was sich da nicht etwa im Verborgenen, wie die Akteure meinten, sondern auf offener Bühne entwickelte, schon seit dem Spätsommer diskutierten, hinter vorgehaltener Hand selbstverständlich. Auch die sogenannten Freunde vom Tennisklub wahrten Diskretion, als bei den winterlichen Geselligkeiten Doras Ahnungslosigkeit offenkundig wurde, die Herren aus Solidarität, die Damen mitleidig oder schadenfroh, je nach Gemüt und einig nur darin, daß sich eine Frau mit soviel beruflichem Ehrgeiz über Seitensprünge des Gatten nicht wundern dürfe. Keine Warnung und kein Hinweis, nur Ilse Mulitz zeigte schließlich Erbarmen. Die Affäre, die Liebschaft, das Techtelmechtel, welchen Namen immer man der Beziehung zugestand, hatte nach längerem Vorspiel, Zögern und Bedenken auf beiden Seiten am letzten Freitag im August begonnen, als Dora nach Bremen gefahren war, um Herrn Ternedde die letzte Ehre zu erweisen. So jedenfalls drückte ihre Mutter es aus: »Wie reizend von dir, Kind, meinem lieben Mann die letzte Ehre zu erweisen, in der Tat, ich hätte es nicht erwartet.«

Sie war nicht milder geworden mit den Jahren, nur sehr grau, und über dem Gesicht, das seine glatte Schönheit nun doch eingebüßt hatte, lag eine eigentümliche Starre. Der Kopf, bemerkte Dora, zitterte leicht, genauso wie die rechte Hand.

»Ich hoffe, es geht dir einigermaßen«, sagte sie beklommen, »jetzt, nach diesem Verlust.«

»Keine Sorge.« Frau Ternedde hielt die zitternde rechte Hand mit der linken fest. »Ich bin bestens abgesichert, auch das Haus gehört mir, dieses Erbe wenigstens kann mir niemand wegnehmen«, und die Versöhnung, der eigentliche Grund für die Reise, ging über Förmlichkeiten nicht hinaus, bedrückend angesichts der vielen Gräber und eines Endes vielleicht im Groll und mit schlechtem Gewissen. Vom Hotel aus versuchte Dora, noch einmal bei ihr anzurufen, wählte die Nummer, hörte das Klingelzeichen, legte den Hörer wieder zurück.

Vergeblich, die Reise, andere sollten davon profitieren, denn an diesem Freitag geschah, worauf Martin solange gewartet hatte, auch Linda Zimt, jeder mit seinen Vorbehalten, nun reichte es, und möglich, daß sie hauptsächlich deshalb noch nicht nach Hause gegangen war, obwohl es durchaus auch akzeptable

Gründe dafür gab. Sämtliche Blusenmodelle nämlich, die letzten kurz vor Feierabend fertiggeworden, hingen jetzt auf den Bügeln und mußten noch einmal kontrolliert werden, fünfzig Stück insgesamt, ihre erste Kollektion für die Düsseldorfer IGEDO Anfang September. »Gefällt mir sehr«, befand Martin, der aus seinem Büro herüberkam, um ebenfalls zu begutachten, was ihm im einzelnen bereits vertraut war, neuerdings ein häufiger Besucher in der Modellabteilung, etwas zu häufig, die Näherinnen registrierten es mit Aufmerksamkeit. »Gefällt mir sehr«, wiederholte er, die Augen auf sie gerichtet und sein ganz spezielles Lächeln um den Mund, das die Unschuld längst verloren hatte und ihr alle Sicherheit nahm.

»Freut mich, daß Sie zufrieden sind.« Sie wollte nach dem hellen Popelinemantel greifen, doch er kam ihr zuvor. »Die erste Kollektion bei DoMa-Textil. Müßten wir das nicht feiern?«

»Warum? Ich habe mein Gehalt bekommen«, sagte sie abwehrend wie immer, wenn er sie einzuspinnen begann mit diesem verflixten Lächeln, den Blicken, den scheinbar zufälligen Berührungen.

»Ich weiß.« Er hielt ihr den Mantel hin. »Und auch den Sekt können Sie sich natürlich selber kaufen. Aber ich würde Sie gern einladen.«

Sie schlüpfte in die Ärmel, für einen Moment ließ er die Hände auf ihren Schultern liegen. »Nicht wieder nein sagen, Linda«, zum ersten Mal der Vorname, warum nicht schon viel früher, alle Gründe waren ihm entfallen. »Komm«, sagte er, so fing es an, eine neue Geschichte, während die von Martin und Dora zu Ende geht.

Daß Werner Wiebersdorf, WW aus Köln, den Martin einen kleinen Fatzke nannte, dabei eine Rolle spielte, hatte etwas zu tun mit dem Mischmasch von Doras Gefühlen während der Münchner Modewoche, dem Treffpunkt, der Gelegenheit. Anders als die Blusen wurde Lady C. nicht nur bei der IGEDO, sondern auch dort präsentiert, modisch von Dora, geschäftlich durch Martin, der stets Wert darauf gelegt hatte, die Honneurs zu machen. In diesen Apriltagen jedoch kam etwas dazwischen, die geplante Übernahme eines größeren Betriebs in Bochum nämlich, Oberhemden, zweihundertfünfzig Mitarbeiter, und er bedauerte, Dora wegen der wichtigen Verhandlungen nicht begleiten zu können. So jedenfalls drückte Martin sich aus, förmlich und etwas gestelzt, sein üblicher Ton ihr gegenüber seit einiger Zeit. Sie schob es auf die unglückselige nächtliche Episode nach dem Zahnarztbesuch, der noch ein- oder zweimal ähnliches gefolgt war, dann aber nichts mehr, und sah mit wachsender Unruhe, wie sich das Niemandsland zwischen ihnen immer weiter ausdehnte. Klärende Gespräche wehrte er mürrisch ab, ebenso jeden Annäherungsversuch von ihrer Seite, schien aber dessen ungeachtet ganz neue Energien auszustrahlen, eine irritierende Aura von Kraft, Selbstvertrauen, Sicherheit, von der ihr nichts zuteil wurde außer einem heftigen Wutanfall, als sie, nach wie vor völlig ahnungslos, so etwas wie psychologische Eheberatung anzupeilen suchte.

Linda Zimt, die nicht nur äußerlich Wally Kußmund glich, war bereits fest verankert zu dieser Zeit, und Martin schwankte zwischen Glück und schlechtem Gewissen, aus gutem Grund, denn wenn schon nicht von

Schuld die Rede sein soll, dann wenigstens von Fahrlässigkeit. Warum offenbarte er Dora nicht, was längst in aller Munde war, warum überhaupt mußte es in aller Munde geraten? »Ich hatte Angst, dich zu verletzen«, wird er zu seiner Rechtfertigung anführen beim großen Showdown, so, als könne man den Bären waschen, ohne das Fell zu bespritzen, »ich habe geglaubt, die Sache ließe sich verschleiern.« Lachhaft geradezu für den Chef von DoMa-Textil, im Glashaus läßt sich nichts verschleiern. Er wußte es und wollte es nicht wissen, so verging der Winter, der Frühling kam, die Modewoche, »ich kann dich nicht begleiten«, sagte er, deshalb saß Ilse Mulitz neben Dora im Wagen.

Es war Sonnabend, das übrige Personal schon in München, um den Messestand herzurichten, kein Grund also zur Eile. Dora bog bei Würzburg ab und steuerte den »Walfisch« am Mainufer an, wo sie manchmal mit Martin gegessen hatte.

»Viel zu fein für mich«, erklärte Ilse Mulitz angesichts der weißgedeckten Tische.

»Unsinn«, sagte Dora, »für Sie ist gar nichts zu fein, suchen Sie sich etwas Gutes aus, hier schmeckt alles«, und Ilse Mulitz aß den ersten Krabbencocktail, das erste Filetsteak ihres Lebens, auch die Birne Helene eine Premiere. Sie saß am Fenster, blickte über den Strom, auf die Festung, das Käppele, die grünen Hänge. So schön, sagte sie, habe es ihr noch nie jemand gemacht, und vielleicht lag es daran, daß sie sich vornahm, Dora aus der Unwissenheit zu befreien.

»Frau Chefin«, begann sie kurz nach Ulm, denn so lange hatte es gedauert vom Entschluß bis zum ersten Wort.

»Ich kann dieses Frau Chefin nicht mehr hören«, unterbrach Dora sie.

»Ja, Frau Cramme«, sagte Ilse Mulitz, »und ich will
Ihnen was erzählen, aber vielleicht haben Sie es ja auch
schon gemerkt.« Sie machte eine Pause, kramte in ihrer
Tasche und wickelte, nachdem Dora gefragt hatte, was
denn los sei, erst noch einen Pfefferminzbonbon aus.
Dann murmelte sie: »Das mit der Zimt.«

»So schlimm wird es ja wohl nicht sein«, sagte Dora,
und Ilse Mulitz, überwältigt von Mitleid und Zorn, kam
nun ohne Umschweife zum Thema, der Chef und die
Zimt, und daß man die Chefin für dumm halte in der
Stadt, und so dürfe es nicht weitergehen. Die Worte
stürzten förmlich aus ihr heraus, sie atmete schwer,
griff nach ihrer Tasche und begann schon wieder darin
herumzuwühlen.

»Und Sie sind ganz sicher?« fragte Dora.

»Kann ich alles beschwören«, sagte Ilse Mulitz. »Auch,
daß die Hexe eine Wohnung gekriegt hat in dem neuen
Hochhaus am Stadtgarten, da geht der Chef abends
öfter hin und macht nicht mal das Treppenlicht an.
Aber die Frau vom Hausmeister, die kennt ihn, die war
mal bei uns im Nähsaal, so ist das, bleibt nichts in der
Erde stecken, kommt alles irgendwann raus.«

Sie schwieg. »Weiter«, sagte Dora, hörte noch etwas
von gemeinsamen Geschäftsreisen, von einem Wald-
hotel bei Iserlohn mit einem Oberkellner aus der Buerschen Auguststraße und spürte, wie ihr Mund trocken
wurde. Übelkeit kroch durch den Körper, sie fuhr auf
den nächsten Parkplatz und starrte, die Hände noch
am Steuer, durch die Windschutzscheibe, bis Ilse Mulitz die Tür öffnete und sie aus dem Wagen zog, »hin-

270

und hergehen, tief durchatmen, das hilft«. Allmählich verschwand die Übelkeit, es war wohl der Schock, alles der Schock, auch, daß sie Herrn Wiebersdorf so mir nichts dir nichts ins Bett fiel.

Schon am ersten Messetag kam er zum Lady C.-Stand, wieder wie aus dem Ei gepellt in seinem blauen Fresco-anzug, blau, hatte er Dora erklärt, sei die Farbe der leitenden Angestellten. Dazu trug er diesmal eine wein-rote Krawatte mit weißen Punkten und ließ ebensolche Socken sehen, wenn er die Beine übereinanderschlug, lange gelenkige Fred-Astaire-Beine. Daß er gern und gut tanze, hatte er ihr ebenfalls erzählt, nun sollte sie es zu spüren bekommen, noch am gleichen Abend, um dessen Planung es ihm einzig ging bei dem Besuch, denn die Kollektionen für seine Kaufhauskette, Son-deranfertigungen unter der Marke Baronesse, pflegte er schon vor den Messen zu besichtigen und zu ordern. Mehrmals im Jahr erschien er dieserhalben am Nord-ring, auch zu Zwischenbesprechungen hin und wieder, immer mit einem Blumenstrauß und ziemlich gewag-ten Komplimenten, über die Dora sich amüsierte, manchmal auch errötete. »Nicht so vorlaut, WW, ich könnte ja beinahe Ihre Mutter sein«, hatte sie ihn un-längst zurechtgewiesen, ebenfalls etwas gewagt bei nur acht Jahren Altersunterschied und eine gute Gelegen-heit für ihn, schnell noch den Ödipuskomplex unterzu-bringen. Heitere Plänkeleien, die freilich einer harten Gangart nicht hinderlich waren, sobald das Feilschen begann. Niemand verstand es wie er, die Preise zu drücken, so daß Martin ihn nicht nur einen kleinen Fatzke, sondern auch einen Schakal nannte.

»Der Herr Gemahl nicht anwesend?« erkundigte sich

Wiebersdorf, während das Mannequin in Tüll und Sil-
berlamé an zwei holländischen Einkäufern vorbeiglitt,
und wartete geduldig, bis die Aufträge unter Dach und
Fach waren. Sodann schlug er einen abendlichen Re-
staurantbesuch in der »Osteria« vor, angeblich Hitlers
Schwabinger Lieblingslokal, da müsse man doch gewesen sein, und außerdem könne man auch gleich über
die nächste Kollektion reden.
Dora wohnte im Hotel Biederstein nahe beim Englischen Garten, dort holte er sie ab. Laue föhnige Luft
nach den stickigen Messehallen, sie gingen durch den
Park und das glitzernde Schwabing zur Schelling-
straße, aßen Osso Buco und Zabaione, tranken Chianti
dazu und tanzten im Schummerlicht einer Bar so
selbstvergessen Tango, Slowfox, Blues, daß es kaum
noch irgendwelcher Worte bedurfte, als sie zu seinem
Hotel am Arabellapark fuhren.
Das Zimmer lag im zwölften Stock, hoch über den
Dächern der nächtlichen Stadt, den leuchtenden Gir-
landen aus Autos und Straßenlaternen, den Türmen
der Theatinerkirche im Scheinwerferlicht. Hinter der
Dunkelheit, irgendwo am anderen Ufer, waren Martin
und Linda Zimt, doch das hatte sie fast vergessen. »Du
bist ja wie eine Jungfrau«, sagte der kundige Werner
Wiebersdorf, »komm doch, tu's doch, mach, was du
willst«, und ob Fatzke oder Schakal, es fiel ihr leicht, mit
ihm über alle Schatten zu springen. Eigentlich war er
als Rachewerkzeug vorgesehen. Aber auch das vergaß
sie in den vier Münchner Nächten, und es tat ihr gut.
Schamlos triumphal sehe die Cramme aus, behaupte-
ten ihre neidischen Konkurrenten aus der Branche,
schoben es jedoch der Auszeichnung zu, die Lady C.

erhielt, vier Jahre alt gerade und schon der erste Preis bei der Modewoche, ebenfalls ein Grund, wie auf Wol ken zu gehen.

Während der Heimfahrt fiel das Hochgefühl in sich zusammen. Volle Auftragsbücher, internationale Anerkennung, Preise, nichts konnte die Scherben vor ihren Füßen zudecken. Und was WW betraf mit seinen blauen Anzügen, WW, wer war das? Sie versuchte, an die Kollektion für den nächsten Sommer zu denken, aber auch das tröstete nicht. Die Kleider, die gerade einen Preis bekommen hatten, würden wieder von den Bügeln gefegt werden, heute hopp und morgen hin.

»Wie alt sind Sie eigentlich, Ilse?«

»Vierzig geworden«, sagte Ilse Mulitz. »Nur sechs Monate jünger als Sie. Noch fünfundzwanzig Jahre bis zur Rente.«

In der Erlestraße öffnete Frau Duvenow die Tür und meldete, daß Verena weggegangen und Herr Cramme – Gramme sagte sie zu Martins wachsendem Unmut – noch in der Firma sei. Aus Julians Zimmer kam Musik, die gleichen Klänge wie bei ihrer Abreise, Händels Messias. Nach Frau Updiekes Tod hatte er sich von seinen lärmenden Idolen verabschiedet, um zur allgemeinen Überraschung in die Kirche einzutauchen, Gottesdienst und Bibelstunden statt Rockkonzert, auch das wieder gemeinsam mit Uwe Madra, der, Katholik von Haus aus, sich bei den Evangelischen angeblich wohler fühlte. Dora nahm an, daß es eher wegen Julian geschah. Beide standen vor dem Abitur, doch Uwe war ein Jahr älter und zudem in der Wilhelmstraße durch ganz andere Feuerproben gegangen. Auf Julian, hatte er zu ihr gesagt, müsse man achtgeben, er könne immer noch nicht begreifen, daß Worte und Taten zweierlei seien.

Dora trank eine Tasse Kaffee in der Küche, dann ging sie zu ihm. Er saß am Tisch, die Händelpartitur vor sich, alles, was er tat, tat er gründlich, nur leider, fand Martin, meistens das Falsche. Er schob die Noten beiseite. »Du siehst so anders aus.«

»Wie meinst du das?« fragte sie, plötzlich in Panik, daß er etwas ahnen könne.

»Du arbeitest zuviel«, sagte er. »Du kippst noch um eines Tages, bloß wegen deiner Lady C., Selbstverwirklichung mit Luxusfetzen!«

»Was soll das?« fragte sie. »Müßt ihr mir denn alles kaputtmachen?«

Julian nahm ihre Hand, nein, bestimmt nicht, sie sehe nur so blaß aus, und das mit Lady C. sei nicht so gemeint. »Du willst mich trösten«, sagte Dora und legte das Gesicht an seine Schulter, die Zeit sollte stillstehen, Julian und sie, sonst nichts. Doch dann hörte sie Martins Schritte unten in der Diele, die Zeit rannte weiter.

»Wenn dein Glas bis zur Mitte gefüllt ist, kannst du es halbvoll nennen und auch halbleer.« Es war Rüdiger Hasse, der zu diesem Beispiel griff für eine positive oder negative Sicht der Dinge, als Dora bei ihm in Hannover saß, genau zwanzig Jahre nach der ersten Reise mit Martin und den Nesselblusen in die zerstörte Stadt. Juni 1967, das DoMa-Jubiläum stand bevor, und Rüdigers neue Wohnung lag nicht weit entfernt vom Haus der Beyfuhr-Kusine, wo Herrn Hufnagels schnoddrige Prophetien den Anstoß zur Firmengründung gegeben hatten.

»In unserem gemeinsamen Glas ist nicht mehr viel«, sagte Dora. »Blusen, Kleider, Geld.«

»Julian und Verena«, ergänzte Rüdiger.

»Die Kinder hat inzwischen auch schon jeder für sich«, sagte sie, und Rüdiger, Martins Freund genau wie der ihre, meinte, daß die Sache mit Linda Zimt wahrscheinlich nur eine Eselei sei, halb so wichtig.

Dora lachte, er wußte, warum. Aus der Liebschaft seiner Frau Ingrid war vor kurzem eine Ehe geworden, nicht zu Rüdigers Nachteil indessen, wie es schien. Zwar hatte sie ihn aus dem Haus gedrängt, doch seitdem trank er nicht mehr, und sein Gesicht fing an, wieder dem von früher zu gleichen.

»Bei uns war es nie so wie bei Martin und dir«, sagte er. »Wir haben euch immer beneidet. Und nun dies.«

Dora sah aus dem Fenster. Buchen, Spaziergänger, zwei alte Frauen auf der Bank, »die Bäume gibt es noch«, hörte sie Herrn Hufnagels Stimme, »und das andere holen wir uns auch zurück«.

»Ich glaube, ich kriege ein Kind«, sagte sie.

Ein Kind also, ein Kind von WW, das sich im übrigen der Welt verweigern wird, leider oder zu seinem Glück, empfangen bei der Modewoche, vielleicht aber auch später und nur noch im Zorn.

Wie es gelaufen sei mit Lady C., hatte Martin sich am Abend nach ihrer Rückkehr aus München erkundigt, als sie zu viert an dem runden Eßzimmertisch saßen, Eltern und Kinder, eine nette Familie.

»Ich habe dauernd versucht, dich anzurufen«, sagte Dora. »Du warst nie da«, und er erklärte ihr etwas zu wortreich, wie endlos die Verhandlungen mit den Erben der Hemdenfabrik sich hinzögen. Er sei auch noch kurz in Hamburg gewesen wegen der Finanzierung, schöne Grüße von Gernot, und morgen in Köln ginge es hoffentlich in die letzte Runde.

»Doch nicht schon wieder übers Wochenende!« rief Dora und fing, da die Antwort ausblieb, später beim Kaffee nochmals davon an. Freitagabend, Julian war, wie Martin spöttelte, zum Hallelujah gegangen, Verena, die inzwischen den Turniertanz entdeckt hatte, übte oben in ihrem Zimmer Cha-Cha-Cha-Figuren, und ob man ihn, fragte Dora, morgen zum Abendessen erwarten könne. Ein Spiel mit gezinkten Karten, ich weiß etwas, was du nicht weißt.

Er hob die Hände, wie sie sich das denn vorstelle, die Gespräche würden vermutlich bis Sonntag mittag dauern, schließlich wolle er nicht nur eine Tüte Brötchen kaufen.

Sie goß ihm Kaffee ein. »Wohnst du wieder im Domhotel?«

»Wo sonst«, sagte er. »Tut mir leid, aber die Sache muß unter Dach und Fach. Ich kann einen Riesenauftrag von der Bundeswehr bekommen, und über die Vergabe wird demnächst entschieden.«

Sie begriff es nicht gleich. »Bundeswehr, was haben wir mit der Bundeswehr zu tun?«

Er lachte. »Soldaten brauchen nicht bloß Kanonen, die brauchen auch Hemden. Ich habe zwei Abgeordnete an der Hand, eine ziemlich sichere Sache.«

Sie sah ihn an, immer noch verständnislos, und bekam zu hören, daß die Herren seine Interessen verträten bei den entsprechenden Stellen, nicht ohne Gegenleistung natürlich, die Parteien wollten auch leben. Politik und Geschäft, durchaus üblich, diese gegenseitigen Gefäl-

ligkeiten, von nichts käme nichts, und ohne Eintrittsgeld kein Zugang zum Klub.
Dora stand auf und holte die Portweinkaraffe. »Und da
machst du mit?«
»Sei nicht so blauäugig«, sagte er und verbat sich, als sie
von Mafiamethoden redete, jeden derartigen Vergleich. Parteispenden, das sei ja wohl nicht ehrenrüh-
rig, und ohne den Bundeswehrauftrag ließe sich der
heruntergewirtschaftete Bochumer Betrieb kaum sa-
nieren. »Zweihundertfünfzig Arbeitsplätze, ist das
etwa gar nichts?«
Dora trank hastig ihr Glas leer und wollte es wieder
füllen, doch er nahm ihr die Karaffe aus der Hand.
»Hör auf, dir wird schlecht von dem Zeug. Und wenn
du es genau wissen willst, für mich ist diese Methode
auch nicht das Gelbe vom Ei. Aber soll ich etwa im
Regen stehen? Friß Vogel oder stirb.«
»Du willst immer mehr fressen«, sagte Dora, »du frißt
dich noch zu Schanden«, an sich der gegebene Moment, ihm Linda Zimt vorzuhalten, ich bin im Bilde,
auch da kannst du den Hals nicht vollkriegen. Aber sie
schwieg, kaum absehbar die Folgen einer solchen Aus-
sprache, nichts zu gewinnen, viel zu verlieren, noch
schien es ihr so. Auf meine Art, dachte sie, bin ich
genau wie er.
Am nächsten Tag fuhr sie nach Köln. Sie stellte den
Wagen ab, ging ins Domhotel und suchte sich einen
Platz in der Bar, den Tisch ganz vorn, mit Blick auf die
Halle. Dort saß sie und wartete, bestellte Kaffee, Kuchen, Käsesandwich, Schinkensandwich, Gin Tonic
und nochmals Kaffee, überzeugt davon, daß jeder in
der Rezeption wußte, warum sie diesen Posten bezogen

hatte, vielleicht stammten der Portier oder der Kellner sogar aus Buer. Fast drei Stunden, dann endlich traten Martin und Linda Zimt aus dem Lift und gingen an ihr vorbei zum Ausgang. Sie durchquerten die Halle, er redete, lachte, berührte ihren Arm, im Gesicht einen Ausdruck, den Dora kannte – Glück. Das Glück in seinem Gesicht, ihr Eigentum, und Linda Zimt, blond und rosa wie von Rubens, hatte es gestohlen. Unsinn, nichts als Unsinn, sie wußte es, aber Liebe, sagt man, vergeht, Eifersucht besteht, schade, daß Frau Updieke, zuständig für Lebensweisheiten, nicht mehr zur Verfügung stand, um die Dinge in Balance zu bringen. Den Besuch bei Herrn Wiebersdorf allerdings hätte auch sie nicht verhindern können.

Ein Rückfall, nie wieder, hatte sie sich und ihm geschworen nach dem sogenannten letzten Mal. Nun jedoch fuhr sie vom Domhotel zum Ebertplatz, wo er wohnte, nicht etwa, wie man annehmen sollte, in einem modernen Junggesellenappartement, sondern möbliert bei einer Frau Burz, die Dora scharf musterte und »Besuch für Sie, Herr Wiebersdorf« rief. Gleichzeitig wies sie auf die Tür zu seinem Zimmer, das Staatszimmer offensichtlich, geräumig, mit breiten Fenstern, Erker, blankgebohnertem Parkett und einem Bücherschrank, hinter dessen Scheiben Flaschen standen und Gläser sowie ein vergoldetes Mokkaservice.

»Sieh an, Lady C.!« sagte er. »Welche Überraschung. Frauen und ihre guten Vorsätze!«

Schon wie er sie ansah, gab zu verstehen, daß er nicht mehr warb, sondern gewährte. Ohne Umschweife begann er sie auszuziehen, ihr Körper reagierte noch, aber ohne jede Spur von Hochgefühl. Hinterher, während er seine Zigarette rauchte und sie neben ihm lag in der guten Stube mit Bett und Nachttisch, braune Pantoffeln darunter, an der Tür womöglich das Ohr der Frau Burz, fühlte sie sich wie auf der Bühne, ein albernes Theaterstück. Und als er noch einmal anfing, bekam sie einen Lachkrampf, unkontrollierbar, was der Beziehung den Rest gab, nicht nur privat. Sie hätte es sich denken können, Herr Wiebersdorf, einer der besten Kunden, und so ein Affront, aber die Interessen von Lady C. standen nicht zur Debatte in diesem Moment. Hastig zog sie sich an, BH, Strumpfhose, die Seidenbluse, das schwarzweiße Glencheckkostüm und rannte davon, über den Flur, die Treppen hinunter zum Auto, nach Hause. WW, wer war das.

Obwohl, ganz so leicht ließ er sich nicht abschütteln, denn nun saß sie in Rüdiger Hasses Praxis, »ich glaube, ich kriege ein Kind, und Martin ist nicht der Vater«.

»Du liebe Zeit, mußte das sein« fragte er nicht ganz ohne Vorwurf, es gebe die Pille, es gebe alles mögliche, wozu dieses Drama, und als er sich Gewißheit verschafft hatte: »Sollen wir einen Abbruch machen?«

»Ich weiß nicht.« Sie dachte an Julian und den Wuwu, noch einmal ein Kind an der Hand, Zeit haben, es nicht weinen lassen jeden Morgen, weil die Tür zuschlägt.

»Und Martin?« fragte Rüdiger. »Soll das die Rache sein?«

»Ich weiß es nicht«, wiederholte sie, drei Wochen Unschlüssigkeit, heute ja ja, morgen nein nein, dann wurde ihr die Entscheidung abgenommen. Das, was ein Kind hatte werden wollen, verschwand so überraschend, wie es sich eingenistet hatte, und Dora, nun, da es geschehen war, trauerte ihm nach.

Im Juni besuchte der als Tyrann berüchtigte Schah von Persien Westberlin, glanzvoll empfangen vom Bundespräsidenten und dem Bonner Kabinett. Die ohnehin rebellische Jugend antwortete mit Demonstrationen und Krawallen, ein Polizist erschoß den Studenten Benno Ohnesorg, und Julian gab seinen Eltern die Schuld: Euer Staat, eure Regierung, eure Polizei, ihr laßt so etwas zu. »Wer Terror produziert«, las Martin aus der Zeitung vor, »muß Härte in Kauf nehmen«, Verlautbarungen der Springerpresse, die Julian nicht versöhnlicher stimmten, so wenig wie der Satz, daß jede Freiheit ihren Preis und ihre Grenzen habe. »Wann nehmt ihr die KZs wieder in Betrieb?« fragte er. »Die Baracken gibt es ja noch, die alten Wächter auch.«

»Überlege dir, was du aus deinem Mund herausläßt«, sagte Martin, fuhr nach Bochum, um in der Hemdenfabrik alles für den ersten großen Bundeswehrauftrag in die Wege zu leiten, und von dort zurück nach Buer, wo die Kapazitäten nicht mehr ausreichten, so daß schon wieder gebaut werden mußte. Ein ständiges Pendeln von Ort zu Ort, dazwischen Verhandlungen, Sitzungen diverser Gremien, Gespräche mit Kunden und Lieferanten. Und dann noch Linda Zimt, die zwar nachts in ihrer Hochhauswohnung oder irgendwelchen Hotelzimmern jenen besonderen Ausdruck auf sein Gesicht zu zaubern vermochte, leider jedoch, sobald die Vorhänge sich öffneten, ihn in immer größere Bedrängnis brachte mit ihrem Mißtrauen gegen die Liebe, das die Liebe verdarb.

»Sie klammert«, sagte er zu Gernot Hasse, mit dem es in dieser angespannten, nur durch das Vertrauen der Bank möglichen Expansionsphase noch häufiger als sonst zu Kontakten kam. »Wenn sie mich nicht mehr sieht, gerät sie in Panik, daß ich bei einer anderen sein könnte, Zwangsvorstellungen geradezu. Nachts soll ich bei ihr im Bett liegen und tagsüber in der Modellabteilung sitzen, so ungefähr stellt sie sich das vor. Als ob ich nichts anderes zu tun hätte«, und Gernot, erfahren im Beziehungsspiel, versuchte ihm klarzumachen, daß zwei feste Bindungen nebeneinander prinzipiell von Übel seien. Nette kleine Techtelmechtel, hervorragend, alles darüber hinaus aber führe zu Komplikationen. »Deine Linda mußt du mal austauschen. Sie gewöhnt sich an dich, das ist auch ihr gegenüber unfair. Oder denkst du etwa an Scheidung?«

»Was soll das denn?« fragte Martin so erschrocken, als ob die Frage aus der leeren Luft käme. »Dora und ich sind seit zwanzig Jahren zusammen. Die Kinder, das Haus, der Betrieb, rede keinen Unfug.«

Dann sei ja alles in Butter, sagte Gernot. So etwas wie Dora gäbe es ohnehin nicht noch mal, und eine neue Ehe habe auch wieder ihre Macken. »Sei froh, daß du weißt, wo du hingehörst und kein verlorener Hund bist wie ich«, die ständige Redensart, reichlich übertrieben, meinte Martin angesichts des holzgetäfelten Chefbüros. Auch in seiner Pöseldorfer Eigentumswohnung könne man doch leben, sagte er und riet ihm, sich etwas Festes zu suchen.

Während sein Daimler in Richtung Ruhrgebiet rollte, beschloß er, sich aus Linda Zimts Umklammerung allmählich zu lösen und häuslicher zu werden. Aber schon nach etwa zwanzig Kilometern begann er wieder, gedanklich hinter neuen Plänen herzulaufen, diesmal bis an die holländische Grenze bei Cleve, wo eine mo-

281

dernst eingerichtete Fabrik für Strand- und Freizeit-
kleider in Schwierigkeiten steckte, daher billig zu haben war und sicher im Preis auch noch zu drücken, die
Gelegenheit, der eigenen Produktpalette diesen sehr
gefragten Artikel hinzuzufügen. Und außerdem stand
für Ende September das Firmenjubiläum bevor, zwanzig Jahre DoMa-Textil.

Die Einladungen waren frühzeitig herausgegangen,
die Zusagen eingetroffen. Martin Cramme, erfolgrei-
cher und engagierter Unternehmer, tätig im Beirat des
Verbandes der Bekleidungsindustrie, der Arbeitgeber,
der Industrie- und Handelskammer und nicht zuletzt
spendenfreudiger Förderer von Wohltätigkeit und
Kultur wie auch der ansässigen Sportvereine, allen
voran Schalke 04, selbstverständlich machte man sich
auf den Weg, ihn zu ehren. Verena, wenngleich noch
keine siebzehn, hatte mit der ihr eigenen Energie die
Organisation an sich gerissen und zeigte, mißtrauisch
beäugt von der eigentlich zuständigen Sekretärin, so
viel Geschick, daß Martin ihr schließlich die Verantwortung übertrug. Zeit dafür hatte sie genügend seit
dem ebenfalls vehement erstrittenen Abgang vom
Gymnasium nach der sechsten Klasse, in die sie ohnehin nur durch die Anstrengungen entnervter Nachhil-
felehrer gelangt war, mehr Mangel an Lust als an Intelligenz, denn was ihr Spaß machte, bewältigte sie mit der
gleichen Leichtigkeit wie die Figuren von Cha-Cha-
Cha und Quickstep. Nach dem Jubiläum sollte sie offiziell in den väterlichen Betrieb eintreten, nur Lehrling
vorerst, doch weiterhin Fräulein Junior, kein Grund
also, den Kopf weniger hochzutragen.

Dem Jublläum widmete sie ihre ganze vibrierende

Tatkraft. Sie stand damit auf und ging damit schlafen. »Miss Festkomitee«, spottete Julian, der ostentative Gleichgültigkeit an den Tag legte und sich sogar weigerte, beim Empfang der Gäste zu helfen mit der Begründung, daß er nicht Männchen mache bei so einer Show.

»Na schön, du kannst es ja später nachholen, beim fünfzigsten meinetwegen, wenn du die Früchte meiner Arbeit erntest«, sagte Martin, müde der ewigen Diskussionen über braune Vergangenheit, Nazis in der Regierung, Notstandsgesetze und Vietnam. Er wollte nicht mehr streiten, sich auch nicht die Jubiläumsfeier verderben lassen, in deren Verlauf er sogar mit dem Bundesverdienstkreuz geehrt werden sollte.

»Wie bitte?« fragte Julian, als die Neuigkeit beim sonntäglichen Abendessen erörtert wurde. »Wieso denn das? Deine DoMa-Textil ist dein ein und alles und bringt dir massig Geld, dafür nimmt man doch keinen Orden«, und Martin, da sein Sohn gegenwärtig nicht erreichbar schien, griff wieder in die Zukunft: Vielleicht, wenn er zwanzig Jahre Arbeit und Verantwortung hinter sich habe, würde auch er sich freuen über eine solche Anerkennung.

»Bestimmt nicht.« Julian nahm zwei Scheiben Holsteiner Schinken von der Platte. »Weil ich den Betrieb nämlich nicht haben will.«

»Das denkst du jetzt«, sagte Martin. »Aber der Mensch ändert sich, und der teure Schinken schmeckt dir ausgezeichnet, wie ich sehe. Nach dem Abitur gehst du erstmal zum Bund, da schmorst du nicht mehr so im eigenen Saft und lernst die Realitäten kennen.«

Julian schüttelte den Kopf, er gehe nicht zum Bund, er

habe die Absicht zu verweigern, eine ganz neue Variante.

»Das solltest du dir noch genau überlegen, mein Sohn«, sagte Martin mit einem Unterton von Drohung, der Julian verstummen ließ, und vermied es vorläufig, auf das Thema zurückzukommen, so, als könne man es wegschweigen.

Für den Jubiläumstag hatten die Nachrichten Regen angekündigt, fälschlicherweise, die Sonne schien, ein milder, fast klarer Herbsttag, passend zum Ereignis und günstig für die Anfahrt der Honorationen und Freunde des Hauses. Aber auch die Belegschaft vom Nordring konnte der Feier beiwohnen. »Liebe Mitarbeiter«, stand am schwarzen Brett zu lesen, »Sie alle haben am Erfolg von DoMa-Textil mitgewirkt, deshalb sollen Sie Gelegenheit bekommen, an der offiziellen Veranstaltung im großen Nähsaal teilzunehmen. Beginn elf Uhr, Dauer etwa neunzig Minuten. Nach dem Mittagessen erhält jeder eine Tasse Kaffee und ein Stück Torte. Damit Sie sich Kaffee und Kuchen in Ruhe schmecken lassen können, wird die Mittagspause um fünf Minuten verlängert. Die Belegschaft unserer übrigen Werke kann aus Platzmangel nur durch Betriebsleiter und Betriebsräte vertreten werden, Kaffee und Torte wird jedoch auch dort ausgegeben.«

Der Text stammte von Verena und führte zu bissigen Kommentaren, für ein Stück Torte, hieß es, benötige man keine fünf Minuten. Doch beim abendlichen Tanzfest im Saal der »Schauburg« mit Dortmunder Bier, Brathähnchen, Schweinekotelett, Bockwurst und Kartoffelsalat sowie großen Mengen Streuselkuchen verstummte die üble Nachrede, zumal man das opu-

284

lente Büfett, von Lachs und Langustenschwänzen bis zur gespickten Rehkeule, an dem sich die Ehrengäste im Schloß Berge delektieren konnten, nicht zu sehen bekam.

Die Feierstunde im festlich geschmückten und bestuhlten Nähsaal, bei der Dora die Fassung verlor, innerlich jedenfalls, begann mit zwei Sätzen aus Händels Feuerwerksmusik, dargeboten von Mitgliedern des Städtischen Orchesters Gelsenkirchen. Es folgte Martins Begrüßung der zahlreich erschienenen Gäste und sodann ein Abriß der Firmengeschichte, vom dürftigen Anfang in der Wolfenbütteler Flakkaserne bis zur jetzigen Bedeutung: fünf Werke, an die tausend Beschäftigte, fast dreißig Millionen Umsatz. »Kein leichter Weg«, sagte er, »so manches Mal mußten wir um die Existenz ringen, aber Schwierigkeiten haben uns nicht umgeworfen, sondern stärker gemacht, auch dank der Hilfe meiner tapferen, unermüdlichen Frau, der Schöpferin, wie Sie wissen, unserer erfolgreichen Marke Lady C., der ich hier in aller Öffentlichkeit danken möchte«, eine Lobpreisung, bei der manche Ehrengäste peinlich berührt zu Boden blickten, die Näherinnen dagegen alle gleichzeitig auf die heftig errötende Linda Zimt, eine Wellenbewegung in den hinteren Reihen, die jedoch, da Martin nun auf seinen Platz zurückging, vom Beifall abgefangen wurde.

Als nächster trat der eigens aus Münster angereiste Regierungspräsident ans Rednerpult, mit dem Auftrag, Herrn Martin Cramme in Würdigung seines Beitrags zum Wiederaufbau von Land und Wirtschaft das ihm vom Bundespräsidenten Heinrich Lübke verliehene Bundesverdienstkreuz erster Klasse zu überreichen. Lauter Beifall, worauf die Vertreter von Stadt, Landkreis, Kirchen, Verbänden und Vereinen das Wort ergriffen, zuletzt ein Gewerkschaftsmann, der seine Glückwunschadresse allerdings knapp hielt, dafür aber um so ausführlicher auf den Anteil der Belegschaft am Erfolg zu sprechen kam und die nach wie vor klaffende Lücke zwischen Leistung und Lohn kritisierte, was in den vorderen Reihen murrend, weiter hinten mit lauter Zustimmung quittiert wurde und den Rahmen der Feierstunde für einen Moment zu sprengen drohte. Doch zwei weitere Sätze Händel sorgten für Ruhe, so daß Martin in einer abschließenden Rede seinen Dank abstatten konnte für die hohe Auszeichnung, diese aber nur stellvertretend für alle Mitarbeiter annehmen wollte, Dank auch ihnen für Fleiß und Treue, und als sichtbares Zeichen das Versprechen, die betriebliche Altersversorgung zu erhöhen.

»Wir haben viel zusammen aufgebaut«, fuhr er fort, »und keiner hätte es ohne den anderen vermocht, ich nicht ohne Sie, Sie aber auch nicht ohne mich. Sicher hat es hier und da Differenzen gegeben, und wie sollte es anders sein, jeder von Ihnen trägt die Verantwortung nur für sich und die Seinen, ich dagegen, der Unternehmer, für die Gesamtheit der fast tausend Menschen unserer Gruppe. Vorsichtiges Wirtschaften, auch das hat teil an dem guten Klang, den der Name DoMa-Textil inzwischen weit über Deutschlands Grenzen hinaus genießt. DoMa setzt sich, wie Sie sicher wissen, aus dem Namen meiner Frau und meinem eigenen zusammen, Dora und Martin, und als wir uns in dem ersten schweren Nachkriegsjahr kennenlernten, hat keiner von uns auch nur im entferntesten daran gedacht, jemals eine Fabrik zu gründen. Wir waren Flüchtlinge, heimatlos, elternlos, halbe Kinder noch, und hatten nur unsere Schülerträume in den Frieden hinübergerettet. Doch dann stellte das Schicksal die Weichen, führte uns an einen kleinen See in der Nähe von Wolfenbüttel, den Fümmelsee, und ließ uns dort einen Fund machen...«

Dies war der Punkt, an dem Dora der Rede nicht mehr folgen konnte. Schluß mit den falschen Tönen, hätte sie gern gerufen, mußte sich aber zusammennehmen und erst noch mit den Gästen in Schloß Berge plaudern, die Augen überall und darauf bedacht, wichtigen Großkunden nicht weniger von ihrem Lächeln zu schenken als den Abnehmern geringerer Posten.

Verena assistierte ihr dabei, erstaunlich sicher und mit gut placiertem Charme, auch reizend anzusehen in ihrer zierlichen, präzisen Anmut, die Haare trotz des Abschieds von Fräulein Kraskaja weiterhin zur Ballerinafrisur gesteckt. Das fliederfarbene Seidentaftkleid allerdings war Dora ein Dorn im Auge, kein Lady C.-Modell, sondern von der Konkurrenz, denn die neue Kollektion ihrer Mutter fand Verena tantenhaft, viel zu lang, ganz ohne Pep, und diese tristen Farben. So etwa hatte sie sich ausgedrückt, sehr von oben herab, und Dora vor allem deshalb in Weißglut gebracht, weil ihr Urteil sich mit dem von Herrn Wiebersdorf deckte, der im übrigen bei der Feier fehlte, ohne jegliche Entschuldigung, was freilich nicht überraschend kam.

Nach dem Eklat im Haus der Frau Burz war er entgegen seiner Gepflogenheit erst Mitte September am Nordring aufgetaucht, in einem neuen Mercedes und sichtlich bemüht, an Dora vorbeizusehen. Die Modelle hatte er nur kurz gemustert, naserümpfend geradezu, »gnädige Frau, ich glaube, diesmal haben Sie danebengehauen«, und nutzlos, ihm mit Paris zu kommen, wo sich die Miniröcke wieder dem Knie zu nähern begannen, die engen Futteralkleider etwas lässiger wurden, die Farben milder. Man sei nicht in Paris, erklärte er kühl, konnte sich dann aber doch nicht die Frage verkneifen, ob es in ihrem Inneren genauso trübe zugehe. Sie hatte ihn wortlos und mit dem Suymeschen Hochmut ihrer Großmutter angesehen, sicher nicht zuträglich fürs Geschäft. Die Bestellung fiel lächerlich aus, schiere Rache, wie sie zunächst annahm. Doch die Kundschaft bei der IGEDO reagierte ebenfalls zurückhaltend, keine Rede mehr von gutgefüllten Auftragsbüchern, »und wenn München nicht besser wird«, hatte sie zu Ilse Mulitz gesagt, »sind wir aufs Gesicht gefallen, nicht zu ändern, Schicksal«.

Nun jedoch, nach Martins Rede, korrigierte sie sich, von wegen Schicksal, ich bin selber schuld, und später schlug sie es auch ihm um die Ohren: »Du mit deinem Schicksalslied! Schicksal in der alten Ziegelei! Das war kein Schicksal, das waren wir, unser Hunger und mein Talent und deine Geschäftstüchtigkeit und daß wir den Hals nicht vollkriegen konnten.«

Die Stunde der Wahrheit, beinahe zumindest. Sie standen in der Bibliothek zwischen den Regalen voll ungelesener Bücher, Martin in seinem dunkelblauen Anzug, Dora in dem engen schwarzen Seidenkostüm, das sie noch schlanker erscheinen ließ. »Etwas ganz Besonderes, Ihre Frau Gemahlin«, hatte der Regierungspräsident ihn beglückwünscht. »Schön, tüchtig, klug, darauf kann man stolz sein.«

»Beruhige dich doch«, sagte er, hilflos vor diesem un-
erwarteten Ausbruch, was sie erst recht außer sich geraten ließ. »Du hast deine Seele verkauft für dreißig
Millionen Umsatz, das ist es. Und ich bin hinter dir
hergetrottet, Harmonie, diese verdammte Harmonie.«
»Wir waren glücklich dabei«, sagte er.
»Und eigentlich wollten wir alles ganz anders machen«, ein Vorwurf, der nun auch bei ihm den Ärger
hochsteigen ließ, weil es nach Julian klang, unfair und
ungerecht. »Wir haben etwas Anständiges aufgebaut,
ein gutes Land, darin kann man leben, auch wenn es
nicht genauso aussieht, wie wir es uns mit achtzehn
vielleicht erträumt haben. Was stellt Ihr euch eigentlich
vor in euren Phantastereien? Sollen die deutschen Unternehmer Ziegen hüten?«
Dora setzte sich an den Tisch mit der Leselampe und
drückte auf den schwarzen Knopf. Draußen war es
grau geworden, die ersten Regentropfen fielen, der
Wetterbericht hatte sich nicht geirrt. »Ich weiß Bescheid wegen Linda Zimt«, sagte sie.
Er hob den Kopf, erschrocken und erleichtert zugleich,
»also das ist es«. Schon wieder ein Mißverständnis, er
begriff nicht, daß es ihr nichts mehr ausmachte, Linda
Zimt, nur noch ein Symptom. Die Bezeichnung gefiel
ihm, ja ein Symptom, das sei es, ohne Bedeutung eigentlich. »Du und ich«, sagte er, »wir gehören zusammen, ich brauche dich, wir müssen einen Weg finden«,
im Gesicht soviel ängstlichen Eifer, daß er ihr beinahe
leid tat. Drei Schritte nur zwischen ihm und ihr, neu
anfangen, sich noch einmal treffen am Apfelbaum,
zum Fümmelsee gehen, zur alten Ziegelei. »Aber du
würdest sie wieder nicht liegenlassen.«

»Was denn?« fragte Martin.

Dora stand auf, »ich habe es vergessen«. Aus dem Wohnzimmer kamen die hellen, harten Schläge der Lyra-Uhr. »Müssen wir nicht zum Betriebsfest gehen? Die Leute erwarten das sicher.«

Er legte die Hand auf ihre Schulter. »Es wird schon wieder werden«, gutgemeinte Worte ohne Gewicht. »Weißt du, was der große Irrtum ist?« fragte sie. »Für dich war ich immer nur ein Mädchen aus Magdeburg. Das soll kein Vorwurf sein, ich habe ja mitgespielt.«

Am Abend in der »Schauburg« staunte die Belegschaft darüber, daß die Chefin so ausgelassen tanzte, mit jedem verfügbaren Mann vom Betriebsleiter bis zum Packer. Eigentlich, fanden die Näherinnen, sei sie viel hübscher als die zwar jüngere, aber mittlerweile wirklich zu dicke Zimt, die sich nicht zeigte beim Fest, Anweisung des Chefs vermutlich, wurde getuschelt. Genauso verhielt es sich auch, und Linda Zimt hatte eine Szene gemacht deswegen. Dennoch, später in dem französischen Bett dachte er nur an sie.

»Willst du dich scheiden lassen?« fragte Giselher Hasse, als Dora ihm während der Münchner Herbstmodewoche wiederbegegnete, zufällig, weil die Abendzeitung unter der Rubrik »ganz privat« eine Meldung brachte, daß er im Herkulessaal ein Konzert gebe und in den Vier Jahreszeiten abgestiegen sei.

Die Modewoche, wieder ein Mißerfolg, schon der erste Tag ließ es erkennen. Die Einkäufer tranken zwar Kaffee am Stand und ließen die Mannequins defilieren, ihre Aufträge jedoch blieben noch hinter Düsseldorf zurück, Buschtrommeln, so schien es, hatten zur Vorsicht gemahnt. »Lady C. enttäuscht diesmal leider«, schrieb die Presse. »Das meiste wirkt verkrampft und manieriert. Wo bleibt Dora Crammes Inspiration?«

»Was diese blöden Weiber bloß wollen«, jammerte Ilse Mulitz. »Wir haben doch so schöne Kleider.«

Mode sei nun mal Glückssache, versuchte Dora das Fiasko zu bemänteln, wußte inzwischen aber, daß Wiebersdorf recht hatte trotz aller Süffisanz. Man mußte zweimal schnuppern nach dem, was in der Luft lag, einmal in Paris, dann noch einmal zu Hause, schnuppern und das Fremde mit dem Gewohnten verbinden, das Neue mit dem Machbaren. Aber vielleicht hatte sie die Witterung verloren.

»Nächstes Jahr wird es wieder wie früher.« Ilse Mulitz rang nach Zuversicht. »Bestimmt, Frau Chefin.«

»Ich weiß nicht«, sagte Dora. Ich weiß nicht, vielleicht, möglicherweise. Auch Giselher Hasse erhielt nur vage Auskünfte.

Dora hatte erst wenige Stunden vor seinem Auftritt die Abendzeitung in die Hand bekommen und sofort eine Nachricht ins Hotel geschickt, ohne große Hoffnung, ihn zu erreichen. Doch der Taxifahrer kam mit einer Konzertkarte zurück, darauf drei Worte in Giselhers seltsam kindlicher Handschrift: Hinterher im Künstlerzimmer.

»Warum siehst du so traurig aus?« fragte er, als sie vor ihm stand und ging mit ihr nicht zu dem Empfang, den sein Agent arrangiert hatte für die Presse und andere wichtige Leute, sondern in eine kleine Weinstube.

»Wartet man denn nicht auf dich?« fragte sie.

»Ich habe auch gewartet«, sagte er, »zwanzig Jahre, jetzt sollen andere warten.« Giselher, der nicht vergessen konnte, schade vielleicht, daß Dora ihm nicht entgegenfiel wie dem Fatzke Wiebersdorf, viele Knoten hätten sich gelöst. Allerdings machte er auch keine Anstalten, sie einzululln bei Slowfox und Blues. Seine Argumente kamen so sachlich, als sei ein alter Vertrag zu erfüllen.

Die Frage nach der Scheidung also, ihr Schulterzukken, »ich weiß nicht«.

»Doch, du weißt es.« Er goß Wein nach, die gleichen tolpatschigen Bewegungen wie früher. »Morgen könnten wir zusammen nach Amsterdam fliegen, dort gebe ich das nächste Konzert.«

»Wir beide?« Vor Verblüffung fing sie an zu lachen. »Wie kommst du denn darauf?«

»Weil ich finde, daß es Zeit ist«, sagte er, und sie nannte ihn einen Kindskopf mit seinem Glauben ans Unmögliche. Schreib es auf den Wunschzettel, das Christkind bringt es bestimmt, so ungefähr, und er setzte seine Geige dagegen, die Hoffnung damals in Wolfenbüttel, in der Carnegie Hall zu spielen, im Conzertgebouw, im Herkulessaal der Münchner Residenz, völlig verwegen, dieser erste Wunsch und dennoch in Erfüllung gegangen, warum nicht auch der zweite. »Irgendwann kommst du bestimmt. Du hättest es schon damals tun sollen.«

»Du hast mich nie gefragt«, sagte sie.

»Wie konnte ich denn«, sagte er. »Du hast ja zu ihm gehört.«

»Vielleicht tue ich es immer noch«, sagte sie. »Und ich würde nicht nur ihn aufgeben. Mein ganzes Leben, die Kinder, das Haus, den Beruf, alles. Und was dann? Manchmal komme ich mir uralt vor.«

»Du wirst nie alt«, sagte er, so weit weg von jeder
Schmeichelei, daß sie seine Hand nahm. »Neu anfangen müßte ich allein. Ich bin nicht geeignet für naht-
lose Übergänge«, und warum, sollte man fragen, griff
er nicht endlich zu jenem Mittel, mit dem er sich die
Konzertsäle erobert hatte, Giselher Hasses hochge-
rühmtes Gefühl. »Er behandelt das Instrument so zärtlich wie eine Geliebte«, hatte erst kürzlich ein enthusi-
asmierter Kritiker in Amerika geschrieben, wo man
dergleichen vielleicht nicht so peinlich fand. Doch um
sich vor Dora jenseits der Worte zu öffnen, brauchte er
wohl mehr als ihre Hand, aber er hatte ja warten gelernt.

Die Cramme-Krise, letzter Teil. Nicht leicht, so eine
Trennung, und nur wenige im Nähsaal brachten Ver-
ständnis auf für Doras Schritt, zumal Linda Zimt Anfang März aus der Stadt verschwunden war, nach Lü-
neburg zu einer angeblich besser zahlenden Firma.
Den Chef hatte man seither des öfteren in wechselnder
Damenbegleitung gesichtet und nannte ihn einen Fi-
lou, hielt gelegentliche Seitensprünge jedoch für nahezu normal bei Männern mit Geld und Gelegenheit,
und die Chefin in ihrem großen schönen Haus, was
verlange sie eigentlich noch alles vom Leben.
Ein deutlicher Stimmungsumschwung, selbst Ilse Mulitz, die mehr als andere wußte, fand es nicht leicht,
Doras Beweggründe zu akzeptieren. Mangelnde Übereinstimmung? Bei Bruno und ihr gebe es auch keine
Übereinstimmung, wie denn, wenn einer immer nur
fernsehe, und ihre Mutter habe sogar Prügel bezogen
und sei trotzdem dageblieben, aber im Wohlstand

könne man sich wahrscheinlich auch in dieser Hinsicht mehr leisten. Ihre Augen spiegelten die alte Ergebenheit, nun kam der Kummer dazu, »Die Ehe ist doch nicht wie ein Auto, Frau Chefin.«

Dora gab ihr Recht, prinzipiell jedenfalls. Und um das Vertrauen nicht noch mehr zu beschädigen, schob sie etwas vor, was selbst Martin noch nicht wußte, ihre Absicht nämlich, dem Sohn nach Berlin zu folgen, Julian, achtzehn erst und völlig allein in der fremden Stadt, ein Motiv, mit dem Ilse Mulitz reinen Gewissens die Verteidigung übernehmen konnte, leidenschaftlich und erfolglos, die Sympathie galt weiterhin dem Chef. Warum auch nicht, Dora ging und er blieb, das Ende der Geschichte nach einem Winter voller Unsicherheit. Der letzte Winter in Buer, noch einmal Schnee vor den Fenstern, noch einmal Weihnachten mit Karpfen und Prager Schloßtorte, auch wieder Streit mit Frau Beyfuhr am zweiten Feiertag, der freundliche Schatten von Paulus über dem Fest, das Echo von Frau Updiekes raschelnder Geschäftigkeit. Im neuen Jahr dann die Scheinkämpfe um Lady C.'s weitere Existenz und schließlich, an einer Kette aus Zufällen herbeigezogen, die Entscheidung.

Es begann mit Martins linkem Mittelfinger, den er sich in der Autotür quetschte, schmerzhaft und völlig zur Unzeit, denn er wollte nach Hannover fahren. April, die technische Messe hatte begonnen, ein wichtiger Termin für die Textilindustrie, seit die Automatenhersteller immer ausgereiftere und weniger anfällige Geräte auf den Markt brachten, zur wachsenden Sorge der Näherinnen. Stoff, Garn, Knöpfe oben reinstekken, die fertigen Blusen unten rausholen, ein Alptraum geradezu, und Maschinen, hieß es, brauchten weder Krankenkasse noch Altersversorgung, auch keine Gewerkschaft, ganz ähnliche Gedanken, wie sie Martin bewegten, freilich in anderer Blickrichtung.

Diesmal galt sein Interesse besonders den technischen Innovationen bei der Kostümfertigung. Lady C. schien sich von den Rückschlägen nicht zu erholen, auch die Frühjahrskollektion wieder ein Flop, »die Luft ist raus«, behauptete Verena. Dora dagegen beklagte die Piefigkeit der deutschen Modebranche, den Muff und die Angst vor neuen Ideen und weigerte sich, Kleider von vorgestern zu machen, alles etwas abwegig und ganz gewiß nicht die geschickteste Strategie für eine Produzentin so leicht verderblicher Ware wie Luxuskonfektion, aber möglich, daß es ihr darauf nicht mehr ankam. Martin warf ihr Selbstherrlichkeit vor, große Sprüche und rote Zahlen, dergleichen kenne man, und erwog, Kostüme des Mittelgenres an Stelle der personal- und kostenintensiven Lady C. zu setzen. Unausgesproche Pläne, Dora wußte nichts von diesen Absichten während seines Messebesuchs, ebensowenig von seiner Verabredung mit Linda Zimt, die in einem Heidehotel auf ihn wartete, was nützten alle guten Vorsätze. Er wünschte, daß sie verschwinden sollte aus seinem Leben, endgültig wie einst Wally Kußmund, sans laisser d'adresse, und konnte dennoch nicht schnell genug bei ihr sein.

An diesem Nachmittag hatte sich der Aufbruch verzögert, nun noch der heftig blutende Finger. Frau Duvenow, die einen Notverband um die Hand wickelte, flehte ihn an, beim Arzt vorbeizufahren, in hemmungslosem Sächsisch, schon das, von der Eile abgese-

295

hen, ein Grund, es nicht zu tun, so daß am zweiten Messeabend die Wunde unter dem Pflaster zu klopfen begann und fauligen Geruch ausströmte. Der Portier im Hotel Musmann konnte ihm trotz der späten Stunde einen Arzttermin verschaffen, Dr. Oelschläger am Steintorwall, Herbert Oelschläger, derselbe Name wie in der englischen Grammatik, mit der er sich die Zeit verkürzt hatte damals am Fenster von Funkes Gasthof.

Hertha Oelschlägers Sohn, ein Blick auf das hagere Gesicht, den schmalen verkniffenen Mund genügte beinahe, auch sein Lächeln schien so rar wie ihres. Er löste den Nagel, entfernte den Eiter, legte einen Verband an, alles in mürrischem Schweigen. Ob er aus Hannoversch Münden stamme, fragte Martin.

»Warum?«

»Ich habe dort eine Frau Hertha Oelschläger gekannt. Ihre Mutter?«

Der Arzt nickte, vor drei Jahren, hörte Martin, sei sie gestorben, zwanzig Jahre Zeit, nie ein Zeichen des Dankes, nun war es zu spät.

»Ihre Mutter hat mich bei Kriegsende im Keller versteckt«, sagte er. »eine großartige Frau. Sie hat mir das Leben gerettet und das eigene dabei riskiert«, überflüssig jetzt, die Hommage, nur von Schaden, denn das farblose Gesicht ihm gegenüber lief rot an. »Sie sind also dieser Deserteur«, ein Ton, den Martin kannte, Feigling, Memme, Drückeberger, und die Zeit schwenkte zurück in jene Nacht, da lag er im Unterholz, frierend und wimmernd vor Angst, seine Mutter hatte ihm Fliederbeersaft gekocht, wenn er hustete, trink, Junge, und nun würde man ihn aufhängen.

»Verschwinden Sie aus meiner Praxis«, sagte Hertha Oelschlägers Sohn, Arzt vom Gold des Jakob Loew, schade, daß Martin es nicht wußte.

»Ich dachte, der Mensch geht mir an die Kehle«, erzählte er Dora, als sie ihn in Hannover abholte und nach Hause fuhr, Dora, die ihn nie im Stich ließ. »Kein Wunder, daß der Führer den Krieg verlieren mußte, hat er geschrien, immer noch ein fanatischer Nazi, diese Leute können einem gefährlich werden.«

»Wieso?« Sie verstand es nicht. Doch bald darauf wurde ihr klar, was hinter seinen Befürchtungen steckte.

Eins reihte sich ans andere: die verspätete Abfahrt nach Hannover, der verletzte Finger, Linda Zimt und der Zeitmangel, die Begegnung mit Herbert Oelschläger, der Musterungsbescheid für Julian. »Es sieht alles so logisch aus«, wird Dora zu Martin sagen, bevor sie geht. »Aber die Logik haben wir hereingebracht.«

Julian war im Januar achtzehn geworden, noch nicht mündig zwar, aber mündig genug, um im Notfall für das Vaterland zu sterben, und möglicherweise hätten die Ereignisse in der Erlestraße sich weniger zugespitzt, wenn das neue Gesetz zur Volljährigkeit schon gültig gewesen wäre, eine Bremse gegen die Macht der Väter und den Trotz der Kinder. Denn vielleicht lag alles nur an diesem einen Satz: »Noch bist du keine einundzwanzig, noch habe ich zu bestimmen, und ich lasse nicht zu, daß du uns schadest.«

Es war am Sonntag nach der Hannover-Messe, ein spätes Frühstück am üppig gedeckten Eßzimmertisch, die Familie schon perfekt von Kopf bis Fuß. Nur Julian erschien im Bademantel, verschlafen, die Haare ungekämmt, ein Zeichen solidarischen Protests in diesem Jahr des Aufstandes angewiderter Bürgerkinder gegen die Gesellschaft, aus der sie kamen, Flugversuche, wie Julian es dereinst formulieren wird, Flugversuche mit weicher Landung, die Katastrophen nicht gerechnet. Noch aber brannten die Autos der Springerpresse in Berlin, wurden Straßen blockiert, Universitäten besetzt, flogen Steine, Ho-Ho-Ho-chi-minh. Die Rufe der Demonstranten drangen bis nach Buer, furchterweckend für die Väter, wehret den Anfängen.

»Ich kann es nicht ausstehen, wenn du so herumläufst«, sagte Martin. »Beim Bund wird man dir das schon abgewöhnen.«

Zum ersten Mal wieder dieses Thema, sorgsam vermieden bisher, doch es hatte sich nicht wegschweigen lassen, nicht bei einem wie Julian. Er setzte sich, griff nach dem Rosinenbrot, strich Butter darauf, warum Bund, man wisse doch seit langem, daß er den Dienst an der Waffe verweigern werde, und nun, nachdem sein Vater Gehorsam gefordert hatte, fragte er: »Wieso füge ich euch Schaden zu?«

Jetzt war es Martin, der die Antwort hinauszögerte. Die Militärhemden waren bisher nicht zur Sprache gekommen am Familientisch, und während er nach der richtigen Formulierung suchte, schaltete Verenas helle Stimme sich ein, noch lauter als sonst, so daß Dora zusammenzuckte. »Wir arbeiten für die Bundeswehr, da sieht es natürlich komisch aus, wenn du verweigerst«, so kam es heraus, und Martin verbat sich die Arroganz, mit der Julian fragte, ob sie Bomben produzierten. Sie stellten Hemden her, aber selbst wenn es Bomben wären, noch stecke er die Beine unter den elterlichen Tisch und habe den Interessen der Firma nicht in den Rücken zu fallen. »Es kann ja nicht gegen deine Vorstellung von Moral gehen, eine Demokratie zu verteidigen, die euch sogar die Freiheit läßt, gegen sie anzurennen, und meines Wissens hat auch Christus gesagt, gebt dem Kaiser, was des Kaisers ist.«

In Julians Gesicht war so viel staunende Abwehr, daß Martin zur Seite blickte. Dora zerbröselte ein Stück Toast zwischen den Fingern. Die Sonne, die durch die offene Terrassentür fiel, ließ das Silbergeschirr auf der Anrichte funkeln, grüne Schleier draußen über den Parkbäumen, die ersten Tulpen im Gras, und nun kam, worauf sie gewartet hatte: »Du bist doch damals sogar desertiert.«

»O Gott«, das war Verena, dann wieder Stille, bis Martin »so nicht, Julian« sagte, »dazu hast du kein Recht, du nicht, du liegst in deinem weichen Bett, du darfst mir nichts vorwerfen«. Er werfe ihm doch überhaupt nichts vor, sagte Julian, im Gegenteil, aber Martin hörte nicht hin, »liegengeblieben«, rief er, »ich bin eingeschlafen und liegengeblieben, und vorher habe ich meine Pflicht getan wie alle anderen.« Hilfesuchend sah er Dora an, sie senkte den Kopf.

»Soll ich dir was sagen?« Julian stieß den Stuhl zurück. »Immer, wenn wieder etwas schiefgelaufen war zwischen uns, habe ich gedacht, damals wollte er nicht mehr mitmachen. Ich war stolz darauf, und jetzt findest du das alles peinlich und schlecht fürs Geschäft. Du bist widerlich.«

Er rannte aus dem Zimmer, das war es, und die ganze Aufregung umsonst. Bei der Musterung wurde ein leichter Schaden an seinem Herzmuskel entdeckt,

kaum von Belang, doch ein Risiko bei extremer körper-
licher Belastung. Untauglich also, Martin atmete auf.
»Nun kann er gleich studieren«, sagte er zu Dora, »acht
Semester Betriebswirtschaft, mit dreiundzwanzig das
Diplom in der Tasche«, und wenn er nachts schlaflos
dalag, was häufiger vorkam in letzter Zeit, malte er sich
ein helles Bild der Versöhnung. Falsche Hoffnungen.
Julian hatte längst andere Pläne, und daß er bis zum
Abitur wartete mit der Flucht aus Buer, zeugte von
seinem Sinn für Ordnung, warum also immer noch
diese Angst um ihn. Aber vielleicht, dachte Dora später
beim Rückblick auf den Lauf der Dinge, brauchte ich
sie für meinen eigenen Mut.
Das Abitur bestand er als Bester seines Jahrgangs, so
daß ihm die Dankesrede in der Aula zufiel, Martins
kurzer Triumph. Sein Sohn, die Nummer eins, genau
wie er, der Vater, damals in der Großen Schule am
Rosenwall, und das Auditorium aus Lehrern, Eltern,
Verwandten lächelte Julian zu, Wohlwollen rundherum, das allerdings verschwand, als der Dank zur
Anklage wurde. Wer ließ sich schon gern auf die Vergangenheit ein, auf den Vorwurf, daß man die Schüler
zwar gründlichst vertraut gemacht habe mit dem Dreißigjährigen Krieg und den Napoleonischen Feldzü-
gen, aber nur zögernd und fragmentarisch mit den
Greueln des Dritten Reiches, daß man, statt Fragen
offen zu beantworten, versucht habe, die Schuld der
Eltern- und Lehrergeneration in Schweigen zu erstik-
ken, um desto lauter Deutschlands neues Gewicht in
der Welt zu preisen, sogar schon wieder damit zu dro-
hen. Lautes Murren ging durch den Saal, als er von
einem Komplott gegen die Wahrheit sprach, selbst der

Beifall seiner Mitschüler war geteilt. Erst unter den besänftigenden Worten des Direktors, der noch einmal ans Pult trat, betroffen, wie er sagte, überrascht und betroffen, nicht gekränkt allerdings, die Jugend neige zum Überschwang in Zustimmung wie Kritik und die rebellischen Köpfe seien oft die besten, legte sich die Empörung.

Julian merkte nichts mehr davon. Gleich nach der Rede hatte er die Aula verlassen, und als Martin, außer sich vor Zorn, in die Erlestraße kam, war er verschwunden. Auf dem Tisch lag eine Nachricht, ich kann die Füße nicht mehr unter deinen Tisch stecken, dein Bestes ist nicht mein Bestes, ich brauche nichts, ich habe das Geld von Uppi. Kein Wort für Dora. Doch am Abend rief Uwe Madra an und wollte sich mit ihr treffen.

Er wartete an der Adenauerallee, klein und stämmig, Julians Beschützer, in der Schule hatte man von ihnen nur als Pat und Patachon gesprochen.

»Will er nach Berlin?« fragte sie.

Uwe antwortete nicht.

»Du hast doch auch Angst um ihn«, sagte Dora. Sie gingen den alten Berger Weg entlang zum Schloß, der Abend war kühl, es roch nach feuchter Erde und verblühendem Flieder. »Hol ihn wieder zurück, Uwe.«

»Julian läßt sich nicht holen«, sagte er. »Aber wenn man ihn in Ruhe läßt, muß er nicht untertauchen. Dann kann er studieren.«

Als sie nach Hause kam, saß Martin am Kamin. Ein Feuer brannte, er hatte das Gesicht in den Händen vergraben. Vielleicht, dachte Dora, ist ihm klargeworden, daß es die Versöhnung nicht umsonst gibt.

»Wo warst du?« fragte er.

Im Park, sagte sie, und man müsse wieder glaubwürdig werden für Julian, »glaubwürdig, dann braucht er nicht mehr wegzulaufen«. So müßig dies alles, er hatte nichts begriffen, immer noch nicht, und nannte ihre Bitte, den Bundeswehrauftrag für Bochum zurückzugeben, eine Zumutung, wie könne sie das verlangen in ihrer Affenliebe. »Diese Spinner und Schwärmer, ich kenne sie doch, die Welt retten, und ein paar Jahre später steht der Mercedes vor dem Eigenheim. Wenn er ein Recht hat, zu sich selbst zu stehen, dann habe ich es auch.«

»Ja«, sagte sie. »Er und du und ich, jeder hat sein eigenes Recht, und darum werde ich gehen«, ihre Entscheidung, die niemand verstand. Wer sollte verstehen, daß dieses Glas sich nicht mehr füllen ließ.

Drei Wochen nach der Abiturfeier verließ Dora das Haus, ein warmer Junitag unter der Dunstglocke, doch der Himmel über dem Revier, hieß es, sollte blau werden. Verena war zum Tanztraining nach Essen gefahren, ohne Tränen, ihr kühler Kopf hielt nichts von Sentimentalitäten, und sie plante bereits einen Besuch in Berlin. »Wir haben uns hier ja auch selten gesehen«, ließ sie mit ihrer hellen, sachlichen Stimme vernehmen, »nur, was du Vater antust, finde ich gemein«, und sie runzelte die Stirn, als Dora sagte: »Ich auch.«

Martin hatte das Gepäck zum Wagen gebracht, der Abschied lag hinter ihnen, ein seltsamer Abschied in dem französischen Bett, noch einmal alle Rituale, Dorra, und erst am nächsten Morgen wußte sie wieder, warum sie trotzdem gehen mußte. Sie öffnete die

Autotür, der letzte Blick auf das Haus, dahinter die Bäume des Berger Parks, und sie konnte sich nicht vorstellen, dies alles herzugeben, die Erlestraße, die Stadt mit dem Markt und dem kopflosen Turm von St. Urbanus, die feurige Silhouette Gelsenkirchens bei Nacht. Als sie den Wagen anließ und langsam aus der Garage herausrollte, weinte sie. Martin stand am Fenster, vielleicht hätte auch er gern geweint. Aber die Zeit drängte, in Bochum wartete der Architekt. Die Kapazität mußte erweitert werden, schon wieder ein Anbau, »nur wer expandiert«, hatte er zu Verena gesagt, »kann überleben«.